SE BUSCA AU PAIR

CARLOS MAYO

sm

fundación sm

La Fundación SM destina los beneficios de las empresas SM a programas culturales y educativos, con especial atención a los colectivos más desfavorecidos.

Si quieres saber más sobre los programas de la Fundación SM, entra en **www.fundacion-sm.org**

LITERATURA**SM**•COM

Primera edición: marzo de 2019

Gerencia editorial: Gabriel Brandariz
Coordinación editorial: Carolina Pérez
Coordinación gráfica: Lara Peces
Cubierta: Eduardo Nacarino

Impresores, 2
Parque Empresarial Prado del Espino
28660 Boadilla del Monte (Madrid)
www.grupo-sm.com

ATENCIÓN AL CLIENTE
Tel.: 902 121 323 / 912 080 403
e-mail: clientes@grupo-sm.com

ISBN: 978-84-9182-519-7
Depósito legal: M-3296-2019
Impreso en la UE / *Printed in EU*

A mi hermana Julia.

«Cuando miras largo tiempo un abismo,
el abismo también mira dentro de ti».

Más allá del bien y del mal,
FRIEDRICH NIETZSCHE

SE BUSCA AU PAIR

Familia inglesa con cuatro hijos busca una joven seria y responsable para trabajar como *au pair*, a partir de septiembre y durante un año. Alojamiento en la casa familiar incluido (mansión de Gloomy Gardens, en el pueblo de Grey Hills, condado de Essex). La *au pair* contará con dormitorio y baño propios, además de una paga semanal. A cambio, se encargará del cuidado de los niños y de las siguientes tareas domésticas:

1. Ayudar con los exámenes
2. Cuidar en caso de enfermedad
3. Servir la cena
4. Lavar los trapos sucios
5. Preparar las maletas en caso de viaje
6. Fregar los platos
7. Ordenar la ropa
8. Doblar las sábanas
9. Entrenar con los niños
10. Contar cuentos
11. Jugar con los niños
12. Preparar el café
13. Pagar las facturas
14. Organizar las fiestas
15. Hacer la compra
16. Celebrar los cumpleaños
17. Acunar al bebé
18. Servir el desayuno
19. Enseñar las normas de la casa
20. Encender la chimenea
21. Tender la colada
22. Encargarse del correo
23. Poner en orden el ático
24. Preparar el baño
25. Barrer las escaleras
26. Poner en orden el sótano
27. Desempolvar los recuerdos familiares
28. Deshacerse de la basura

1

AYUDAR CON LOS EXÁMENES

La oscuridad estaba a punto de cernerse sobre ella.

Alba podía sentirla. Estaba familiarizada con la sensación y sabía que se podía manifestar de muchas formas: una persona que se le acercaba en mitad de la noche; una mano desconocida que le agarraba el tobillo si lo sacaba de la cama mientras dormía; los espacios a oscuras que quedaban en una serie de farolas demasiado separadas entre sí... La razón le decía que no había nada que temer en ninguna de esas circunstancias, pero, aun así, ella no se sentía segura.

Esa mañana, su inseguridad se había materializado en su ojo izquierdo en forma de mancha. Pero no era muy grande y apenas reducía su campo de visión. Además, como estaba en el rabillo del ojo, ni siquiera la notaba si miraba al frente. Pero... ¿y si...?

Alba se inclinó sobre el lavabo, apretó el botón del grifo, de esos que se cierran automáticamente transcurridos unos segundos, y se lavó la cara. Pestañeó, guiñó el ojo izquierdo y se lo limpió con un pañuelo de papel. Pero nada; la mancha continuaba allí, amenazante como un nubarrón negro en el filo del horizonte.

Suspiró desanimada. Luego miró a su alrededor y constató que estaba rodeada de chicas que esperaban su turno para utilizar el lavabo. Chicas que, como ella, habían aprovechado el último momento antes del examen para despejarse, utilizar el retrete o rezar en busca de ayuda. A alguna puede que incluso le viniese bien hacer las tres cosas. Como a la desconocida que, escondida en uno de los baños individuales, vomitaba el desayuno y los nervios.

Pensó ofrecerle ayuda, pero Alba apenas se sentía capaz de lidiar con sus propios problemas. No era para menos. En unos minutos tendría lugar uno de los acontecimientos que definirían su vida: la Selectividad. Siete exámenes en tres días consecutivos en los que todos los alumnos de Bachillerato se juegan su futuro.

Por megafonía indicaron que el primero de los exámenes estaba a punto de comenzar. En el baño, los nervios se crisparon, los estudiantes se intercambiaron miradas histéricas y, por un segundo, todo el mundo se olvidó de la estudiante que vomitaba en el retrete.

Alba no perdió más tiempo. Cogió su mochila con una mano, el carné de identidad con la otra, y salió al pasillo. El corazón le daba botes mientras buscaba el aula que le habían asignado.

«Aula 215..., aula 216... –iba leyendo a medida que pasaba frente a las puertas–. ¡Aula 217! –gritó su cerebro cuando la encontró».

Junto a la puerta, un profesor con una lista en las manos. Los alumnos, en semicírculo, esperaban a que los llamasen para llevarlos al matadero.

–¡Tolosa, Rocío! –gritó el profesor.

Una chica pelirroja se acercó y le enseñó su carné. El adulto comprobó la foto y le indicó con la mano que pasase. La operación continuó en orden alfabético.

–¡Tomizawa, Hikari!

–¡Toyos, Manuel!

–¡Trapote, Lucía!

–¡Trebejo, Alba!

Dio un paso al frente al oír su nombre, pero la cantidad de gente arremolinada ante la puerta de la clase era tanta que apenas pudo avanzar. El profesor alzó la vista de su papel y volvió a llamarla.

–¡Trebejo, Alba!

Sintió que le faltaba el aire y que la mancha en su mirada crecía. Alarmada, levantó el brazo para hacerse ver por encima de la multitud.

–¡Aquí, aquí! –respondió mientras se abría paso entre la multitud.

Le mostró su carné al profesor. Tras comprobar que los datos se correspondían con los de su lista, le hizo un gesto con la mano para que entrase.

Ya en el interior del aula, la joven se detuvo un instante para contemplarla. El lugar no tenía nada que ver con la clase de instituto en la que había pasado los últimos años. Las mesas y las sillas eran bancos inmóviles dispuestos en forma de semicírculo. La mesa del profesor era descomunal y tenía una gran pantalla de proyecciones detrás.

Alba cerró los ojos, tomó aire e imaginó lo que los años le deparaban. Era una chica joven e inteligente con toda la vida por delante, con tantas opciones y posibilidades... En unos meses iría a la universidad y estudiaría Medicina en una clase como esa. Entonces el mundo sería su escenario. La gente permanecería en sus asientos contemplando sus hazañas médicas y los periódicos hablarían de cómo había sobrepasado todos los límites de su campo. Entre ella y su destino solo se interponía un escalón, la Selectividad, que en principio no debería resultarle muy difícil a una alumna de sobresaliente en Bachillerato.

Cuando abrió los ojos, comprobó que la mancha amenazante continuaba en su mirada. Aún peor, le pareció que había crecido. Era como un atisbo de tormenta minutos antes de un desfile. Sintió que en cualquier momento todo podía torcerse.

Leyó las frases que había escritas en la pizarra:

Primer examen: Biología.
Dejad dos asientos entre alumnos.
No habléis. No uséis vuestros teléfonos móviles.
No deis la vuelta al examen hasta que comience la prueba.
No hagáis ninguna estupidez.
Y, por encima de todo, SEGUID LAS NORMAS.

Alba avanzó entre las filas de bancos hasta el lugar que le habían asignado, a dos asientos de la última alumna. Sobre la mesa había una copia del primer examen. Estaba bocabajo, de manera que parecía un folio completamente en blanco.

Se sentó, sacó su estuche y un reloj para controlar el tiempo a lo largo de la prueba. Después, esperó a que terminasen de entrar el resto de los alumnos. Durante esos minutos de infarto, procuró mantener la mirada al frente. Sentía que el reverso del examen la llamaba, pero no quería mirarlo. En esos momentos, el blanco de la página le pareció aterrador. Era la nada. Y cuando uno se enfrenta a la nada, no sabe qué esperar; no se puede prever lo que está a punto de ocurrir. Sin darse cuenta, Alba comenzó a morderse el labio inferior con fuerza, con tanta que enseguida el sabor metálico de la sangre le recorrió la lengua.

Un portazo la hizo salir de su ensimismamiento. Era el profesor que había hecho de portero. Como ya habían entrado todos los alumnos, comenzó a repetir las normas de la pizarra. Pero Alba apenas pudo escucharlo, de lo nerviosa que estaba. Aún más difícil le resultaba verlo, ya que el señor se había colocado justo tras la mancha negra que crecía en sus ojos.

–Podéis empezar ya –dijo por fin el profesor.

Ella permaneció unos segundos sin saber cómo actuar. Solo consiguió reaccionar cuando el centenar de alumnos que se examinaban en la misma sala dio la vuelta al examen. El revolver de folios sonó como una bandada de cien palomas alzando el vuelo tras un disparo. El pistoletazo de salida. Alba volteó el examen y se abalanzó sobre la primera pregunta:

1. Las proteínas. Definición, funciones
y clasificación según su composición química.

«Bien», pensó. Sabía las respuestas. Recordaba haber repasado esa parte del temario en las semanas previas a la Selectividad. Tenía los apuntes grabados en su mente, hasta el punto de que era capaz de recordar cómo estaban dispuestas las líneas en sus páginas de resúmenes. Si hubiese querido, incluso habría sido capaz de decir qué palabras clave de sus esquemas estaban subrayadas con fluorescente.

Pero cuando apoyó la punta del bolígrafo sobre el examen, sintió que el blanco del papel lo invadía todo. Era como si este hubiese reptado por su mano, por su brazo, hasta instalarse en su cabeza. De repente, la imagen de sus apuntes, de las palabras subrayadas, se alejaba poco a poco.

Se agitó en su asiento. Observó su reloj y comprobó que tan solo habían pasado cinco minutos. Cinco minutos. Eso no era nada. Aún tenía tiempo de sobra para hacer el examen. Tan solo tenía que calmarse y leer de nuevo la pregunta; así, la silueta de lo estudiado volvería a definirse en su cabeza.

Pero al bajar la mirada…

1. Las proteínas. Definición, funciones
y clasificación según su composición

Apenas pudo contener el aliento al constatar que el manchurrón negro de su mirada había crecido. Ahora tenía el tamaño suficiente para taparle parte de las preguntas del examen. Se alteró aún más. Era verdad que todavía tenía por delante muchísimo tiempo para completar la prueba, pero parecía que la mancha aumentaba. Quién sabía cuánto tiempo tendría antes de que le nublase la vista por completo.

Negó con la cabeza para alejar esas ideas. Tenía que concentrarse. Volvió a apoyar el bolígrafo sobre el examen, dispuesta a ametrallar todos sus conocimientos sobre proteínas en el papel. Empezó a formar en su mente la primera frase que iba a escribir cuando, de repente, reparó en un ruido extraño que no había tenido en cuenta hasta entonces. ¿Qué era aquello? Un vistazo rápido a su alrededor le indicó que eran los bolígrafos de sus compañeros, que se deslizaban sobre sus respectivos exámenes con el mismo ruido que hacen las ratas al cavar sus madrigueras.

1. Las proteínas. Definición, funciones y clasificación seg

¿Y aquel otro ruido? Las manecillas de un reloj lejano sonaban como bombas que estallaban sobre su cabeza a cada segundo.

1. Las proteínas. Definición, [fun]

Y los crujidos del banco en el que estaba. Y el agitar de un típex en la distancia. Y el aleteo de otras cien palomas que echaban a volar cuando sus compañeros pasaban a la segunda página del examen. Un resuello. Un murmullo. Un estornudo. Alba percibía todo cuanto sucedía a su alrededor. Y cuanto más consciente era de todo lo que ocurría, más crecía la mancha en sus ojos.

1. Las proteínas.

En este punto, tan solo era capaz de ver un resquicio de imagen en la parte superior de su ojo izquierdo. El resto de su campo de visión lo había inundado la oscuridad. Su pecho comenzó a subir y bajar preso del pánico, y sus dedos, a temblar.

Tragó saliva. Luego, levantó tímidamente la mano para atraer la atención del profesor. Necesitaba decirle que no se encontraba bien y que debían llamar a emergencias. Pero este no la atendió. Estaba ocupado en otras cosas, perdido en algún lugar inconcreto de la negrura que le vendaba los ojos a Alba. Sus compañeros tampoco reparaban en ella, absortos como estaban en la prueba.

Aterrorizada por la falta de respuesta y el creciente tamaño de la mancha visual, se esforzó por levantar aún más la mano. También carraspeó para atraer la atención de alguien que pudiese ayudarla, pero ni aun así obtuvo respuesta. Al final, con la respiración entrecortada, optó por una medida drástica, y se levantó de su asiento. El banco chirrió y, de repente, aunque no pudiese verlas, notó sobre sí el peso de un centenar de miradas.

–Por favor, vuelva a su sitio –escuchó decir en la lejanía.

Era la voz del profesor.

Pero ella no obedeció. Quiso explicar lo que le sucedía, pero estaba tan alterada que apenas consiguió balbucear.

–Pero… yo… es que…

–He dicho que vuelva a su sitio.

Murmullos de otros alumnos a su alrededor.

Su respiración entrecortada a un ritmo frenético.

—¡He dicho que vuelva a su sitio!

—Los ojos… Ya no puedo…

—Si no vuelve a su sitio ahora mismo, ¡tendrá un suspenso!

Suspenso. Esa palabra la aterraba. Ella, que siempre había sido tan buena estudiante… Y, a pesar de todo, no le quedó más remedio que permanecer de pie. ¿Qué otra cosa podía hacer? ¿Quedarse sentada mientras la luz del mundo se desvanecía en sus ojos? Además de la vista, sentía que le fallaba la respiración y que necesitaba escapar cuanto antes del aula.

Con una mano temblorosa, tanteó el aire en busca de la barandilla que corría junto a los peldaños del aula magna. Cuando dio con el frío metal, se agarró a él como si fuese su chaleco salvavidas y empezó a bajar los escalones con prisa. Los gritos del profesor diciéndole que estaba suspendida, que no hacía falta que se presentase al resto de exámenes, retumbaban en la clase. Pero ella no le prestaba atención. En esos momentos tan solo pensaba en salir a la calle y volver a respirar con normalidad.

No pudo ser; algo le sucedió antes de terminar de bajar las escaleras. Tal vez tropezó con algo que no vio; tal vez fallaron sus pies a causa del estrés; tal vez sus nervios saltaron por los aires. Quizá fue por todo a la vez, pero Alba cayó de bruces al suelo.

Una vez allí, fue incapaz de incorporarse. Sus ojos únicamente veían una cosa…

2

CUIDAR EN CASO DE ENFERMEDAD

Todo cuanto sus ojos abarcaban en esos momentos era blancura, como un paisaje nevado infinito y eterno.

Si de ella dependiese, pasaría el resto de su vida allí perdida. Pero afuera, en el mundo real, alguien la requería.

–... Alba –repitieron su nombre.

No le quedó más remedio que hacer caso. Pulsó un mando que tenía cerca y la mitad superior de la cama en la que estaba tendida comenzó a inclinarse con un zumbido. El techo de la habitación del hospital, el mismo en el que se había perdido, desapareció de su vista. Adiós, mundo blanco; hasta luego, paisaje nevado. En su campo de visión apareció su madre; tras ella, la televisión, encendida.

–El médico pasará en cualquier momento –la informó.

Pero ella no respondió. Ni siquiera pestañeó. Se sentía rodeada por una atmósfera de indiferencia tan densa y violenta que acababa con cualquier estímulo del exterior. Estaba en un estado que le impedía reaccionar.

Una vez más, su madre intentó obtener una respuesta. Se situó a un lado de la cama y le agarró la mano.

–Alba, esto no es el fin. Solo sufriste una crisis. Eso es todo. Cuando me explicaron lo que había sucedido, creí que te habías quedado ciega. Pero aquí estás, con la visión intacta. Llevas casi una semana sin decir ni comer nada. Tienes que sobreponerte... Tienes que empezar a...

Pero antes de que su madre terminase la frase, otra voz se superpuso a la suya. En la pantalla del televisor, un joven hablaba frente a un micrófono.

«Creo que estudiaré Ingeniería Aeronáutica», decía.

Bajo la imagen se leía el siguiente rótulo:

Selectividad: hablamos con el alumno
más brillante del país, con una nota de 13,98 sobre 14.

Su madre apagó el aparato. Alba aprovechó la ocasión para echar hacia atrás el respaldo de la cama. No tenía ganas de hablar con nadie ni de explicarse, porque la mayoría de la gente era incapaz de comprender su situación.

«Solo sufriste una crisis», había dicho su madre.

No, no había sido solo una crisis; había sido algo mucho peor.

En unos minutos había echado por tierra todos sus esfuerzos de los últimos años por ir a una buena universidad. Las horas de estudio, los fines de semana encerrada en casa, los trabajos optativos para subir nota...

Todo se había esfumado por culpa de esa maldita nube borrosa que la había cegado durante el examen. Se había asustado muchísimo, hasta el punto de creer que no volvería a ver. Pero ahora, tras una semana ingresada en el hospital, había recuperado la vista. Lo demás (sus opciones de ser médica, su destino, su vida) se había desvanecido. Su madre había llamado al instituto y la había informado de todo: no tenía ninguna opción de repetir la prueba. Tendría que presentarse de nuevo el año siguiente.

De nuevo. El año siguiente. Para Alba, la perspectiva de posponer su futuro un año era casi peor que perder la vista. Recostada sobre la cama, bufó. Un instante después, la puerta del dormitorio chirrió con la entrada del médico. Era un chico alto y guapo, joven, con una hilera de dientes blancos y perfectos.

–¿Cómo nos encontramos hoy? –le preguntó, esperando una respuesta que no obtuvo.

El médico apuntó algo en la carpeta que llevaba en el brazo. Como la paciente no cooperaba, se volvió hacia su madre.

–La buena noticia es que Alba ha recuperado por completo la visión. La mala es que no podemos descartar que vuelva a sufrir una crisis, a menos que identifiquemos la enfermedad. Por eso nos gustaría hacerle una prueba más, una IRM.

–¿Qué es una IRM? –preguntó la madre.

Antes de que el médico contestase, Alba alzó la voz:

–Es una imagen por resonancia magnética.

Las miradas del médico y de la madre se volvieron hacia ella. Hasta la propia Alba estaba sorprendida por su respuesta, después de días enteros sin decir una palabra. Pensó que se trataba de un acto reflejo. Había estudiado durante tanto tiempo que ahora incluso respondía a las preguntas dirigidas a otras personas.

El médico se aproximó a la cama.

–Exacto. ¿Cómo lo sabes?

–Voy a estudiar Medicina. Bueno, iba a hacerlo –rectificó.

El médico se dirigió a la madre.

–Es una prueba muy sencilla y podemos hacerla hoy mismo. Nos permitirá descartar problemas mayores, como heridas en el nervio ocular o...

–O un tumor –completó Alba de nuevo.

Media hora después, la trasladaron al ala de radiología. La consulta era una habitación inmensa, toda forrada de baldosas blancas. El espacio central estaba ocupado por un aparato gigantesco con forma de cilindro abierto por un extremo.

Alba había oído hablar del funcionamiento de ese tipo de aparatos: se introduce al paciente en el escáner y la máquina le bombardea una radiación electromagnética que genera imágenes del interior de su cuerpo. De ese modo, se pueden diagnosticar muchas enfermedades. Al menos, eso es lo que dice la teoría.

Alba sabía qué era ese aparato, sí, pero verse frente a él, a punto de entrar por su boca, era inquietante. El agujero de entrada era tan angosto…

El medico interrumpió sus pensamientos al aparecer por una puerta en la que ella no había reparado. Estaba en el extremo opuesto de la sala, junto a un grueso cristal tintado de negro.

Mientras dos enfermeros la ayudaban a pasar de su cama a la camilla de la máquina de IRM, el médico le explicó:

–Nosotros estaremos detrás de aquel cristal en todo momento. Allí, en un ordenador, recibimos las imágenes que la máquina genera.

Entonces, uno de los enfermeros le rodeó la cabeza y el cuello con un aparato extraño, una especie de casco con correas, que le impedía hacer movimientos de hombros para arriba. Aquello la puso aún más nerviosa. Ya le daba bastante reparo tener que meterse en un aparato con forma de ataúd como para, además, saber que no se podría mover durante la prueba.

El médico se percató. Se acercó a ella y le agarró una mano para transmitirle confianza.

–Tenemos que inmovilizarte la parte que vamos a escanear, para asegurarnos de que la imagen no salga borrosa –dijo–. Es normal que estés nerviosa, pero piensa que solo estarás dentro de la cabina un par de minutos. Además, tiene instalado un micrófono; nos oirás y podrás comunicarte con nosotros en todo momento.

A continuación, el médico le puso en la mano que le tenía agarrada un objeto de forma irregular y tacto frío que Alba no alcanzó a ver.

–Es un botón antipánico. Algunas personas sufren ataques de claustrofobia cuando están dentro de la cabina. Intenta mantener la cabeza ocupada; tararea alguna canción o cuenta desde cien hacia atrás, de siete en siete. Si aun así te agobias, pulsa el botón. La prueba se suspenderá automáticamente y te sacaremos de la cabina. ¿Entendido?

Ella intentó asentir, pero el armazón de correas que le rodeaba la cabeza le impidió hacer el más leve gesto. El médico le apretó los dedos alrededor del botón antipánico y desapareció de su lado.

Para tranquilizarse, Alba centró la vista en el techo blanco, que era lo único que veía. Como en su habitación, intentó perderse en la blancura. Si lo lograba, pasaría la prueba sin mayores complicaciones. Con todo, no había empezado a desvanecerse entre aquellos campos de nieve pura cuando un zumbido le recordó dónde estaba. La cinta transportadora se había puesto en marcha y ella avanzaba hacia el interior de la máquina.

El túnel era tan estrecho que podía tocar sus paredes si alargaba los brazos.

–Cien…

Casi parecía que la hubiesen enterrado viva.

–Noventa y tres…

¿Y si se olvidaban de ella allí dentro?

–Ochenta y seis…

La voz del médico interrumpió la cuenta atrás.

–¿Alba? Ya estás dentro. ¿Te encuentras bien?

–Sí –se limitó a decir.

–Bien. En ese caso, voy a desconectar el micrófono para que puedas relajarte. Terminaremos pronto.

Tras la voz del médico, se produjo un chirrido desigual, como una cacofonía. Alba aprovechó el momento para cerrar los ojos y reanudar sus cálculos.

–Setenta y nueve; setenta y dos; sesenta y cinco…

Una segunda voz, esta vez la de uno de los enfermeros, la interrumpió de nuevo:

–Creo que alguien de psiquiatría debería evaluar a la paciente. No habla, no responde y lleva una semana sin comer nada.

Alba tardó en comprender que las palabras no iban dirigidas a ella, sino que se trataba de una conversación privada entre enfermero y médico. No habían apagado el micrófono y no se daban cuenta de que ella los escuchaba.

–Lo sé –respondió el médico–. He hablado con la madre. Dice que es una alumna brillante y que se ha quedado sin ir a la universidad por la crisis que sufrió.

–Si ha perdido algo que era tan importante para ella, tal vez deberíamos tomar medidas especiales.

–¿Medidas especiales? ¿Te refieres a un protocolo antisuicidios? ¿Crees que la paciente podría hacer algo así?

En la camilla, los ojos de Alba se abrieron de par en par. Nunca se le había pasado por la cabeza suicidarse. Pero, ahora, un médico y un enfermero consideraban esa posibilidad. De repente, un montón de preguntas acudieron a su cabeza. ¿De verdad sería capaz de hacer algo así? ¿Tan mal la veían desde fuera? ¿Su madre pensaría lo mismo?

Por un momento, la joven cerró los ojos y deseó que las voces que sonaban dentro de la máquina volviesen a hablar y le diesen todas las respuestas. Pero la única contestación que obtuvo fue un nuevo chirrido cacofónico seguido de un silencio abrumador. En la sala de control, el médico y el enfermero se habían dado cuenta de que el micrófono seguía conectado y lo habían apagado.

En el interior de la máquina, Alba tragó saliva.

No había respuestas para ella.

Sus dedos se cerraron con fuerza alrededor del botón antipánico.

Esa misma tarde, el médico acudió a su habitación con un sobre de color manila. Al verlo, la madre de Alba saltó del sillón. Sabía que traía los resultados de la prueba de IRM y estaba impaciente. Alba, en cambio, no reaccionó. Después del momento de pánico sufrido por la mañana, había vuelto a su estado de indiferencia.

—Veamos el resultado en el negatoscopio —saludó el médico.

Se dirigió hacia la pantalla blanca que había en una de las paredes. Abrió el sobre y sacó de su interior un folio de color oscuro en el que apenas se adivinaban algunas líneas pálidas e irregulares que se entrecruzaban como una tela de araña. El médico pulsó un interruptor y la pantalla se iluminó con un haz de luz blanca. Al superponer sobre ella la radiografía, las líneas claras se definieron hasta formar varias imágenes.

En la cama, Alba no se inmutaba. Lo que tenía delante eran imágenes del interior de su cabeza. Era como si alguien se la hubiese cortado en varias lonchas verticales y le hubiese hecho fotos en blanco y negro a cada tajada. El aparato le recordó a uno de esos proyectores para bebés que reflejan imágenes de estrellas y ovejas en el techo para ayudarlos a dormir. Este, en lugar de noches estrelladas, mostraba secciones de su cerebro. A Alba le pareció que había una belleza extraña en esas imágenes.

—Mirad aquí —el médico señaló una zona—. ¿Veis?

Pero ni madre ni hija tenían muy claro qué debían ver. La primera le dijo al médico que no distinguía nada.

—Exacto, porque no hay nada fuera de lo normal. Pensábamos que el nervio óptico podía estar dañado, pero no es el caso.

—¿Entonces? —quiso saber la madre.

—Entonces, tenemos muy buenas noticias. Alba no tiene ningún tipo de lesión ocular. Las manchas negras que le nublaron la vista durante el examen se debieron a un ataque de ceguera nerviosa transitoria.

—Ceguera... ¿qué?

—Ceguera nerviosa transitoria —repitió—. Veréis: cada persona reacciona de manera diferente ante las situaciones de estrés. A algunas se les cae el pelo; a otras se les agarrotan los músculos; otras convulsionan... En el caso de Alba, ella sufrió un ataque de ceguera transitoria.

De pie, la madre soltó un suspiro de tranquilidad, como si le acabasen de quitar un peso enorme de encima. Como Alba no reaccionaba, el médico y su madre comenzaron a hablar entre ellos y la dejaron de lado. Pero Alba, en la cama, estaba muy atenta a la conversación que mantenían.

–Pero, doctor, ¿cómo no nos hemos dado cuenta antes?

–Es posible que este haya sido su primer ataque; quizá nunca haya estado tan estresada. En cualquier caso, ahora que sabemos cómo reacciona el cuerpo de Alba al estrés, es conveniente estar preparados por si se repitiese en el futuro.

–¿Hay algún tipo de tratamiento?

El médico respondió hurgándose en uno de los bolsillos de su bata. Sacó un bote de plástico que sonaba como un sonajero y lo dejó sobre la mesa.

–Se llama argopanoptina. Son pastillas. Si Alba vuelve a ver manchas negras, tiene que tomarse una de estas. ¿Entendido?

La madre asintió con la cabeza.

–Entonces, ahora que sabemos qué le sucede, ¿van a darnos ya el alta? ¿Podemos irnos a casa?

El médico se volvió hacia la paciente y la miró vacilante. Alba permanecía con la mirada perdida, aunque imaginaba en qué pensaba su médico.

«Cree que voy a hacer alguna tontería. Por eso no quiere darme el alta».

Al final, confirmó en voz alta lo que ella temía:

–No, de momento no. Queremos tener a Alba algunos días más en observación –se acercó hasta ella y le puso una mano en el hombro–. Alba, si quieres marcharte, lo mejor que puedes hacer es esforzarte por recuperarte. Tienes que comer, dar algún paseo por la habitación... Si sigues estos consejos, todo saldrá bien.

Ella dio un largo suspiro.

«Todo saldrá bien».

Las palabras del médico resonaron en su cabeza. Parecía convencido.

Alba, en cambio, no estaba tan segura.

3

SERVIR LA CENA

La enfermera dejó la bandeja de la cena sobre la mesilla que había junto a la cama.

Lo hizo sin esperanzas; habían pasado dos días desde que a Alba le habían realizado la resonancia magnética y seguía sin probar bocado.

La paciente miró de soslayo la bandeja, que iba cubierta por una tapa aislante para evitar que la comida se enfriase. Su madre advirtió el vistazo que le había lanzado a la cena y emitió un chasquido con la lengua. Todo indicaba que Alba tampoco comería esa noche. La enfermera no se mostró tan comprensiva:

–Más te vale vaciar el plato. Si cuando vuelva a por la bandeja veo que está intacta, le diré al médico que te ponga una sonda para alimentarte, aunque no quieras. Ya veremos si te gusta comer entonces.

Cuando se marchó, se quedaron a solas.

–Ya has oído a la enfermera –comentó su madre–. Si no comes algo pronto, te intubarán. Y el médico dijo que lo que te ocurre no es nada grave. Ahora tienes que poner de tu parte para recuperarte.

Alba soltó un suspiro. Luego, destapó la bandeja para echarle un ojo a la comida. Le sorprendió ver que todo estaba envuelto en paquetitos de plástico. De primero tenía un bol de arroz blanco con tortilla y, de segundo, un filete gris acompañado de judías. De postre, gelatina de color verde y olor indescriptible. Dudó un instante si llevarse una cucharada de algo a la boca, pero acabó echando la bandeja a un lado. Ahora que su futuro se había esfumado, ni siquiera se sentía capaz de llevar a cabo las acciones más básicas.

La madre resopló. Estaba harta de la actitud de su hija, de que no intentase sobreponerse a lo sucedido. Por suerte para Alba, era tarde y a su madre le dolía la cabeza, así que, en lugar de una larga perorata, le dedicó unas pocas frases:

–Sé que los planes que tenías se han ido al garete. Pero el pasado, pasado está, y no puedes hacer nada por cambiarlo, salvo continuar con tu vida. Todos tenemos derecho a tropezar, pero levantarnos es una obligación.

Después de aquello, su madre se despidió. El cuarto contaba con un sillón reclinable para que los familiares durmiesen junto a los enfermos. Su madre no se había despegado de ella desde que la habían ingresado, ni siquiera durante las noches, pero el sillón era incómodo y había terminado por destrozarle la espalda. Por ello, había decidido que esa noche dormiría en casa. Así descansaría en condiciones y repondría fuerzas.

Al marcharse, Alba se quedó sola en la oscuridad. Los engranajes de su cabeza echaron a rodar. Si alguien pudiese entenderla... Los médicos, los enfermeros, hasta su propia madre... Todos pensaban que estaba desanimada por el ataque de ceguera transitoria que había padecido. ¡Como si descubrir que sufría una nueva enfermedad fuese el fin del mundo! No; lo que verdaderamente era el fin del mundo era haberse esforzado tanto durante años para luego, cuando tenía su sueño al alcance de las manos, ver cómo se disipaba.

Había una segunda convocatoria de Selectividad durante el verano, pero Alba sabía que las facultades de Medicina se llenaban siempre con alumnos que aprobaban a la primera. Si quería estudiar esa carrera, no le quedaba otra opción que repetir el examen el curso siguiente, algo que implicaba perder un año entero de su vida. ¡Un año entero! ¡Ella, que siempre lo había planificado todo de una manera tan eficiente! ¿Qué demonios iba a hacer ahora? Si hubiese sido una chica de fe y no de ciencia, en esos momentos se habría puesto de rodillas en el suelo de la habitación y habría apoyado los codos sobre la cama para rezar en busca de una solución divina.

Fue entonces cuando un fogonazo iluminó su cabeza. No pensaba rezar, no, pero contaba con otra opción, una que siempre le daba las respuestas acertadas. Paseó la mirada por la habitación y enseguida dio con él. Junto al sillón para las visitas había una funda rectangular. Su ordenador portátil. Su madre se lo había llevado días atrás con la intención de que hablase con sus amigas y se animase. Qué tontería. Alba había estado tan ocupada con sus estudios que ni siquiera había tenido tiempo de hacer amigas de verdad durante el instituto.

Saltó de la cama, lo sacó de la funda y lo colocó sobre la mesa. Unos cuantos clics y ya estaba conectada a internet. En la pantalla apareció una barra en blanco. Tecleó su consulta:

Qué hacer cuando tu vida ha terminado

Pero se arrepintió antes de pulsar *enter*. Hasta a ella misma le parecía que la pregunta era demasiado dramática. Necesitaba ser más concreta. Borró la búsqueda y la sustituyó por otras:

Qué hacer si no te admiten en la universidad
Qué hacer si tienes que repetir la Selectividad
Qué hacer si vas a perder un año de tu vida

El ordenador le mostró millones de páginas web para cada una de sus preguntas. La siguiente hora transcurrió en un suspiro frenético. Alba leyó artículos de opinión, repasó foros de debate, comparó opiniones y, en un par de ocasiones, se entretuvo viendo vídeos graciosos de gatos, que no venían al caso. Al final, sobrepasada por la cantidad de resultados y disgustada porque ninguno era el deseado, regresó a la página principal del buscador. El cursor de escritura continuaba sobre la línea de búsqueda en blanco; parpadeaba al ritmo de sus latidos.

Fue ese el momento en el que reparó en una opción que no había contemplado hasta entonces: una casilla diminuta llamada «Voy a tener suerte». No tenía ni la más remota idea de para qué servía, pero, dado su estado de desesperación, no estaba en disposición de prescindir de ningún tipo de ayuda. Marcó la casilla, volvió a la barra de búsqueda y trató de ser consigo misma más franca que nunca:

Qué hacer cuando no sabes qué hacer con tu vida

Y pulsó *enter*. Durante las milésimas de segundo que el ordenador tardó en hacer su trabajo, los nervios de Alba saltaron por los aires y se recompusieron de nuevo un centenar de veces.

Al final, un anuncio parpadeó en la pantalla del portátil. Mientras lo releía con ojos rápidos, se sorprendió de lo efectiva que había sido la casilla «Voy a tener suerte». Alba, al menos, creía haber tenido toda la suerte del mundo.

—... Empezaría a trabajar en septiembre y podría dejar el trabajo justo antes de los exámenes del curso que viene. Tendré tiempo libre para estudiar durante todo el año. Además, podré mejorar mi inglés. Tal y como yo lo veo, todo son ventajas. ¿Qué te parece?

La madre no respondió. Estaba tan sorprendida por el cambio de actitud de su hija que apenas entendía sus palabras. Parecía que los ánimos de ambas se hubiesen intercambiado. Ahora

Alba estaba hiperactiva y no dejaba de hablar de su plan; su madre, estupefacta.

No era para menos. Nada más entrar por la puerta, se había fijado en la bandeja de la cena que había sobre la mesa. Estaba completamente limpia, sin una sola miga de pan. En algún momento de la noche, su hija había decidido salir de su trauma para regresar al mundo real.

A la madre le extrañaba un cambio de actitud tan repentino y no sabía muy bien cómo reaccionar. Los profesores de Alba siempre habían dicho que se esforzaba mucho, y nunca había fallado en nada que se hubiese propuesto. Ahora, por primera vez en su vida, había fracasado. Había temido que su hija cayese en depresión, pero también le resultaba raro verla tan sobrepuesta de repente.

Con un dedo intranquilo, movió el envase que la noche anterior había estado lleno de gelatina. Ahora no quedaba ni una gota del postre.

–Mamá –la llamaba–. Mamá, ¿me estás escuchando?

Dijo que sí, aunque por pura inercia. Pensaba en la cara de sorprendida que pondría la enfermera cuando recogiese una bandeja vacía.

–Sí, sí; es solo que… ¿de qué me estabas hablando?

Alba suspiró, como si le molestase que su madre no fuese capaz de seguir sus razonamientos. Para no tener que explicárselo de nuevo, prefirió abrir su portátil. Había guardado el anuncio de la noche anterior en la pestaña de favoritos. Accedió a la web y se la mostró a su madre, que leyó el encabezado:

Se busca *au pair*

Dudó unos instantes.

–¿Qué…? ¿Qué es una *au pair*?

–Mamá, *au pair* es una expresión francesa que significa «a la par» –le explicó Alba–. En el siglo XVIII era normal que las chicas de familias nobles viviesen una temporada en casa de parientes de otros países. Las chicas se encargaban de los niños y realizaban tareas menores, como hacer sus camas, entretenerlos, jugar con ellos, lavarlos y vestirlos. A cambio, vivían en casa de la familia, recibían un pequeño sueldo y aprendían o mejoraban el idioma. Hoy día, el trabajo ha evolucionado y muchas familias buscan a chicas jóvenes que las ayuden en el cuidado de los niños, que se encarguen de llevarlos al colegio, darles de comer... Ese tipo de cosas. A cambio, viven con la familia, reciben un sueldo y aprenden el idioma del país de destino. Eso es una *au pair*.

La madre seguía sin entender el plan que había concebido la hija. Todavía tenía la mente puesta en el envase de la gelatina.

–Entonces, ¿es como ser una niñera? –preguntó.

–No exactamente. Aunque... sí, supongo que es algo parecido –corrigió, y luego añadió–: Mira, no voy a poder presentarme a la Selectividad hasta junio del año que viene y no quiero quedarme en casa sin hacer nada. Si empiezo a trabajar de *au pair* en septiembre, podré volver justo antes de los exámenes.

A continuación, Alba enumeró todas las razones por las que creía que aquel era el paso correcto:

–Piénsalo bien: tendré tiempo para estudiar; ganaré algo de dinero; perfeccionaré el inglés, cosa que me vendrá genial para el examen del año que viene, y cuidaré de niños. ¡De niños! Seguro que en las facultades de Medicina les gusta que haya dedicado un año a algo así. Hoy día, ese tipo de actividades se valoran mucho. Tal y como yo lo veo, todo son ventajas. Es un plan perfecto.

Su hija. Durante un año. En otro país. Con otro idioma. Trabajando para desconocidos. Viviendo con desconocidos. Haciéndose cargo de sus hijos. Las ideas restallaban en la cabeza de la madre como bombas; no se había repuesto de una cuando la siguiente ya había detonado. Estuvo a punto de quedarse sin voz. Tuvo que carraspear para recuperarla.

—Pero, Alba, no puedes planear un cambio tan drástico en una sola noche. Este tipo de decisiones hay que pensarlas detenidamente, valorar otras opciones…

—El trabajo lo gestiona una agencia profesional, que se encarga de publicar los anuncios, hacer entrevistas a las *au pairs* solicitantes para ver si sus perfiles se adecuan a lo que pide cada familia, ponerlas en contacto con la casa de acogida… Ellos lo llevan todo, así que no hay de qué preocuparse.

La madre vacilaba. Había pasado los últimos días deseando que su hija se recuperase, pero ahora que Alba estaba en plena forma de nuevo, no se sentía mejor. Un nuevo tipo de intranquilidad había llegado para eclipsar a la anterior. Le gustaba ver a Alba entusiasmada por un nuevo plan, pero, al mismo tiempo, pensaba que era demasiado precipitado.

—Enséñame el anuncio. Quiero verlo otra vez.

Pegó la vista a la pantalla del ordenador y leyó el anuncio completo. Incluía una breve presentación de la familia, las condiciones en las que viviría la *au pair* y la lista de trabajos que debía realizar durante su estancia. Todo parecía muy claro.

—¿Estás segura de que esto es lo que quieres hacer? —le preguntó a su hija.

—Claro —respondió—. Me encargaría fundamentalmente de cuidar niños, así que ¿qué puede salir mal?

4

Lavar los trapos sucios

Alba no permaneció mucho más tiempo ingresada.

Una vez que tuvo claro que el siguiente paso en su vida era convertirse en *au pair*, comió, bebió e hizo todo lo que los médicos le recomendaron. Lo que fuese con tal de recibir cuanto antes el alta médica. Los trabajadores del hospital estaban impresionados. Muy pocas veces habían visto a alguien que pasase de un estado próximo a la depresión a una actividad tan frenética. Parecía que estuviese hecha de goma y que, tras tocar fondo, en lugar de estrellarse contra el suelo, hubiese rebotado y salido disparada hacia lo más alto.

Una vez en casa, tampoco se relajó. Se puso en contacto con la agencia de *au pairs* responsable del anuncio y se informó de todos los requisitos que pedían. Resultó que el proceso de selección de una *au pair* era más complejo de lo que esperaba. Desde la agencia le pidieron una gran cantidad de papeles: varios exámenes de inglés que demostrasen que controlaba el idioma, un test de aptitud, un currículum de estudios y actividades extraescolares, una redacción en la que describiese su experiencia con niños… La agencia evaluaría toda la documentación y, si creían que era una buena candidata, se pondrían en contacto con ella.

A pesar de todo el trabajo que supuso, no se desanimó.

Cuando la empresa la llamó para decirle que la familia del anuncio quería contratarla, todos sus esfuerzos se vieron recompensados.

–Solo falta un pequeño detalle –le dijeron desde la agencia por teléfono–. Tienes que venir a nuestras oficinas para firmar el contrato.

Al llegar el día, Alba se sorprendió por la manera en la que había pasado todo. Si hace unos meses alguien le hubiese dicho que, en lugar de ir a la universidad, a partir de septiembre se iría a vivir a otro país, no lo habría creído.

Cuando las puertas del ascensor se abrieron, se encontró directamente en las oficinas de la agencia. La moqueta era de color arena, y todos los muebles, blancos. Tras un mostrador, una chica joven y rubia, también vestida de blanco, atendía el teléfono. Sobre su cabeza, una hilera de relojes grandes, similares a los de un aeropuerto, daban las horas de algunas capitales europeas: Londres, París, Roma, Lisboa, Dublín, Reikiavik, Viena, Atenas y Madrid. La planta crecía a ambos lados del mostrador, con una hilera de despachos separados por cristales traslúcidos. Lo que sucedía en el interior de cada uno de los cubículos era imposible de adivinar, ya que apenas se percibían unas cuantas siluetas.

Alba, nerviosa, permaneció a unos metros del mostrador hasta que la recepcionista colgó el teléfono y le indicó que se acercase. Los dientes, blanquísimos, parecían ir a juego con su ropa y con los muebles, como si la agencia entera hubiese sido lavada con detergente.

–Buenos días.

–Bu-bu-buenos días –le fallaban los nervios–. Vengo a firmar un contrato.

–Perfecto. Puedes esperar ahí sentada. Enseguida te llamaremos.

Obedeció y se sentó en uno de los sillones que había junto a la puerta. A su lado, sobre una mesa, había un álbum de fotos abierto por la mitad. Estaba repleto de instantáneas de chicas jóvenes que sonreían y practicaban todo tipo de actividades junto a niños de diversas nacionalidades: chicas sonrientes haciendo marionetas, chicas sonrientes contando cuentos, chicas sonrientes dando un paseo... También había comentarios escritos a mano por aquellas jóvenes, que contaban lo magníficas que habían sido sus experiencias. Eran otras *au pairs* a las que la agencia había encontrado trabajo. Empezó a ojear las páginas del álbum para hacerse una idea de cómo sería su vida durante el siguiente año. Pero no había pasado más de tres de páginas cuando una vieja amiga ocupó su campo de visión.

Apretó los puños nerviosa, con tanta fuerza que enseguida sus uñas dibujaron una serie de medias lunas en las palmas de sus manos. La ceguera nerviosa transitoria volvía a la carga. No podía creer que le estuviese volviendo a suceder. ¡Otra vez! Se apresuró a abrir su bolso y, temblando, tanteó el interior en busca de la medicación. Esa mañana, antes de salir de casa, había cogido el bote de pastillas de argopanoptina, por si se ponía nerviosa. Lo había cogido, estaba convencida, pero ahora era incapaz de dar con él.

No podía creerlo. ¿Había olvidado la medicación? ¿Volvería a perder la vista? ¿En la mismísima agencia? Si descubrían que estaba enferma, tal vez prefiriesen enviar a otra persona... Ahora que estaba tan cerca de firmar el contrato... Su mundo parecía haberse desmoronado cuando, de repente, rozó el bote con la mano. Una vez localizado, lo cogió con fuerza, como si temiese que pudiera evaporarse en el interior de su bolso de nuevo.

Se levantó de la silla y carraspeó en dirección a la recepcionista.

–Disculpe... ¿El baño? –procuró aparentar calma.

La recepcionista levantó la cabeza de su ordenador y le indicó con la mano una puerta a su izquierda. Alba llegó al baño y, una vez dentro, se metió una de las pastillas en la boca, abrió el grifo y dio un trago largo de agua. Parpadeó un par de veces y constató que la mancha de oscuridad seguía en su sitio, aunque al menos no había crecido. Se lavó la cara para despejarse y trató de recomponerse. Cuando le pareció que la mancha empezaba a reducirse, salió del baño. Fuera la esperaba la recepcionista.

–Ya puedes pasar. El tercer despacho a tu derecha.

Alba asintió con la cabeza y avanzó hasta quedar frente a la puerta indicada.

«Todo va a salir bien», pensó.

–¡Hola! –una mujer la saludó desde detrás de un escritorio. Después se levantó y le estrechó la mano.

Alba se sentó en la silla que había libre mientras contemplaba a la encargada de tramitar su expediente. Era una mujer muy parecida a la recepcionista, con el mismo pelo rubio y la misma sonrisa blanca, aunque parecía más mayor. A Alba la semejanza le resultó extraña; parecía que en la agencia fabricaban mujeres en serie.

Sobre la mesa había una carpeta amarilla con una etiqueta en la que ponía «Alba». Contenía su documentación.

–¡Teníamos tantas ganas de conocerte! Hemos visto tus notas del instituto, tu prueba de inglés, tus redacciones... Hemos pasado toda tu información a la familia. Están encantados contigo. ¡Eres la candidata ideal para ellos!

No supo qué responder. Se limitó a sonreír alegre, como se suponía que debía hacer alguien que trabajaba con niños. Dejó que la encargada cargase con el peso de la conversación:

–La familia Crowned está muy interesada en ti. Les pareciste una persona muy responsable –miró los papeles de Alba para refrescarse la memoria con algún dato que corroborara esa impresión–. Sí, ajá, ¿ves? Aquí dice que quieres estudiar Medicina. ¿Por qué?

La pregunta, aunque parecía inocente, le sentó a Alba como un puñetazo en la cara. De repente, le costaba mantener el tipo.

–Me gusta cuidar de las personas –se limitó a decir.

–Sí, pero tienes unas notas excelentes. ¿Por qué no has entrado ya en la universidad? Podrías haber empezado este año, ¿no?

Un nuevo golpe. Ahí estaba la pregunta del millón. Si era una joven tan excepcional, ¿por qué prefería irse a cuidar niños a otro país en lugar de cumplir su sueño de convertirse en médica? En cuestión de segundos, a Alba le pareció que el ambiente se enrarecía. La sonrisa, el tono, la postura..., todo en la encargada hacía pensar que trataba de ser amable, pero sus preguntas apuntaban en otra dirección.

Boqueó unos segundos mientras sus labios buscaban una respuesta adecuada. No pensaba decir la verdad: que había sufrido una crisis nerviosa que la había dejado ciega durante unos días y le había impedido terminar los exámenes de la Selectividad. En los tests de preselección, Alba no había mencionado su ceguera nerviosa transitoria; si la mencionaba ahora, podrían creer que intentaba ocultárselo. Pensó que era mejor lavar sus trapos sucios en privado.

–Creo que vivir un año en el extranjero puede ser una gran experiencia. Tengo la impresión de que quienes pasan del instituto a la universidad directamente se quedan sin ver una parte del mundo. La universidad está bien, pero es mejor abrir la mente a otras vivencias –se inventó–. Además, trabajar con niños ahora me hará mejor médica en el futuro. Tal vez me especialice en pediatría.

La entrevistadora sonrió ante su respuesta. Se la había creído por completo. Los trapos de Alba relucían tan blancos por una cara que era imposible fijarse en las manchas que tenían en el reverso.

–Eso es admirable. En ese caso... –respondió la entrevistadora. Luego, se volvió hacia un fichero y sacó otra carpeta, ahora de color azul claro y con una etiqueta en la que ponía «Familia Crowned». Sacó una fotografía y se la tendió a Alba–. Toma, te presento a los Crowned. Puedes quedártela.

En la fotografía había cinco personas, todas dispuestas en los escalones delanteros de una casa. En la parte de detrás estaban los padres: él, castaño; ella, rubísima y embarazada. Justo delante estaban los tres niños: un chico rubio, alto, espigado y con gafas; una niña mediana, también rubia, sacándole la lengua a la cámara; y un niño pequeño, castaño, que se hurgaba la nariz con tanta fuerza que tenía medio dedo metido en la fosa nasal.

La entrevistadora se levantó y rodeó el escritorio hasta quedar junto a la puerta.

–Te dejo para que te familiarices con ellos. Voy a por el contrato y las normas que dejó la anterior *au pair*. Enseguida vuelvo.

Tras quedarse a solas en el despacho, Alba repasó con más detenimiento las caras de los fotografiados. Parecían muy felices. Una de esas familias de anuncio en las que la madre es buena y cariñosa, los niños nunca se manchan y todos desayunan juntos en la cocina.

A su espalda, la puerta volvió a abrirse. La entrevistadora reapareció con un pliego de hojas en la mano.

–Qué raro... –murmuró.

–¿Sucede algo?

–Sí, bueno... Algo sin importancia. Verás, cuando una *au pair* deja a una familia, siempre le pedimos que escriba unas normas de la casa; es decir, datos sobre cómo le gusta a la familia que se realicen las tareas del hogar y detalles como la hora a la que suelen comer, si los niños son alérgicos a algo, los horarios de las actividades extraescolares... Así, la nueva *au pair* sabe a qué atenerse desde el primer día –se sentó de nuevo en su silla–. Pero la anterior *au pair* de los Crowned, una francesa llamada Noira Pion, no dejó escrito nada. Le he preguntado a la recepcionista y me ha dicho que no se sabe nada de Noira desde hace dos meses. Quién sabe, lo más probable es que haya vuelto a Francia. La señora Crowned nos dijo que se marchó de la casa sin avisar.

Alba negó con la cabeza, con un gesto que pretendía decir: «Yo nunca haría algo así; jamás abandonaría a mi familia de acogida de esa manera». Acto seguido, bajó la mirada y leyó el contrato. No había nada extraño y la mayoría de las cláusulas ya las conocía porque había leído contratos similares en internet. Recogían aspectos como el horario de la *au pair*, los días que libraría, las tareas que debía desempeñar…

Cuando hubo repasado el documento, fue hasta la última página y contempló la línea de puntos sobre la que debía firmar. Tras apoyar el bolígrafo en el papel, respiró profundamente. Iba a hacerlo. Iba. A. Hacerlo. Cuidar. Cuidar a los niños de otras personas. En otro país. ¡Durante un año! Por primera vez desde que había empezado los trámites, fue consciente del cambio que iba a producirse en su vida. Para no echarse atrás, se apresuró a garabatear su nombre sobre la línea de puntos.

—Pues ya está todo listo —dijo la encargada—. Prepara el equipaje y conciénciate, porque te vas a Inglaterra dentro de una semana. En unos días te mandaremos un correo con la dirección completa de la casa y el billete de avión.

Se despidieron. Alba recogió su bolso y salió del despacho hacia el ascensor. Se sentía rara. Iba flotando, como si sus pies hubiesen perdido toda la sensibilidad.

En el ascensor, pulsó la tecla de la planta baja y las puertas comenzaron a cerrarse. Fue justo entonces cuando, al otro lado, apareció la encargada. La llamó por su nombre y corrió hacia ella. Alba reaccionó a tiempo. Alargó un brazo para ponerlo entre las puertas del ascensor y estas volvieron a abrirse.

—¿Hay algún problema? —quiso saber Alba.

La encargada llevaba un papel en las manos.

–Disculpa; he revisado el contrato y me he dado cuenta de que no estaba especificado el sueldo. Esta es la cantidad que la familia Crowned te pagará semanalmente.

Acto seguido, le entregó el papel. Los ojos de la joven se abrieron de par en par al ver la cifra, muy superior a lo que había esperado. Alba se había informado en varios blogs de *au pairs* y sabía que la mayoría de las chicas recibían sueldos mucho más bajos. Incluso las que más cobraban ni siquiera se acercaban a su cantidad.

–¡Vaya! Gracias; es una oferta muy...

Pero las puertas se cerraron y dejaron a medias su agradecimiento. El ascensor se puso en marcha y el viaje hacia la planta baja se reinició.

Aún sorprendida por la magnitud de la cifra, Alba volvió a mirar el papel. Los números le hicieron sentir vértigo.

«Esa familia está realmente desesperada por encontrar una nueva *au pair*», pensó.

5

PREPARAR LAS MALETAS EN CASO DE VIAJE

—¿Llevas el carné de identidad?

—Sí.

—¿Y el pasaporte?

—Sí.

—¿Y el billete de…?

—¡Mamá! —protestó Alba por el interrogatorio.

Luego, a modo de confirmación, sacó una funda de plástico de su equipaje de mano. En su interior estaba todo lo que iba a necesitar para el viaje: su documentación, la tarjeta de embarque y dos billetes de autobús, uno para llegar hasta el pueblo de Grey Hills y otro para llegar desde el pueblo hasta Gloomy Gardens, la casa en la que iba a trabajar.

—¿Ves? —agitó la funda en el aire—. Lo llevo TO-DO. No hay de qué preocuparse.

Su madre no era de la misma opinión y se lo hacía saber constantemente con chasquidos de lengua y otros gestos de desaprobación. Por mucho que Alba le pidiese lo contrario, claro que se preocupaba. Una hija no se iba de casa todos los días. Pero el momento había llegado y ya no había vuelta atrás, de manera que no le quedó más remedio que apagar el motor del coche y salir al aparcamiento del aeropuerto.

Alba la imitó. Dieron la vuelta al vehículo para descargar el equipaje del maletero. Hicieron falta cuatro brazos para bajar al asfalto una de las maletas que se llevaba, que era enorme. Iba a estar en el extranjero casi un año, de manera que había metido ropa para todas las ocasiones posibles.

Buscaron un carrito en el que cargar el equipaje y se dirigieron a la entrada del aeropuerto. Todo esto, intercalado con largos suspiros con los que la madre de Alba demostraba su disconformidad. No dejó de suspirar hasta que la enorme maleta de Alba desapareció en una cinta transportadora. Aquella fue la evidencia definitiva de que su hija no dormiría esa noche en casa.

–Muy bien. ¿Y ahora qué toca?

–Ya solo falta ir a la puerta de embarque –replicó Alba con la voz quebrada. A ella también le había afectado ver cómo desaparecía su maleta en la cinta mecánica.

La madre captó el temor en su voz. Para calmarla, y también para consolarse a sí misma, le pasó un brazo alrededor de los hombros y la atrajo hacia sí mientras avanzaban hacia la puerta de embarque. Con ese gesto, pretendía decirle que todo iba a ir bien. Alba dio gracias por él.

Sin embargo, no habían dado más que unos cuantos pasos cuando un agente de seguridad las detuvo. Estaba situado junto a una serie de postes, de esos que se unen con una cinta retráctil y se utilizan para separar ambientes.

–Sus tarjetas de embarque, por favor.

Alba hurgó en su funda de plástico y le tendió el documento. El agente observó detenidamente su tarjeta de embarque y se la devolvió. Luego se hizo a un lado para dejarla pasar. La joven cruzó sin pensárselo dos veces.

–Señora, a partir de aquí es zona de embarque. Si no tiene tarjeta, no puede pasar –le dijo el agente a su madre.

Angustiada, Alba la buscó con la mirada, al otro lado de la cinta divisoria. No había caído en la cuenta de que ella no podía acompañarla hasta la misma puerta del avión. Entonces, ¿ya está? ¿Así tenían que despedirse? Desde que había iniciado el proceso para trabajar de *au pair*, sabía que tendría que separarse de su madre, pero no había imaginado que sería de una manera tan brusca. Quiso regresar al otro lado de los postes, pero el agente le transmitió con la mirada que, una vez pasado el primer control, no había vuelta atrás.

–Apártense –continuó–. Están obstruyendo el paso al resto de pasajeros.

Tenía razón. Alrededor de ellas se había formado un pequeño embudo de personas que esperaban su turno. Alba le hizo un gesto a su madre y las dos se hicieron a un lado.

–Lo siento. No tenía ni idea de que no podrías acompañarme... –quiso explicarse. Era extraño hablar con su madre con una cinta de seguridad en medio. Aún no había salido del país y ya le daba la sensación de estar a miles de kilómetros de ella–. Yo quería...

No hizo falta decir nada más. Su madre alargó los brazos por encima de los postes, la abrazó y atrajo su cabeza contra su pecho.

–No importa. Pase lo que pase, tú mantén la calma. Esos ingleses no saben quién se les echa encima. Vas a comértelos. Eres tan joven y tan inteligente... Estoy segura de que vas a derribar todos los muros que se te pongan por delante.

Alba estaba al borde del llanto, pero se obligó a mantener la compostura. Si la veía llorar, su madre acabaría a lágrima viva.

–Y estate tranquila. Piensa que volverás para Navidad. Nos veremos antes de que te des cuenta.

Asintió con un sollozo mientras se deshacía del abrazo de su madre.

–Tengo que irme ya o perderé el avión –se despidió, cuando en realidad quería decir: «Tengo que irme ya o acabaré llorando a moco tendido».

Su madre dio un paso hacia atrás para alejarse de la cinta divisoria. Alba se dio media vuelta y comenzó a andar entre los bancos, papeleras y tiendas del aeropuerto buscando su puerta de embarque. Cuando dio con ella, trató de animarse. No quería empezar su nueva aventura entre lágrimas.

«Nos veremos antes de que te des cuenta», recordó las últimas palabras de su madre.

Palabras que no iban a cumplirse, porque Alba nunca regresaría de su viaje.

Cuando el avión descendió por debajo de las nubes, Alba se sobrecogió por el paisaje que se le descubrió. No podía apartar la mirada de los interminables campos y bosques que, a escala diminuta, cubrían el territorio. Desde el aire, parecía que Inglaterra estuviese hecha con remiendos de tela de todas las tonalidades existentes de verde. Solo muy de vez en cuando se adivinaban pequeños pueblos que salpicaban el paisaje e interrumpían la vegetación. La vista era tan distinta a todo cuanto conocía... De repente, sentía la necesidad de pasear por aquellos campos y perderse por sus bosques. Le dio la impresión de que estaba llegando a un país lleno de vida y de oportunidades, con millones de cosas nuevas por hacer y descubrir.

Al desembarcar en el aeropuerto, recogió su equipaje y buscó el autobús que iba hasta Grey Hills. En el proceso, se perdió un par de veces y trató de conseguir ayuda, pero enseguida descubrió que comprender y expresarse en inglés no era tan sencillo como había supuesto. Sus primeras incursiones en este idioma consistieron en unos cuantos balbuceos y un montón de palabras mal pronunciadas.

Recoger la maleta, salir del aeropuerto y encontrar el autobús se convirtieron en tareas casi heroicas.

Cuando por fin arrancó el autobús, Alba pensó en descansar un poco, pero desechó la idea por miedo a quedarse dormida y pasarse la parada. Así que se dedicó a contemplar el paisaje; a medida que avanzaban, los campos verdes y cuidados fueron mutando hacia una vegetación salvaje. En paralelo, su mente realizaba un trayecto desde la seguridad de que había tomado la decisión correcta hasta la sensación de que había pasado algo por alto. Había tenido tantos problemas en el aeropuerto que llegó a preguntarse si el azar intentaba impedir que llegase a su destino.

Germinaba esa sospecha en su cabeza cuando, al otro lado del cristal, apareció un letrero que acabó de raíz con sus especulaciones.

BIENVENIDOS A GREY HILLS

Cuando el autobús paró, Alba se apresuró a bajar y recoger su equipaje del maletero. Una vez en tierra, examinó dónde estaba. Su reloj decía que la tarde no había acabado, pero el cielo estaba tan oscuro como si fuese medianoche. Se encontraba junto a una parada de autobús en la que debía de ser la plaza principal del pueblo. Desde allí, en todas direcciones, se veían calles de casas antiguas de dos plantas; la mayoría tenían en la planta baja negocios (como floristerías o carnicerías) y en la planta superior la vivienda familiar. No había edificios altos, y el único atisbo de vida era una cafetería de grandes ventanales que quedaba a su espalda. Sobre la puerta había una gran marquesina con el dibujo de una carta comodín y el nombre del establecimiento:

THE JOKER

Suspiró aliviada al creer que la peor parte del viaje había pasado. Ya estaba en la localidad; ahora tenía que encontrar la mansión. Por lo que había visto en internet, Gloomy Gardens, la casa en la que trabajaría, no estaba en el mismo pueblo, sino en una colina a las afueras. Se acercó hasta la parada del autobús y comprobó los horarios. Un gesto de preocupación se dibujó en su cara cuando leyó que el último había pasado hacía ya un buen rato.

De repente, sintió que le faltaba el aire. Era de noche, estaba sola en otro país y no tenía ni idea de cómo llegar a Gloomy Gardens. En otras condiciones, se habría planteado ir a pie, pero sus maletas pesaban demasiado y no sabía qué dirección debía tomar. Barajó la opción de buscar un hotel para pasar la noche y esperar a la mañana siguiente, pero por mucho que repasaba los carteles de los negocios de la zona, no veía ningún indicio de alojamiento. Sentía que sus opciones se agotaban.

Fue entonces cuando un sonido metálico restalló a su espalda, seguido de un murmullo de voces. Alba se volvió y contempló que era la puerta de la cafetería, que se había abierto para dejar salir a un señor mayor. Se mordió los labios. Era consciente de que si no quería pasar la noche a la intemperie, no le quedaba más remedio que confiar en la bondad de los desconocidos.

–Señor. Disculpe. Yo... Yo... –empezó a decir en inglés mientras se acercaba al hombre. Las palabras se le atragantaban y se sentía incapaz de completar una frase.

El hombre ni siquiera pareció escucharla, a juzgar por la manera en que continuó andando. Alba resopló mientras se hacía a la idea de dormir en la calle. Pero un nuevo clic del pestillo de la puerta de la cafetería la puso en alerta otra vez. Tenía una segunda oportunidad. Esta vez era una mujer. Esperaba que fuese más amable.

–Yo. Perdido. Bus. Sola. A casa –dijo palabras sueltas.

La mujer se detuvo un momento y paseó su mirada de Alba a las maletas y de las maletas a Alba. Comprendió la situación y se mostró receptiva. Mientras sacaba del bolso las llaves de su coche, dijo algo que Alba no entendió, aunque supuso que se refería a la dirección.

–Gloomy Gardens. Yo, Gloomy Gardens.

El semblante de la desconocida cambió de manera radical. Guardó sus llaves de nuevo en el bolso y lo cerró con cremallera para dar a entender que la conversación había terminado. Se hizo a un lado y aceleró el paso para dejar atrás a Alba.

Al marcharse, la mujer dejó libre el hueco de la puerta, que esta vez se había quedado abierta de par en par. En el interior, Alba descubrió a un joven que, desde detrás de la barra, la observaba con cara divertida. El chico había advertido la escena y le parecía de lo más graciosa.

Lo último que necesitaba ella en esos momentos era que alguien se riera de su desgracia. Se dio media vuelta y se alejó de la cafetería.

Pero no había dado más que un par de pasos cuando notó que alguien la cogía por el codo. Se volvió alarmada y se encontró frente al chico de la barra.

–Puedo ayudarte –dijo.

Ella tardó en responder. Se había quedado paralizada porque el desconocido le había hablado en perfecto español. Se tomó unos instantes para observarlo. Era algo mayor que ella, con el pelo castaño oscuro y unos bonitos ojos a juego. En la cintura tenía un delantal corto de color verde oscuro con un bolsillo, en el que llevaba un bloc de notas y un par de bolígrafos.

–Necesitas ayuda, ¿no?

–Sí. Acabo de llegar al pueblo; tenía que coger un autobús para ir a mi nueva casa, pero al parecer ya ha pasado el último.

El chico asintió con la cabeza.

–Está bien, espera aquí un segundo.

El joven volvió al bar, se desanudó el delantal y lo dejó sobre la barra. Antes de salir de nuevo a la calle, intercambió unas cuantas frases con un señor.

–Perfecto –regresó junto a ella–. Le he dicho a mi jefe que una amiga mía ha llegado a Grey Hills y que tengo que llevarla a casa. Vamos a por mi coche. Te acercaré adonde necesites.

Caminaron hasta el vehículo. Al ir a abrir la puerta, Alba se preguntó si aquello estaba bien. Siempre le habían dicho que no montase en el coche de ningún desconocido... Al final concluyó que ese consejo no se aplicaba cuando una estaba sola, en otro país, con un idioma distinto y sin saber adónde ir.

—Muy bien —habló él tras cargar sus maletas y cerrar el maletero—. Ahora dime adónde necesitas que te lleve.

Ella vaciló unos segundos. La última persona a quien le había dicho adónde iba había salido corriendo. Pero no le quedaba otra opción, así que pronunció las palabras, con miedo a provocar una situación similar y perder también esta última oportunidad. Despegó los labios y habló en voz baja, como si estuviese pronunciando un insulto.

—A Gloomy Gardens.

Las cejas del joven se arquearon en un gesto de sorpresa. Ante la mueca, Alba pensó que acababa de condenarse a sí misma a pasar la noche en la calle.

Al contrario, el joven abrió la puerta del conductor y se sentó frente al volante. Ella lo imitó y se sentó en el lugar del copiloto.

Alba dudó si hacer la pregunta que resonaba en su cabeza. Al final, su curiosidad inclinó la balanza a favor del sí.

—¿A qué venía eso? Gloomy Gardens. Tu reacción y la de la mujer con la que hablé a la entrada de la cafetería...

El chico arrancó el coche.

—Bueno... Digamos que a los vecinos de Grey Hills no les gusta demasiado acercarse a ese lugar —comentó. Y luego añadió—: Creo que la mayoría no se atrevería a poner un pie en Gloomy Gardens.

6

Fregar los platos

El vehículo se alejaba del centro de Grey Hills.

Primero desaparecieron las tiendas; luego, las casas, cada vez más distanciadas entre sí. Las farolas los acompañaron algunos metros más, hasta la falda de una colina.

En el asiento del copiloto, Alba se removió inquieta. Estaba en el coche de un desconocido y casi todo cuanto veía a su alrededor era oscuridad. Lo único visible era la carretera que se abría ante ellos. Supuso que se trataba de una ruta poco transitada, ya que apenas había marcas de ruedas en el asfalto.

«Y si...», pensó ella mientras lanzaba una mirada furtiva al conductor.

Le venían a la cabeza mil situaciones terroríficas.

–Por cierto, me llamo Jake. Jake Meat –dijo él, como si hubiese notado la mirada de la joven taladrando su sien–. ¿Y tú?

–Alba –respondió a secas. Aún no había decidido si el chico en cuestión era un amigo o un enemigo, pero notó que su contestación había sonado un poco hostil, por lo que se apresuró a añadir–: Alba Trebejo.

–Muy bien, Alba Trebejo, ¿y qué has venido a hacer aquí?

–Trabajar. Soy la nueva *au pair* de la familia Crowned –intentó parecer relajada, a pesar de que no lo estaba–. ¿Y tú? Hablas muy bien español.

–Gracias. Viví en Galicia un año. Estudié Psicología y estuve allí de Erasmus. Ahora hago mi tesis doctoral y trabajo en The Joker para pagar las facturas. También vivo allí, porque el dueño de la cafetería me alquiló el estudio que hay justo encima.

–¿Cómo has sabido que necesitaba ayuda? –quiso saber Alba.

–Ah, bueno. Estaba en la barra y al verte en la calle he sabido que eras de fuera. Este es un pueblo pequeño y todo el mundo se conoce. Que yo recuerde, la última extranjera que hubo fue...

–Noira Pion –completó ella de manera inconsciente.

Por primera vez desde que se había puesto al volante, Jake apartó la mirada de la carretera para centrarla en Alba.

–¿Conociste a Noira? –preguntó extrañado.

–Oh, no. Pero en la agencia me explicaron que ella fue la anterior *au pair* de los Crowned.

Justo entonces, aparecieron a ambos lados del camino dos pilares de ladrillo rojo, ocultos en parte por enredaderas. Cada uno de los pilares sostenía una puerta. En otra época habrían sido de forja negra, pero ahora el óxido se había apoderado de ellas.

Las puertas estaban abiertas de par en par, pero Jake redujo la velocidad y detuvo el coche a unos pocos metros.

–Ya hemos llegado. Fin del trayecto –dijo.

A Alba no le daba la misma impresión. Para ella aún estaban en medio de ninguna parte. Quiso preguntarle a Jake a qué se refería, pero antes de que pudiese abrir la boca, él apretó una de las palancas que había junto al volante. Las luces de cruce se apagaron y, en su lugar, se encendieron las de carretera, de mayor alcance. Las sombras corrieron a esconderse de la luz y revelaron lo que la noche mantenía oculto.

En el asiento del copiloto, Alba sintió que su mandíbula se desencajaba.

En medio de la vegetación se adivinaba una casa descomunal. Tenía tres plantas, además del ático y el sótano. El tejado acabado en punta, las tejas negras y los ladrillos color sangre hacían de la casa un lugar extraordinario, pero también amenazador.

Absorta, Alba bajó del coche y, con la mirada puesta en la casa, avanzó con paso lento hasta ella. Ya estaba a punto de cruzar el límite de la propiedad cuando el claxon la sobresaltó.

Era Jake. Había descargado su equipaje del maletero y había vuelto junto a la puerta del conductor.

–Tengo que irme ya. Tengo que cerrar la cafetería –informó.

Alba cogió su equipaje mientras Jake le decía que, cuando se hubiese instalado, se pasase por The Joker. Le prometió que, si lo hacía, la invitaría a una taza del mejor café del mundo.

Después del ofrecimiento, se despidieron sin más.

El motor del coche se puso en marcha y sus ruedas viraron en dirección a Grey Hills. Las luces traseras no tardaron en desaparecer por una de las curvas de la colina. Fue justo en ese momento cuando ella reparó en que no le había dado las gracias al joven. Debía haberlo hecho. De no ser por la aparición de Jake en medio de la noche, ahora estaría durmiendo a saber dónde.

En cualquier caso, se dijo que ya no tenía sentido preocuparse por ese detalle. Además, él la había invitado a dejarse caer por la cafetería. Alba no tomaba café (de hecho, nunca lo había probado), pero pensó que quizá, más adelante, cuando tuviese un día libre, podría acercarse y agradecerle el gesto en persona.

Dejando esos pensamientos atrás, cogió sus pertenencias y cruzó al otro lado de las verjas. Había un paseo hasta la casa, y Alba lo aprovechó para contemplar el jardín. Era impresionante, aunque no por su belleza y lo cuidado que estaba, sino por todo lo contrario. La vegetación se extendía como una masa eterna de color verde, con una gran variedad de plantas y árboles. Medio ocultas entre la oscuridad y la maleza se apreciaban algunas esculturas, pero era difícil distinguir qué representaban.

Se sintió sobrecogida por el lugar. Para alejar esa sensación, se apresuró a subir los escalones del porche, dejó el equipaje a un lado y se recompuso la ropa y el pelo antes de llamar a la aldaba de la entrada principal.

Unos instantes después, la puerta se entreabrió y asomó el rostro de una mujer. No era la señora Crowned. Alba la recordaba de la foto que le habían enseñado en la agencia. La dueña de la casa era muy rubia. Esta tenía el pelo pelirrojo, rizado y corto. La mujer miró a Alba de arriba abajo.

–¿Puedo ayudarla? –preguntó.

–Soy Alba. Alba Trebejo. La nueva *au pair*.

Las palabras tuvieron un efecto relajante en la desconocida. Su gesto preocupado cambió y se apresuró a abrir la puerta de par en par para dejarle libre el paso. Alba se agachó para coger sus maletas, pero antes de que pudiese rozarlas, la desconocida habló de nuevo:

–No te preocupes por tu equipaje. Le diré al mayordomo que se encargue de él –se giró hacia el interior de la casa–: Señor Schellen, ¡venga! ¡Necesitamos su ayuda!

Al instante apareció junto a la desconocida un hombre mayor, con barba y pelo blancos muy descuidados. Del cinturón llevaba colgada una anilla con muchas llaves de distintos tamaños y materiales. El señor la miró con extrañeza.

–Es la nueva *au pair*, Alba Trebejo –los presentó la mujer–. Este es el señor Karo Schellen, el mayordomo de la casa. Yo soy Winona Pikes, la cocinera. Por favor, pasa. Empezábamos a pensar que te había sucedido algo.

El señor Schellen se inclinó para recoger las maletas y llevarlas adentro. Alba se fijó en sus brazos. Eran mucho más delgados que el resto de su cuerpo. Además, tenía ambas manos agarrotadas por algún tipo de enfermedad; sus dedos se asemejaban a las raíces retorcidas de un árbol nudoso.

Le supo mal que un hombre en ese estado cargase con su equipaje, pero la cocinera le quitó hierro al asunto.

—Schellen dejará el equipaje en tu habitación. Mañana tendrás tiempo de ordenar todas tus cosas —la agarró por el brazo con confianza—. Ahora vamos a la cocina. Llegas justo a tiempo para la cena. Así conocerás al resto del servicio.

Pero Alba se detuvo a los pocos segundos de entrar en Gloomy Gardens. Al contrario que el jardín, exuberante y salvaje, el interior estaba decorado con mucho esmero. El recibidor era enorme y su suelo estaba cubierto por unas baldosas gigantescas, blancas y negras, que hacían que la estancia pareciese un tablero de ajedrez inmenso. La única nota discordante la aportaba la moqueta roja que cubría los peldaños de la escalinata principal. El color era tan intenso que los escalones parecían una catarata de sangre. Al fondo, una vidriera de colores presidía la estancia.

Aún no había terminado de asimilar la grandeza del lugar, pero la señora Pikes no le dio más opción que continuar avanzando. Cruzaron una portezuela a la derecha de la escalera y atravesaron varios pasillos. Poco a poco, los papeles pintados y los muebles auxiliares desaparecieron y dejaron paso a corredores más austeros y funcionales. Se dirigían a las estancias reservadas para el servicio.

Una puerta más y llegaron a la cocina. Al igual que todo en Gloomy Gardens, era extraordinaria, con paredes de ladrillo y techos abovedados. En su interior confluían elementos modernos, como un frigorífico o un microondas, con otros de siglos anteriores, como un molinillo de café o una picadora manual de carne. Justo en el centro, había una mesa rústica dispuesta para la cena. Las dos personas que esperaban sentadas se apresuraron a levantarse ante la presencia de Alba.

—Mirad quién acaba de llegar, y justo para la cena. Se llama Alba Trebejo. Es la nueva *au pair* —la presentó—. Estos son los otros empleados de Gloomy Gardens: ella es Roselyn Redheart, la doncella, y él, Fabio Bastoni, el jardinero.

Ambos la saludaron de manera educada. Ella era menuda y delgada, y no debía de tener muchos más años que Alba; veinte, a lo sumo. Llevaba un vestido sobrio que le cubría hasta el cuello y el pelo, rojizo, lo llevaba recogido en un moño bajo. Parecía del tipo de personas que se sonrojan por todo y nunca hablan demasiado fuerte. Él, en cambio, parecía lleno de vida, y tenía el pelo oscuro, los ojos verdes y una piel morena curtida por las horas de trabajo en el jardín. Vestía camiseta y tirantes, y bajo sus mangas se apreciaban unos brazos fuertes.

Tras la reaparición del señor Schellen, todo el servicio quedó reunido en la cocina: mayordomo, cocinera, doncella, jardinero y la nueva *au pair*. Fabio acercó una silla y los cinco se sentaron alrededor de la mesa. La recién llegada observó que todos los platos tenían una pinta deliciosa, aunque eran tan elaborados que no sabía a ciencia cierta qué ingredientes llevaba cada uno.

Empezaba a salivar cuando se dio cuenta de que los demás habían cerrado los ojos y unido sus manos. Iban a rezar. Alba se sintió apurada; ella no era una persona religiosa. Lo religioso y lo paranormal no tenían cabida en su concepción científica del mundo. Pero era su primer día en Gloomy Gardens y no quería parecer maleducada, por lo que se sumó a ellos y dejó que el señor Schellen y Roselyn, la doncella, la cogieran de las manos. Una vez cerrado el círculo, la cocinera dirigió la plegaria:

–Señor, concédenos un cuerpo fuerte para transitar por el camino de la luz, un alma limpia para apartarnos de los recodos de la oscuridad y una mente clara para diferenciar lo uno de lo otro. Amén.

–Amén.

–Amén.

–Amén.

–Amén.

–Amén –respondieron todos.

Con la plegaria, quedaba inaugurado el banquete. Tras un largo día de viaje, Alba tenía tanta hambre que le parecía estar ante la mejor cena de su vida. Y resultó que aquella era la comida más exquisita que había probado nunca. La crema de calabaza estaba deliciosa, al igual que la trucha envuelta en panceta y el pollo relleno de avellanas y verduras. De postre se sirvieron tartaletas de limón con chocolate blanco y violetas confitadas.

Todo estaba tan bueno que los comensales no dejaron restos en los platos. Cuando se disponían a recoger la mesa, Alba se levantó para ayudar. Apiló unos cuantos platos y se adelantó hacia el fregadero con la intención de fregarlos. Acababa de llegar a Gloomy Gardens y quería causar buena impresión.

–Oh, no –le indicó la cocinera–. Es tu primer día aquí. No te preocupes por eso ahora.

–Quiero ayudar. Además, según decía el anuncio, fregar los platos es una de mis tareas –respondió ella.

Pero Winona no se dio por vencida y le quitó los platos sucios de las manos.

–Insisto. Tu día habrá sido agotador. Lo mejor que puedes hacer ahora es subir a tu habitación y dormir bien. Mañana conocerás a la Señora de la Casa y, para entonces, más vale que hayas descansado.

7

Ordenar la ropa

Cuando sonó su despertador, Alba ya llevaba despierta un buen rato.

Se había pasado su primera noche en Gloomy Gardens dando vueltas entre las sábanas, durmiendo a ratos y despertándose en mitad de la noche. Ahora, con las primeras luces del día, se dijo que no podía ser culpa del colchón porque, como todo en la mansión, era majestuoso. Nunca había dormido en una cama tan grande, con tantas almohadas y sábanas de tal calidad, y a pesar de ello había sido incapaz de conciliar el sueño.

«Deben de ser los nervios. Estaba inquieta por comenzar mi nueva vida en esta casa y por eso no he podido dormir», trató de convencerse.

Cuando abrió los ojos, casi se mareó al descubrir que ya no estaba en la misma habitación en la que había dormido toda su vida. Se los frotó para poder apreciar mejor el cuarto. La noche anterior, después de todo el trajín del viaje, apenas había tenido ocasión de analizarlo. En esos momentos, con la cabeza mucho más despejada, pudo tomarse un tiempo para observar el que sería su dormitorio a partir de ese momento. El suelo, también de baldosas blancas y negras, estaba cubierto en parte por una gran alfombra. Tenía un dibujo estampado de grandes flores y era tan mullida que, cuando apoyó los talones sobre ella, sintió que se hundía al menos medio centímetro. Los muebles eran de una madera clara con vetas blancas y rosas. En un extremo de la habitación, Schellen, el mayordomo, había dejado su equipaje. En el otro, una puerta acristalada daba a su propio baño. SU PROPIO BAÑO.

Apartó las mantas y se dirigió al aseo. Tenía muchas cosas que hacer. Era su primer día en Gloomy Gardens y quería causar buena impresión entre los habitantes de la casa. La noche anterior, después de cenar y antes de acostarse, Winona, la cocinera, le había dicho que iría a primera hora para explicarle sus tareas. Para cuando eso sucediese, Alba esperaba ya estar duchada, vestida y con su equipaje ordenado en las baldas y perchas de su nuevo armario.

Tras terminar en el baño, abrió su maleta y esparció toda su ropa sobre la cama. Tardó varios minutos en escoger el atuendo con el que iba a presentarse a la familia Crowned. Le daba la impresión de que el resto de los empleados del hogar, Winona, Schellen, Roselyn y Fabio, vestían prendas muy discretas y de colores poco estridentes, así que buscó algo similar. Al final se decantó por unos pantalones y una camiseta en colores crudos, casi blancos. Ya vestida, comenzó a ordenar el resto del equipaje. Los libros y apuntes, en los cajones del escritorio; el contenido del neceser, en las baldas del aseo; los calcetines y la ropa interior, en la mesilla de noche; los pantalones, colgados de las perchas del armario…

Se volvió hacia la cama para recoger unas cuantas camisetas y, por el rabillo del ojo, le pareció ver una sombra. Alertada, se dio la vuelta de nuevo hacia el armario y observó cómo una hoja de papel revoloteaba en el aire hasta posarse en el suelo.

El folio estaba doblado varias veces y parecía haberse materializado en la habitación por arte de magia. Consciente de que eso no era posible, Alba dudó unos segundos antes de recogerlo.

Miró hacia arriba y a los lados. Pensó que tal vez había estado oculto bajo la cama y que una corriente de aire lo había arrastrado hasta ponerlo a la vista, pero, cuando se giró hacia las ventanas, constató que todas estaban cerradas.

Fue entonces cuando se inclinó y metió la cabeza dentro del armario. A esas alturas, la única hipótesis que se le ocurría era que el folio hubiese estado allí dentro y que, al abrir ella las puertas, hubiese salido despedido hacia afuera.

Se agachó, recogió el papel y lo desdobló con desgana. Podría haberlo tirado sin más, sin prestarle atención, pero la manera tan misteriosa en que había aparecido había despertado su curiosidad. Un desdoble, otro más y un puñado de frases:

Vete antes de que sea demasiado tarde.
Huye antes de estar muerta.
Y, por encima de todo, no te fíes de ELLA.

¿Qué significaba eso? Había esperado unas cuantas líneas intrascendentes, algo como *Recuerda llamar al fontanero* o *Lista de la compra: pan, leche, huevos*. Leyó un par de veces más el papel para asegurarse de que sus ojos no le habían fallado ni su cabeza se había inventado esas líneas de vértigo. Alba sintió un ligero mareo; tenía la sensación de que esas frases iban dirigidas específicamente a ella.

Un golpeteo en la puerta del dormitorio la obligó a regresar a la realidad.

—¿Alba? ¿Estás despierta? —era la cocinera.

Los ojos de la joven miraron a su alrededor desbocados. Un escondrijo. Un escondrijo. Un escondrijo... Al final, se abalanzó sobre el lateral de la cama. Apartó las mantas, levantó un poco el colchón y escondió la nota de papel entre este y el somier.

—Sí, estoy despierta. Puede pasar.

La puerta se abrió para dejar paso a Winona Pikes.

—Buenos días, Alba. Si estás preparada, baja conmigo a la cocina para que te explique las tareas que a partir de ahora debes realizar por las mañanas. ¿De acuerdo?

La joven respondió asintiendo enérgicamente con la cabeza, al mismo tiempo que se esforzaba por mantener una sonrisa.

Cinco minutos después, Alba y la señora Pikes entraban en la cocina. La mesa central estaba repleta de cestas con frutas y verduras, y sobre el fuego crepitaban unas cuantas ollas y sartenes. Pero la cocinera no la acompañó hacia los fogones, sino en dirección contraria, hacia una barra lateral en la que había dispuestas cuatro bandejas de plata con las asas forjadas en forma de volutas decorativas. En cada una de ellas había servido un desayuno diferente, aunque las tres primeras bandejas tenían en común la delicadeza de la vajilla, lo cristalino de los vasos y las servilletas, cada una doblada con la figura de un animal distinto. La cuarta bandeja estaba cubierta por una pesada campana protectora que impedía ver qué había en ella.

La señora Pikes le hizo una señal para que se acercase.

—Empecemos. La primera tarea que debes llevar a cabo tras levantarte es servir el desayuno a los niños. El desayuno es la comida más importante del día, sobre todo hoy, que es su primer día de colegio. Ven, te explicaré cómo se hace. Yo me encargo de cocinar los desayunos y los sirvo en estas bandejas, que están ordenadas de mayor a menor según la edad de cada niño. ¿Comprendes?

Alba asintió con la cabeza.

—Bien, en aquella nevera están colgados los menús mensuales de cada uno de los pequeños. Como *au pair*, tu trabajo es encargarte de servirles los desayunos.

—¿Uno a uno? —se le escapó a Alba. Visto el tamaño de la casa, si tenía que hacer cuatro viajes distintos, a cada una de las habitaciones de los pequeños, cargada cada vez con una bandeja, podía tardar horas en completar la tarea. Pero enseguida se dio cuenta de que su voz había sonado desagradecida con el trabajo, así que se apresuró a cerrar la boca y bajar la mirada.

–Oh, no. Claro que no tendrás que recorrer la casa arriba y abajo –añadió la señora Pikes. Le indicó con un dedo que la siguiera.

Juntas, se acercaron hasta una pared cercana, una en la que había dos grandes puertas de celosía empotradas. La cocinera las abrió y dejó que la recién llegada contemplase su interior. Al hacerlo, Alba tuvo la impresión de no saber muy bien qué estaba viendo. Era un armario tan amplio que en su interior cabía una persona agachada, pero estaba completamente vacío. Junto a una de las puertas había un panel de control, similar al de un ascensor, con varios botones: sótano, planta baja, primera planta, segunda planta y ático.

–Este es el montaplatos de la casa. En una mansión tan grande como Gloomy Gardens es necesario, para no tener que pasarse el día subiendo y bajando escaleras. Para que el desayuno no se enfríe, nada más prepararlo, se envía desde la cocina a través del montaplatos a la segunda planta, que es donde están las habitaciones de la familia. Los propios niños se encargan de recoger sus respectivas bandejas y desayunan juntos en la sala de juegos.

Alba soltó un suspiro de alivio.

–Así que solo tengo que comprobar el contenido de las bandejas y luego enviarlas con el montaplatos, ¿no?

–Exacto. Pero acuérdate de enviar las bandejas siempre en el mismo orden, de mayor a menor, según la edad de los niños. Así ellos saben cuál es la suya. ¿Todo claro?

Asintió de nuevo.

–Muy bien. En ese caso, hagamos una prueba –dijo la cocinera.

–¿Prueba? –titubeó ella.

Sabía que a partir de ahora ese sería su trabajo y, aunque en la teoría parecía sencillo, llevarlo a la práctica le daba terror, como si cualquier error que cometiese pudiese acabar con el envenenamiento de alguno de los niños Crowned. Trató de calmarse. Respiró, recogió los menús de los niños de la nevera y comenzó a repasar el desayuno del mayor de los hermanos.

–Magdalenas de arándanos, yogur con nueces, aguacate y té verde –dijo en voz alta, en busca de la aprobación de la cocinera.

–Sí, esta es la bandeja del señorito Bishop. El señorito es muy inteligente y algún día irá a la universidad para hacer grandes cosas. Pero para eso aún faltan muchos años, así que, de momento, le preparamos un desayuno pensado especialmente para mejorar su rendimiento académico.

Pasó a la segunda bandeja:

–Un huevo duro, tostadas con mermelada y mantequilla, y zumo de naranja.

–El desayuno de la señorita Philippa, a la que todos llamamos Filly. No le gusta el color de la mermelada porque dice que parece intestinos de pájaro. Por eso, para que se coma la tostada, hay que untar siempre primero la mermelada y luego disimularla con mantequilla por encima.

La tercera:

–Panceta, un bol de leche con copos de avena y zumo de pomelo rosa.

–Esta bandeja es la del señorito Roch, al que todos llamamos Rookie. Siempre dice que no le gusta el pomelo, pero en realidad no sabe ni lo que es un pomelo. Por eso, si te pregunta, siempre debes decir que su zumo está hecho con naranjas de la luna.

Y, por fin, la cuarta y última:

–No hay más menús.

Alba hizo el amago de levantar el cubreplatos de metal que ocultaba el último desayuno. Pero antes de levantarlo siquiera un milímetro, las manos de la cocinera se cerraron en torno a las suyas y la obligaron a parar. El gesto fue brusco, lo bastante como para que la cocinera y la *au pair* intercambiasen una mirada de extrañeza.

–No debes preocuparte por la última bandeja –se justificó la señora Pikes–. Es el desayuno del pequeño John, el bebé de la familia. Bajo la campana solo hay un biberón de leche. Está calentado a una temperatura muy concreta y, si lo destapas, se enfriará. Por eso no debes descubrir nunca la bandeja del pequeño John, ¿de acuerdo? La Señora de la Casa podría enfadarse. Ya sabes cómo son las madres con sus bebés...

Alba obedeció sin rechistar. Una vez que hubo comprobado que todas las bandejas contenían el desayuno indicado, Alba comenzó a servirlos a través del montaplatos, uno tras otro y en orden de edad. Cada vez que enviaba el elevador a la segunda planta, el mecanismo se ponía en marcha y la bandeja ascendía poco a poco hasta desaparecer de su vista. Al llegar a la planta indicada, sonaba un clanc metálico que retumbaba a través del hueco del montaplatos.

Cuando terminó la tarea, se sintió extraña, mareada. Temía haber cometido algún error y se esforzaba por retener en su cabeza todas las indicaciones que le habían explicado. «Desayuno especial para mejorar el rendimiento académico. Mermelada antes que mantequilla. Naranjas de la luna. No destapar la bandeja...», se decía una y otra vez.

Llegó el momento de desayunar ella. Sobre la mesa de la cocina encontró un desayuno inglés típico, con panceta, alubias estofadas, té verde y magdalenas de frutos secos. La cocinera le indicó con la mirada que se sentase en la silla más cercana.

–Como decía antes, el desayuno es la comida más importante del día.

Acostumbrada a un desayuno mucho más ligero, ver todos esos alimentos le revolvió aún más el estómago. Pero Alba sabía que no debía contrariar al resto de personas de la casa en su primer día. Apartó la silla y se sentó a la mesa. Rozó los cubiertos con los dedos y tragó saliva.

Después de desayunar, Alba regresó a su habitación para terminar de colocar su equipaje. Se sentía aturdida; el viaje del día anterior, la odisea hasta llegar a la mansión, el sueño intermitente, tener que memorizar todos los datos de su trabajo, la nueva comida a la que tendría que acostumbrarse... Todo junto se le había hecho un nudo en el estómago. Y luego estaba la nota que había encontrado en su habitación...

«¡La nota!», pensó mientras avanzaba por las baldosas blancas y negras del recibidor, rumbo a su habitación. Servir el desayuno la había distraído lo suficiente como para olvidarse de la nota. Pero ahora que estaba libre de nuevo, las líneas escritas sobre el papel regresaron a su cabeza:

Vete antes de que sea demasiado tarde.
Huye antes de estar muerta.
Y, por encima de todo, no te fíes de ELLA.

ELLA. ¿Quién era ELLA? Quería llegar a su habitación para volver a leer la nota. Sentía la necesidad imperiosa de volver a echarle un ojo. Aceleró el paso y se dispuso a subir por la escalinata principal. Pero no había pisado el primer peldaño cuando una voz habló desde lo alto de la escalera.

–Mira a quién tenemos aquí.

Miró hacia arriba, pero no consiguió ver más allá de una silueta femenina. La figura parecía desdibujada por la luz matinal, que se colaba por la gran vidriera que presidía la escalinata.

Alba se quedó sin respiración. Algo le decía que se trataba de *ELLA*.

8

Doblar las sábanas

Cegada por la luz del recibidor, Alba miró en otra dirección.

Parpadeó un par de veces para recobrar la vista y, al hacerlo, comprobó que el servicio al completo de Gloomy Gardens se había congregado en el recibidor como por arte de magia.

Tenía a su izquierda a la señora Pikes, la cocinera, y a Roselyn, la doncella, mientras que la derecha estaba ocupada por el señor Schellen, el mayordomo, y Fabio, el jardinero. Se mantenían con la cabeza gacha y la mirada fija en el suelo.

De repente, Alba se sintió desprotegida. Estaba tan lejos de cualquier lugar en el que resguardarse, tan expuesta a la presencia que presidía la escalinata... No alcanzaba a verla, pero percibía su naturaleza amenazante, como la de una araña que se dirige poco a poco hacia un bicho que ha quedado atrapado en su tela.

Sonó una pisada.

Y luego otra.

Y otra.

El sonido de unos tacones afilados que descendían por la escalera.

Alba procuró olvidar el mensaje de la nota que había encontrado en su cuarto, tragó saliva y se armó de valor antes de mirar de nuevo hacia aquella silueta. Al hacerlo, descubrió unos ojos de color azul claro clavados en los suyos. Desde ellos, recorrió el resto de la figura: cabello rubio recogido en la nuca; cuello largo y clavículas marcadas; vestido con estampado de flores espinadas. Los tacones, de suela roja, parecían haberse vuelto de ese color por haberlos paseado por un campo de batalla. Todo en ella resultaba sobrecogedor, pero nada era tan atrayente como la llave de plata que colgaba de su cuello en una fina cadena.

La araña estaba a punto de alcanzar a su víctima cuando, de repente, se detuvo en el último escalón, un peldaño por encima del nivel del suelo. El mayordomo dio un paso adelante.

–Esta. Esta. Esta es Victoria Crowned, la Señora de la Casa. Señora, esta es la nueva *au pair*, Alba. Alba. Alba Trebejo.

Alba hizo una leve reverencia, como si se tratase de un miembro de la realeza. Se sintió ridícula.

–Hola, señora Crowned. Quería darle las gracias por haberme dado la oportunidad de... –saludó.

Pero la Señora de la Casa no le hizo caso. La miró de arriba abajo y luego se dirigió al mayordomo como si ella no estuviese delante:

–Si resulta ser tan anodina y común como aparenta, entonces será perfecta para el puesto.

La joven sintió un puñetazo en el estómago. Intentó decir algo para demostrar que no era anodina ni común, pero las palabras se le atragantaron en la boca. La señora Crowned levantó una mano hacia la cima de la escalinata, donde habían aparecido otras tres siluetas.

–Niños, bajad a conocer a vuestra nueva *au pair*.

Las tres figuras siguieron a la madre, una tras otra, ordenadas y cargadas con sus mochilas. Alba se esforzó por mantener la compostura después del hiriente comentario.

–Estos son el señorito Bishop, la señorita Filly y el señorito Rookie. Niños, saludad a... ¿Cómo era? ¿Alberta? –Victoria hizo un ademán con la mano, como si le quitase importancia al hecho de no recordar su nombre.

–Es un placer.

–Esperaba que fuera más guapa.

–¡No se parece en nada a Noira!

Dijeron en orden los niños.

Alba paseó la mirada por todos ellos. El mayor, Bishop, de catorce años, era alto, rubio y delgaducho, y llevaba unas gruesas gafas con montura de pasta negra. La segunda, Filly, de ocho años, también era rubia, y parecía mucho más desenvuelta que el mayor, tanto que rayaba la insolencia. Por último, Rookie, el pequeño, de tan solo cinco años, era el único que había heredado el pelo castaño del padre. Miraba a la nueva *au pair* con unos ojos desproporcionados, como si no entendiese quién era la recién llegada ni qué hacía allí.

Las observaciones de Alba fueron interrumpidas por el tartamudeo del mayordomo:

–El auto. Auto. Autobús. Está a punto de llegar.

El señor Schellen se apresuró a abrir la puerta principal de la casa. Los tres niños salieron corriendo alborotados, seguidos por Victoria Crowned y los miembros del servicio. A la joven no le quedó más remedio que seguirlos hasta el jardín. Al parecer, era costumbre familiar que todos los habitantes de la casa despidiesen a los niños en su primer día de colegio para desearles suerte.

En efecto, el autobús escolar esperaba a tan solo unos metros de la verja. No había ningún niño más en el vehículo. A la *au pair* no le extrañó; la mansión estaba tan alejada del pueblo que aquella era, con toda probabilidad, su primera parada en el trayecto de ida y la última en el de vuelta. En cambio, no le pareció tan normal la actitud del conductor, que no dejaba de mirar la casa de reojo.

El mayordomo abrió la puerta principal del jardín para dejar paso a los niños. Estos no salieron en desbandada hacia el autobús, sino que se volvieron hacia su madre. Victoria se había detenido justo un paso antes de llegar a la línea imaginaria que separaba Gloomy Gardens del resto del mundo. Los hermanos Crowned se despidieron de su madre, uno tras otro, con un beso. Una vez dentro, atravesaron las hileras de asientos para sentarse al fondo del autobús.

La madre y el servicio permanecieron de pie en el jardín hasta que el vehículo desapareció tras la primera curva. Incluso entonces, Victoria se negó a moverse de su posición. Tenía la mirada puesta en el mundo al otro lado del jardín. La madre soltó un suspiro y Alba lo interpretó como un gesto de tristeza por la marcha de los hijos tras el verano.

–Estarán bien –dijo tratando de consolarla.

La Señora de la Casa se volvió hacia ella y la escrutó durante unos segundos. Lo hizo con mucha más atención de la que había puesto en Alba durante su primer encuentro, como si por primera vez se fijase en ella de verdad. Durante un instante, pareció conmovida por sus palabras, pero recuperó su tono de inmediato.

–Por supuesto que lo estarán –respondió–. Una madre está dispuesta a hacer cualquier cosa con tal de que sus hijos estén bien. Cualquier cosa.

Esa misma tarde, tras terminar sus tareas en la cocina, Alba se volvió hacia la señora Pikes y el señor Schellen. La primera preparaba el menú para la cena y el segundo limpiaba la cubertería de plata.

–Voy a subir un rato a mi habitación para descansar antes de la cena –fingió un bostezo–. Aún estoy acostumbrándome al cambio.

Pero al salir por la puerta de la cocina, el bostezo se convirtió en una media sonrisa. Claro que no pretendía encerrarse en su dormitorio; había algo mucho más entretenido que hacer:

inspeccionar la casa. Y es que, desde que había puesto un pie en Gloomy Gardens, se había sentido fascinada por el lugar.

Sentía la necesidad de recorrer la mansión entera. Animó el paso y comenzó a deambular por todos los pasillos que, uno tras otro, surgían ante ella. Contempló cada uno de los retratos que adornaban las paredes, olisqueó cada jarrón con flores frescas que encontró a su paso y especuló sobre el interior de cada habitación cerrada.

Una vez recorridos la planta baja y el primer piso, subió las escaleras para repetir el proceso con el segundo. El pasillo se abría en varias direcciones, todas franqueadas por un centenar de puertas idénticas. Allí era donde estaban las habitaciones del matrimonio de los Crowned y de sus hijos. Alba se dijo que, si alguien la descubría en esos momentos, tendría que inventarse una buena excusa.

«Estaba buscando mi habitación y me he perdido», imaginó cómo sonarían sus propias palabras. Le pareció que cualquier persona la creería, dado que llevaba poco tiempo en la casa y que esta era enorme.

Aún no había terminado de recorrer un pasillo cuando se sobresaltó al descubrir a la doncella. Roselyn estaba sentada frente a una ventana, con un cesto lleno de sábanas arrugadas a sus pies. Alba ya había empezado a preparar su excusa cuando constató que Roselyn no había reparado en su presencia. La criada estaba absorta por algo que sucedía en el exterior. Se acercó hasta ella para comprobar de qué se trataba y, al bajar su mirada, enseguida lo comprendió: Fabio, el jardinero, cortaba flores en el jardín.

–Debería tener cuidado con las calas. A veces se esconden avispas en sus hojas. No me gustan las avispas –susurró la criada.

–¿Es que Fabio y tú…?

Las palabras de Alba despertaron a Roselyn de su ensoñación. La muchacha se apresuró a levantarse. Se la veía avergonzada. Se agachó a recoger su cesto.

–Solo me he distraído un segundo. Yo estaba…, estaba…

–Doblando las sábanas –Alba le dio la respuesta.

–Exacto.

La criada se había ruborizado y Alba se sintió mal por haberse entrometido en sus asuntos. Sentía simpatía por Roselyn. Era muy tímida, pero también la persona de la casa más cercana a su edad. Durante unos instantes, fantaseó con la idea de hacer de Roselyn su nueva amiga íntima. En su vida anterior, en el instituto, Alba nunca había llegado a conectar de verdad con ninguna de sus compañeras de clase. Tal vez esa desconocida…

Cogió una de las sábanas por un extremo.

–Déjame ayudarte –se ofreció a modo de disculpa.

Roselyn no se opuso y sujetó la misma sábana por el lado opuesto. Comenzaron a doblarla. Y tras esa sábana doblaron otra. Y otra. Y luego un par de fundas de almohada. Y algunas toallas.

–Al señorito Bishop le encanta jugar al ajedrez, ¿lo sabías? –habló Roselyn de improviso.

Alba negó con la cabeza.

–Pues sí, le encanta, y se le da muy bien. Casi se podría decir que es un genio del ajedrez. Está en el equipo del instituto y practica a diario. La Señora de la Casa quería una *au pair* que supiese jugar para poder entrenar con él. Si no sabes, el señorito te enseñará. Si lo haces, esfuérzate y no te dejes ganar por el hecho de que trabajes para su familia. El señorito respeta mucho a la gente que es más inteligente que él.

Alba asintió mientras tomaba nota mental. Si tenía alguna cosa clara sobre sí misma, es que era una chica lista. Era lo bastante inteligente como para aprender las normas de un juego y no dejarse ganar, y lo bastante inteligente como para comprender lo que estaba haciendo Roselyn. Ni más ni menos, le estaba dando las claves para saber cómo tratar a los niños Crowned.

Le sonrió a la doncella para agradecerle el gesto.

–¿Y Filly?

–La señorita Filly es la más testaruda de los hermanos. A veces se pone terca como una mula y no hay quien la convenza de hacer lo que debe. Si eso ocurre, dígale que, si la obedece, leerá con ella uno de sus cuentos. Le encanta escribir historias y no hay nada que le guste más que enseñárselas a otras personas. Tiene una imaginación desbordante. Estoy convencida de que algún día se convertirá en una gran escritora.

Terminaron de doblar las toallas y comenzaron con las sábanas bajeras.

–En cuanto al señorito Rookie, debe tener en cuenta que siempre imita lo que hacen sus hermanos mayores. Le encanta jugar, pero en esta casa tan grande y sombría, tiene poca gente con la que hacerlo. Si consigues convertirte en su compañera de juegos, estoy segura de que no tendrás ningún problema con él.

–¿Y qué hay del bebé?

A Roselyn se le resbaló una de las puntas de la sábana bajera. Se agachó a recogerla con rapidez y la sacudió un par de veces.

–¿Te refieres al pequeño John?

–Claro. Es el único de la casa al que todavía no he conocido –respondió Alba, que al instante se dio cuenta de que la afirmación no era cierta. No había conocido al pequeño John, pero tampoco al señor Crowned. De este último solo sabía cuál era su aspecto, gracias a la fotografía que le habían dado en la agencia de *au pairs*.

–El pequeño John... –Roselyn buscó las palabras exactas–. Él... Bueno, ni siquiera tiene un año. No tienes que preocuparte por él. A la Señora de la Casa le gusta encargarse de él personalmente.

Tras terminar la tarea, la criada agarró el cesto con ambas manos y le pidió que le abriese la puerta del armario de la ropa limpia.

–Es esa, la que tienes justo detrás de ti –le indicó con un gesto de barbilla.

Alba se dio la vuelta y se encontró frente a dos puertas idénticas. Quiso preguntar a cuál de ellas se refería, pero enseguida comprendió que solo podía ser la de la derecha. La puerta de su izquierda no tenía picaporte. El embellecedor, de cobre antiguo, sí estaba, pero el lugar del que debería salir el mango estaba ocupado por un agujero. Parecía que alguien se había molestado en desmontarlo para que nadie pudiese entrar en esa habitación.

–¿Qué hay aquí dentro? –preguntó.

–Oh, nada interesante. Esa es la habitación del pequeño John. A la Señora de la Casa no le gusta que el servicio o sus otros hermanos lo molesten mientras duerme. Por eso ordenó desmontar el picaporte.

Aunque la medida le pareció extraña, Alba no comentó nada más. Obedeció a Roselyn y abrió la puerta de la derecha. Un armario de ropa de cama y baño, sin más.

–Déjame ayudarte a guardar la colada –se ofreció ella de nuevo.

Pero esta vez, la criada rechazó su ayuda.

–No es necesario. Ya es prácticamente la hora de cenar, así que baja a la cocina. Yo me uniré a vosotros en cuanto termine.

Alba vaciló unos segundos, pero como veía que no le dejaban más opción, dio media vuelta y se dirigió hacia las escaleras para bajar a la cocina. Mientras lo hacía, un pensamiento le cruzó la cabeza. Le daba la sensación de que Roselyn se había puesto nerviosa al preguntarle por la habitación sin picaporte. Pero ¿por qué?

La duda ocupó sus pensamientos como una grieta que se agranda sin que se pueda hacer nada por remediarlo. Y, a medida que crecía, la fisura se ramificaba y daba lugar a otras preguntas: «¿Por qué la señora Crowned no quiere que nadie vea al pequeño John? ¿Acaso no quieren todos los padres enseñar a sus bebés? ¿Qué tipo de persona encerraría de esa manera a su propio recién nacido? ¿Y por qué motivo?».

9

Entrenar con los niños

El otoño llegó en forma de pequeños cambios: las horas de sol se fueron acortando poco a poco; la lluvia se convirtió en la protagonista y obligó a todos los habitantes de Gloomy Gardens a pasar más tiempo dentro de la mansión; y el verde jardín mudó sus tonalidades dejando paso a los ocres.

«Pero... –se dijo un día Alba al descorrer las cortinas de su habitación–. ¿Cuándo ha pasado esto?».

Desde su llegada, Alba había estado bastante ocupada, tanto que ni había reparado en el cambio de estación. Había creído que trabajar de *au pair* sería fácil y le dejaría tiempo libre, pero en la mansión siempre había algo que hacer. Además, como algunas de sus tareas le resultaban completamente nuevas y los niños Crowned la seguían viendo como una intrusa, Alba intentaba compensar sus carencias con horas extra de trabajo.

En tales circunstancias, no era de extrañar que aún no hubiese abierto sus libros para estudiar. De hecho, tenía tan poco tiempo para sí misma que tampoco había podido volver a The Joker para agradecerle a Jake el detalle de acercarla hasta la mansión.

«Tal vez la semana que viene haga mejor tiempo para ir al pueblo...», pensó Alba una tarde mientras observaba a Fabio, envuelto en un chubasquero, poniendo por el jardín trampas para ratas. Con la llegada del frío, los roedores pretendían refugiarse en la casa y la labor de Fabio era evitarlo a toda costa.

El siseo de un autobús deteniéndose a pocos metros de la entrada atrajo la atención de Alba. Era el señorito Bishop, que volvía del colegio. Sus hermanos menores, Filly y Rookie, se encontraban en la sala de juegos, pues hacía rato que habían terminado las clases y vuelto a casa. Bishop se bajó del autobús, aunque Alba no llegó a verle la cara, cubierto como iba por su paraguas negro que, como él mismo, era demasiado formal para su edad. El chico cruzó el jardín con paso rápido sin saludar al jardinero. Algo le sucedía.

No pasó mucho tiempo hasta que llamaron a la puerta de Alba.

–¿Sí? –preguntó para dar permiso.

Al otro lado del dintel apareció el señor Schellen, con sus manos agarrotadas y su centenar de llaves prendido del cinturón.

–El señorito. El seño. El señorito Bishop la busca. La busca.

Se apresuró a bajar al recibidor. Bishop la esperaba allí. Había tirado al suelo de mala manera su mochila, su abrigo y su paraguas.

–Juega conmigo –dijo.

A Alba no le quedó muy claro si era una petición o una orden, así que permaneció quieta en mitad de la escalinata.

–Cuando mi madre me dijo que iba a buscar una nueva *au pair*, le pedí que contratase a alguien que supiese jugar al ajedrez. Necesito practicar, así que entrena conmigo.

–Pero yo no sé jugar al ajedrez –se excusó ella.

El señorito Bishop la miró de arriba abajo irritado. Estaba muy molesto por algo que le había sucedido a lo largo del día, y las excusas de la *au pair* le hicieron enfadarse aún más. Volvió a hablar, y esta vez a Alba le quedó claro que se trataba de una orden.

–He dicho que juegues conmigo. Estaré en la galería; no tardes.

Se dio media vuelta y desapareció. Aún en la escalera, Alba suspiró desanimada. ¿Qué otra opción tenía? El señorito Bishop era el más amable de los hermanos, pero no dejaba de ser un Crowned. Haber crecido rodeado de sirvientes le había hecho creer que todos sus deseos debían ser complacidos al momento.

Se dirigió con resignación a la galería, una estancia de la parte este de la casa, acristalada por completo. Hacía las veces de invernadero y estaba decorada con muebles de ratán. Cuando llegó, Bishop ya había dispuesto el tablero de ajedrez sobre una mesa y dos sillas enfrentadas en el centro de la estancia.

El joven le indicó con los ojos que se sentase.

–Solo jugaré contigo si antes me cuentas qué te ha pasado para estar tan molesto –replicó ella sin sentarse. Creía que parte de su trabajo como *au pair* implicaba ejercer de psicóloga de los niños.

Bishop bufó.

–Mi madre te paga para que, entre otras cosas, entrenes conmigo.

–Eso es verdad. Pero también lo es que es tu madre quien debe darme órdenes, no tú. Así que elige.

Jaque. El mayor de los Crowned valoró sus opciones mientras escuchaba la lluvia golpeando los cristales. Antes de dar una respuesta, se limpió las gafas, salpicadas de gotitas de agua, con el suéter del uniforme del colegio.

–Está bien. Siéntate y te lo cuento –Alba se sentó–. Hay una chica en el club de ajedrez del colegio. Elika Kapoor se llama. Su padre es el doctor de Grey Hills. Dentro de unos meses habrá un campeonato y, hasta el momento, gano a todos mis compañeros. Pero cada vez que juego contra Elika... ¡Ya me ha ganado cinco veces! ¡Y hoy, con menos movimientos que nunca! Cada vez que se sienta enfrente de mí, me quedo en blanco. ¡No sé qué me pasa!

Alba agachó la cabeza para ocultar su sonrisa. Sabía perfectamente qué era lo que le pasaba a Bishop, pero algo le decía que el joven no estaba preparado aún para admitir sus sentimientos. Por el momento, era mejor dejar que descubriese por sí mismo que estaba enamorado de la tal Elika.

–Necesitas practicar más –mintió.

–Eso es lo que yo creo. Tengo que esforzarme más, así que juega conmigo.

–Ya te lo he dicho: no sé jugar al ajedrez. Nunca he jugado.

–¿Nunca? –preguntó extrañado, como si para él fuese algo tan necesario en la vida como respirar–. En ese caso, tendré que enseñarte.

Bishop cogió una caja de madera y le dio media vuelta sobre el tablero. Las piezas, blancas y negras, quedaron desperdigadas unas sobre otras, como cuerpos inertes en un campo de batalla.

El chico comenzó a colocar con cuidado las piezas sobre el tablero.

–Debes de ser una persona muy amable –dijo.

–¿Amable? –respondió Alba observando el orden en que colocaba las piezas–. No lo sé. Me gustaría ser médica algún día, y supongo que querer curar a la gente denota cierta amabilidad. ¿Por qué lo preguntas?

–Hace años leí un estudio en el que se afirmaba que a las personas más amables se les da muy mal jugar al ajedrez. El estudio decía que la gente amable intenta no hacer daño, algo imposible en este juego, en el que para sobrevivir tienes que acabar con las piezas del adversario, e incluso a veces con las tuyas propias. Por mucho que uno lo intente, en el ajedrez es inevitable herir a los demás.

Bishop terminó de poner las piezas en orden. En total, cuatro filas de figuras enfrentadas, dos contra dos: las pequeñas e iguales, delante, y las grandes y diferentes, detrás; las negras, en el lado de Bishop, y las blancas, en el de Alba.

—Normalmente, antes de empezar se sortean los colores —continuó explicando las normas del juego—, pero, como es tu primera vez, he pensado que deberías jugar con las blancas, que son las piezas que siempre mueven primero y atacan de manera directa, intentando hacer el mayor daño posible cuanto antes. Las negras, en cambio, mueven después, así que deben defenderse y tender trampas al rival para que caiga en ellas. Por eso es más difícil jugar con las negras. Ahora mueve.

—¿Ahora? Pero si ni siquiera sé cómo se mueven las piezas.

—No te preocupes. Yo te iré corrigiendo a medida que avance la partida.

Alba dudó unos instantes. Recorrió con la mirada sus dos hileras de piezas: los caballos encabritados, las imponentes torres, los alfiles amenazantes y la pareja de rey y reina. Rozó el peón de su extremo izquierdo, pero, como no las tenía todas consigo, apartó el dedo antes de moverlo.

—Pieza tocada, pieza movida —la informó Bishop—. Es una norma del ajedrez: no puedes tocar una pieza y luego mover otra distinta. Ahora tienes que mover ese peón.

—¿En serio? —se quejó ella. La norma le parecía una estupidez—. ¿Por qué iba a haber una regla tan absurda?

—Es una lección de vida: una vez que has tomado una decisión, no puedes volver atrás para cambiarla. Tienes que jugar el resto de la partida asumiendo las consecuencias de tus actos.

Resignada, Alba volvió a posar sus dedos sobre el peón blanco del flanco izquierdo y lo movió una única casilla hacia adelante. Lo hizo con temor, como si creyese que, a continuación, Bishop le tendería una emboscada desde veinte ángulos diferentes. Pero el chico se limitó a coger uno de sus peones negros y adelantarlo dos casillas hacia el centro del tablero.

—¿Ves estas cuatro casillas? —el chico dibujó un cuadrado invisible alrededor de las cuatro casillas, dos blancas y dos negras, que formaban el centro del tablero—. Esto es el centro del tablero: su corazón, por llamarlo de alguna manera. Es la zona más importante, porque desde aquí las piezas pueden moverse en más direcciones y pueden atacar a más piezas del rival que desde ninguna otra posición. Por eso es vital ocuparlo cuanto antes y por eso mismo a su alrededor siempre mueren casi todas las figuras.

Señaló entonces el peón blanco que Alba había movido al principio de la partida. Estaba arrinconado en la banda izquierda, como el invitado que no conoce a nadie en una fiesta.

–No conseguirás nada moviéndote así, con peones asustados. Tienes que atreverte a ocupar el corazón del tablero, aunque sea a costa de hacer sacrificios. Reclama el corazón antes de que tu rival te lo quite y lo utilice para acabar contigo.

Ella asintió y, esta vez, cogió uno de sus peones del centro, uno de los que más cerca estaban del corazón del tablero. Lo agarró con decisión y lo adelantó dos casillas, tal y como había visto hacer a Bishop con el suyo. Después movió Bishop. Y Alba. Y Bishop. Y Alba. Un turno tras otro, las tropas de ambos bandos comenzaron a expandirse por el campo de batalla y a perecer, las de la *au pair* con mucha más rapidez que las del chico. Alba comprobó que Roselyn no le mintió cuando le dijo que el mayor de los Crowned era un genio del ajedrez. Cada vez que ella creía que iba a acabar con una de las piezas negras, él revelaba un plan oculto que concluía con la extinción de varias de las blancas.

De vez en cuando, entre un movimiento y otro, Bishop se detenía para explicarle las normas del juego: que los caballos podían saltar por encima de las otras piezas, que la reina era la pieza con mayor movilidad, que si un rey quedaba amenazado sin que su jugador pudiese resolver la situación era jaque mate y vencía el contrincante…

Tras muchos turnos, Alba estaba desesperada. Hacía rato que Bishop había acabado con su reina y solo le quedaban un puñado de piezas dispersas por el tablero, casi todas acorraladas por piezas negras, de manera que sus movimientos estaban muy limitados. Él, en cambio, tenía la mayor parte de sus fuerzas intactas.

–Ya has ganado, ¿no? Yo no puedo hacer nada más. Casi todas mis piezas están bloqueadas.

–Todavía te queda alguna.

Alba sabía a qué se refería. A lo largo de la partida, cada vez que no había sabido qué hacer, había optado por adelantar su peón blanco, el primero que había movido, por la banda izquierda del tablero. Casilla tras casilla, la figura se había abierto paso hasta llegar a la penúltima fila del lado enemigo. La *au pair* no lo había adelantado más porque no le encontraba sentido a la jugada. Al fin y al cabo, ¿de qué le servía una pieza que solo podía moverse hacia adelante en un punto en el que ya no tenía más casillas para avanzar?

–¿Y qué más da? Ya has ganado.

–Muévelo. La partida no se acaba hasta que un rey queda en jaque mate.

Ella suspiró resignada. Tenía la impresión de que Bishop estaba haciendo con ella lo que quería, manipulándola y obligándola a mover una u otra pieza para ganarla. A regañadientes, adelantó su peón hasta la fila final, a la espera de ver qué pasaba.

Bishop lo metió en la caja de madera junto con el resto de las piezas que habían sido masacradas y, en su lugar, colocó de nuevo a la reina blanca.

–¿Qué? –preguntó Alba extrañada.

–Un peón que alcanza la última fila del rival se convierte de manera automática en la pieza que su jugador desee. Es la recompensa que se le da al peón, la pieza más insignificante, por seguir su camino y cruzar un campo en guerra. La mayoría de los jugadores eligen que su peón se convierta en reina, ya que es la pieza con mayor rango de movimiento. A eso se le llama «coronación». Imagino que lo que quieres es una reina, ¿no?

–¡Sí! –respondió ella con entusiasmo.

De repente, ya no le parecía que la partida estaba perdida. Con una reina blanca de su parte, volvía a tener esperanzas en el juego.

Entonces le llegó el turno a Bishop. El chico alargó la mano hacia el lugar en que tenía su rey, pero, antes de rozarlo, se detuvo en seco. Estaba pálido, como si se le hubiese helado la sangre.

–¿Qué ocurre ahora?

–Tú... me has... ganado... –respondió con un hilillo de voz.

Sin terminar de creerlo, Alba recorrió con la mirada el resto del tablero. Al convertir su peón en una reina, esta había alcanzado en diagonal al rey negro de Bishop. El rey no podía moverse hacia otra casilla porque estaba encajonado entre otras piezas; y no había ninguna pieza negra que pudiese interponerse en la diagonal de la reina, ni manera alguna de acabar con ella.

–Espera... ¿Esto es un jaque mate? –Alba dudaba.

Lejos de enfadarse por su derrota, el mayor de los Crowned soltó una carcajada.

–Pero ¿cómo es posible? Si no sé ni lo que he hecho... Solo he movido las piezas de aquí para allá sin sentido... –la *au pair* no daba crédito.

Bishop se reía. La idea de que él, un genio del ajedrez, hubiese sido vencido por ella, una recién llegada sin idea alguna del juego, le parecía muy graciosa.

–No tengo ni idea. Estabas jugando de manera caótica, sin orden ni concierto. Justo como haría alguien que desconoce las normas del juego –consiguió decir cuando se repuso de su ataque de risa. Y añadió–: Supongo que, cuando te enfrentas al caos, cualquier cosa es posible.

10

Contar cuentos

El cuarto de juegos de Gloomy Gardens era una de las habitaciones en las que más tiempo pasaba Alba. Por suerte para ella, era también una de las que más le agradaban. Estaba muy alejada de la grandiosidad que imperaba en el resto de la mansión. En las paredes no había retratos de gente desconocida, sino dibujos coloridos que habían hecho los niños. El suelo no era de frías baldosas, sino de una moqueta muy mullida. Los muebles no parecían reliquias familiares, y tan solo había dos mesas, dos sillas y unas cuantas estanterías. Además, estaba conectada directamente con las habitaciones de Filly y Rookie, una en cada extremo, de manera que ninguno de los dos tenía que salir al pasillo para irse a la cama.

La única pega que tenía el cuarto de juegos era que siempre estaba desordenado. Era increíble el caos que podían causar tan solo dos niños. Los dos subían allí todas las tardes después de cenar y se entretenían con cualquier cosa hasta la hora de dormir. Por eso mismo, Alba se veía obligada a recoger el cuarto al final de cada jornada. A veces, mientras ordenaba los juguetes, tenía la sensación de que se repetía el día una y otra y otra vez.

—Hora de irse a la cama —informó Alba.

Pero ni Filly ni Rookie respondieron. Estaban demasiado ocupados con sus cosas. La primera dibujaba, tirada sobre la moqueta rodeada por una aureola de lápices de colores. El segundo estaba escondido detrás del teatrillo de madera; tan solo se le veían los dedos, decorados con marionetas de fieltro en forma de animales.

–Yo no estoy cansado, León –dijo una de las marionetas con la voz del niño.

–Yo tampoco, Tortuga. No vayamos a la cama; hagamos una fiesta...

La fiesta de los animales quedó interrumpida por un bostezo del propio Rookie. Así fue como Alba supo que el niño no se resistiría. Invadió las bambalinas del teatrillo, cogió al director de escena de la mano y le retiró los actores de fieltro de los dedos. Luego tiró de él para llevarlo primero al baño y luego a la cama.

–Filly, tienes de tiempo lo que yo tarde en acostar a Rookie –dijo. Y luego, tras recordar las recomendaciones de Roselyn, añadió–: Si para entonces has recogido los lápices, leeremos uno de tus cuentos antes de acostarte.

Una vez en el aseo, Alba desvistió a Rookie, dejó su ropa en el cesto de la ropa sucia y le puso el pijama. Después, dejó que él mismo se lavase los dientes. El niño había empezado a hacerlo hacía poco para imitar a su hermana, y le gustaba presumir de su hazaña ante todos los habitantes de Gloomy Gardens. En esos momentos, abría la boca ante el espejo para verse los dientes y se los frotaba muy fuerte.

–Alba –dijo con la boca llena de espuma–, ¿dónde crees que está mi papá? Cuando se lo pregunto a mamá, dice que trabaja mucho. Pero ayer se lo pregunté a la señora Pikes y me dijo que está de viaje. ¿Tú que crees?

El niño escupió saliva en la pila mientras la *au pair* se tragaba la suya.

–No tengo ni idea –respondió.

Decía la verdad. Alba no sabía el paradero del señor Crowned, a quien aún no conocía. Los miembros del servicio siempre respondían con evasivas cuando les preguntaba por él, y cualquier conversación relacionada con el señor terminaba en cuanto la Señora de la Casa hacía acto de presencia.

Para saciar su curiosidad, la joven había formulado su propia teoría: hacía meses que el señor Crowned había abandonado a su familia. A Alba no le parecía algo descabellado, teniendo en cuenta lo inquietante que resultaba Victoria Crowned. ¿Quién iba a querer vivir con alguien así? Además, de ese modo se explicaba también la actitud del servicio; nadie quería decirles a los niños que su padre los había abandonado.

—Voy a encontrarlo. Mamá dice que, si deseo algo muy fuerte, se hará realidad —Rookie se enjuagó la boca y cerró el grifo—. Cuando lo haga, ¿quieres que te avise?

Alba estaba cansada. Había sido un día largo y aún tenía que acostar a Filly, de modo que asintió de manera automática, sin pensar en las consecuencias.

Cuando acostó a Rookie, regresó al cuarto de juegos para hacerse cargo de Filly. Lejos de obedecerla, la niña continuaba tirada en el suelo, absorta en sus cuentos y sus dibujos.

La *au pair* iba a regañarla, pero aún no había abierto la boca cuando sus ojos captaron algo en la pared que quedaba a su derecha. Escrito en grandes letras rojas, se podía leer:

NORMA NÚMERO 1.
SOLO PUEDE HABER UNA SEÑORA DE LA CASA.

Alba no podía creerlo. Después de una jornada de trabajo agotadora, cuando ya creía que solo le quedaban unos minutos para irse a la cama, a Filly se le ocurría hacer un estropicio como ese. Sintió que le hervía la sangre. No le molestaba el garabato en sí, hecho con pinturas infantiles, fáciles de limpiar; lo que de verdad le molestaba era el mensaje: **SOLO PUEDE HABER UNA SEÑORA DE LA CASA.** De todos los hermanos Crowned, Filly era, con diferencia, la más testaruda. Con la pintada pretendía decirle a Alba que no pensaba obedecerla, que solo respondía ante su madre. Y, además, utilizaba esas palabras: **NORMA NÚMERO 1.** ¿Acaso creía la niña que era ella quien ponía las reglas?

No podía permitir que Filly se saliese con la suya. Si le dejaba pasar esta primera travesura, la próxima vez que quisiese imponerse, Alba encontraría mucha más resistencia. Puede que incluso Bishop y Rookie se sumasen a su testarudez.

Avanzó hasta la niña, la agarró del brazo y la obligó a ponerse de pie.

—¡Eh! ¡Eh! ¡No he terminado con los dibujos de mi cuento!

La niña dejó de protestar cuando reparó en la pintada.

—Vas a limpiar lo que has escrito —la castigó.

—¡Yo no he sido!

—¡Claro que sí!

—¡Habrá sido Rookie!

—¡No! ¡Ese garabato no estaba antes! ¡Lo has pintado mientras estaba con Rookie en el baño! ¡Límpialo!

—¡Yo no he hecho nada! ¡No voy a limpiarlo!

—¡ENTONCES, VETE A TU HABITACIÓN! —vociferó Alba.

La niña se sobresaltó ante el tono empleado por la *au pair*. Casi al borde del llanto, se dio media vuelta y desapareció cerrando la puerta de un portazo.

Alba suspiró y se frotó las sienes; le dolía la cabeza. Cogió el trapo de la pizarra y comenzó a limpiar la pintada frotando agresivamente. Se avergonzaba de su comportamiento. Filly no había actuado bien, pero eso no justificaba la manera en la que ella le había gritado.

Cuando terminó de limpiar la mancha y de recoger los lápices de colores de la niña, la *au pair* decidió disculparse. Debía ser un modelo para los niños. Entró en el dormitorio de Filly y la encontró poniéndose el pijama, malhumorada.

—¿Ahora qué?

Nerviosa, Alba se frotó las manos.

—¿Cuál de tus cuentos quieres leer antes de dormir? —era lo más parecido a una disculpa que podía ofrecer en esos momentos.

El semblante de Filly cambió por completo. Aún estaba recelosa, pero no iba a dejar que eso se interpusiese en su sesión de lectura nocturna. Sonrió, se metió en la cama y sacó un pliego de hojas de debajo de la almohada. Se lo entregó a Alba, que se había sentado en el borde de la cama.

Para subsanar las heridas de la discusión, la *au pair* se dispuso a alabar el cuento de la niña.

—¿Lo has hecho tú? Es precioso; es...

Las palabras se le helaron en la boca. Esperaba dibujos de personas, animalitos..., pero lo que encontró fue algo bien distinto. El ser que ocupaba la portada tenía la figura de un ser humano, pero su cara era alargada, como la de un ave, y sus extremidades finas y huesudas, como las de una araña. Apenas había colores vivos en el dibujo; solo el rojo de los ojos de la criatura. Presidía la escena un corazón negro.

Unas letras infantiles ocupaban el espacio superior del folio:

EL CUENTO DEL MONSTRUO DE LAS CADENAS
Escrito por Filly Crowned

Alba sintió un escalofrío. Tuvo que apartar la mirada del monstruo de la portada y centrarla en Filly, que aguardaba la lectura de su última gran obra con impaciencia. A la *au pair* no le quedó más remedio que acceder a leer el cuento. Lo abrió por la página que estaba señalada con un marcapáginas y comenzó a leer:

El deseo se había cumplido. La pareja estaría junta para siempre.

Bajo las letras había un dibujo de dos personas abrazadas. Y en el siguiente folio:

Para que nadie descubriese lo que había pasado, ella tuvo que deshacerse de las pruebas.

En este caso, Filly había delineado un gran objeto circular rodeado de maleza. Y al pasar la página:

Y para que no se repitiese lo sucedido, se encargó de esconderlo en un sitio donde nadie lo encontrase.

El mismo monstruo de la portada, solo que ahora llevaba lo que parecía una cadena alrededor del cuello. Y en la siguiente:

Fue así como nació el monstruo de las cadenas.

FIN

Y bajo ese FIN, de nuevo, el mismo corazón negro que había en la portada.

La *au pair* se revolvió.

–Filly..., ¿de dónde has sacado esta historia?

Pero al volver la mirada hacia la niña, comprobó que se había dormido. Sus mechones de pelo rubio estaban revueltos sobre la almohada y su pequeño pecho subía y bajaba a intervalos regulares bajo las mantas. Alba se levantó con cuidado para no despertarla, dejó el cuento sobre la mesilla de noche y se dispuso a abandonar la habitación.

Pero antes de llegar a la puerta del dormitorio, pasó junto a un mueble sobre el que había un bulto. Junto a un montón de peluches y marionetas había una pila de folios grapados en pequeños grupos, justo como el cuento que acababan de leer. En la portada del primero de los pliegos estaba escrito:

EL CUENTO DE LOS AMANTES MUERTOS
Escrito por Filly Crowned

Alba observó la pila. ¿Todas esas historias las había escrito Filly? Debía de haber, por lo menos, cincuenta relatos. Los cuentos eran sencillos, pero, aun así, la cantidad era desorbitada para alguien de ocho años. Asombrada por la imaginación de la niña, la *au pair* se acercó con cautela a la pila de páginas y desplegó en forma de abanico algunas de las historias:

EL CUENTO DE LOS AMANTES MUERTOS
Escrito por Filly Crowned

EL CUENTO DE LA ASFIXIADA
Escrito por Filly Crowned

EL CUENTO DEL HOMBRE ENFERMO
Escrito por Filly Crowned

Las tres portadas estaban decoradas con dibujos inquietantes y en todas ellas aparecía el mismo corazón de color negro. Alba quiso observar todo con más detenimiento, pues no le parecía que encajasen con el comportamiento de un niño normal. Pero, antes de que pudiese ojearlos bien, Filly tosió. El gesto bastó para que Alba diese un respingo y se apresurara a apagar la luz y abandonar la estancia para no despertar a la niña.

Tras cerrar la puerta, fue consciente de su error. Porque... ¿dónde estaban los interruptores en ese pasillo? Ahora que ya llevaba un tiempo en Gloomy Gardens, comenzaba a acostumbrarse a la casa, a sus recovecos y sus particularidades, como qué peldaños estaban inclinados, qué listones del suelo eran los que crujían o cuál era la posición exacta en que había que colocar el grifo para que el agua del baño saliese a la temperatura ideal. Pero las clavijas de la luz... Con ellas aún no se había hecho.

Alargó el brazo y, a oscuras, acarició los paneles de madera y el papel pintado de la pared. Buscaba los interruptores, pero, al no dar con ellos, las caricias tardaron muy poco en convertirse en roces desesperados.

«¿Dónde están? –se preguntaba ya casi arañando las paredes–. Juraría que había uno por esta zona…».

De repente, un pensamiento la hizo detenerse en seco. ¿Por qué le importaba tanto no dar con los interruptores? Después de todo, solo tenía que seguir en línea recta por el pasillo y bajar hasta la primera planta. Y, sin embargo, en esos momentos se sentía incapaz de avanzar a tientas. El simple hecho de dar un paso en ese pasillo de oscuridad total le ponía los pelos de punta. Y sabía muy bien por qué.

–El cuento de Filly –murmuró.

Intentó mantener la calma. Después de todo, solo era un cuento infantil, las fantasías de una niña que pasaba demasiado tiempo sola. De hecho, el relato ni siquiera estaba completo. Le faltaban partes, el significado de algunos fragmentos apenas se entendía y los dibujos irregulares de Filly tampoco ayudaban a comprenderlo. Solo era eso: un cuento, un pasatiempo infantil, un...

Un sonido metálico.

Alba se volvió en dirección opuesta a las escaleras para averiguar qué había provocado el ruido. Pero era imposible; en el pasillo solo se apreciaba oscuridad. La *au pair* se preguntó si había imaginado el sonido, sugestionada por el cuento. Justo cuando empezaba a creer que así era, el ruido metálico se repitió. Esta vez no le cupo ninguna duda: eran cadenas. Sonaban por encima de su cabeza, como si el monstruo del cuento de Filly reptase por el techo.

Aterrorizada, se giró hacia las escaleras y echó a correr con todas sus fuerzas. El pasillo, que no era demasiado largo, le pareció eterno en esos momentos. Durante el trayecto, el estrépito metálico se repitió varias veces y su corazón saltó por los aires en todas y cada una de las repeticiones.

Una vez en la primera planta, no se detuvo a comprobar si el sonido aún la perseguía. Corrió hasta su habitación, cerró la puerta con el pestillo y, para asegurarla aún más, apoyó contra esta una cómoda. Solo entonces constató que el ruido de las cadenas había cesado.

Y su preocupación pasó a un asunto muy diferente…

Tal y como había predicho el médico, el estrés y el pánico habían originado una nueva mancha negra. La ceguera nerviosa transitoria volvía.

Tuvo que esforzarse para tranquilizarse. Hurgó en su mesilla de noche, sacó el frasco de argopanoptina y se metió una pastilla en la boca. Luego se sentó en el borde de la cama, con la mirada fija en la puerta del dormitorio. Temía que alguien o algo irrumpiese en cualquier momento.

11

JUGAR CON LOS NIÑOS

A la mañana siguiente, lo primero que Alba notó fue su garganta áspera, como si se la hubiesen cepillado con papel de lija. Lo siguiente fue la cabeza, que le martilleaba.

Al ser consciente de lo mal que se encontraba, se levantó de sopetón. Aún llevaba puesta la ropa del día anterior y la cómoda seguía apoyada contra la puerta. Comprendió que se había quedado dormida mientras…, mientras ¿qué? ¿Mientras hacía guardia? ¿Guardia para qué? Lo sabía muy bien: para evitar que lo que había escuchado fuera a por ella.

«*El monstruo de las cadenas*», recordó el título del cuento de Filly.

El. Monstruo. De. Las. Cadenas. Se sintió un poco tonta. Si lo pensaba con calma y a la luz del día, era estúpido, como creer en fantasmas, brujas o en el coco.

«Serían las cañerías de esta mansión vieja. O una rata que recorría el desván y se chocaría con algún trasto metálico», se dijo a sí misma.

Mientras trataba de convencerse de que los ruidos de la planta superior tenían una explicación lógica, vio por el rabillo del ojo que su reloj marcaba una hora muy avanzada. Su corazón dio un vuelco; se había quedado dormida. No se permitió el lujo de ducharse o desayunar. Salió de su habitación dando un portazo y corrió escaleras arriba.

Mientras subía los peldaños de tres en tres, se preguntó si la señora Crowned habría notado su ausencia y si estaría enfadada. Seguramente sí, aunque tal vez la señora Pikes no había dicho nada y le había cubierto las espaldas. Fuese como fuese, si era rápida, aún llegaba a tiempo de asear a los niños y acompañarlos hasta el autobús escolar.

Al llegar al pasillo de la segunda planta, se detuvo un segundo. A primera hora de la mañana, con la luz filtrándose por las ventanas, el lugar no le parecía para nada aterrador. Los interruptores de la luz se veían perfectamente. ¿Por qué la noche anterior no conseguía dar con ellos?

Alba negó con la cabeza y entró en la habitación de la hija de los Crowned. Para su sorpresa, se encontró con que el dormitorio estaba vacío, y la cama, hecha.

«¡Ya se han ido al colegio! La señora Crowned sabrá que me he dormido y me despedirá», fue su primer pensamiento.

Se dispuso a cruzar por el cuarto de juegos a la habitación de Rookie, por si, por suerte, los niños estuviesen esperándola allí. Pero, al abrir la puerta, la *au pair* se dio de bruces con Filly. Estaba en pijama, tumbada en el suelo y dándole cuerda a un mono de hojalata que daba saltos mientras tocaba unos platillos. La niña abrió mucho los ojos al verla entrar en la habitación de una manera tan precipitada.

—¡Filly!

—¿Qué?

—Venga, date prisa. Tienes que ir al colegio. ¡El autobús está a punto de llegar!

La niña la volvió a mirar, aunque esta vez con desdén.

—Qué tonta eres —dijo—. Hoy es sábado. Hoy no hay colegio.

Alba sintió que las piernas le flaqueaban... Filly tenía razón: era fin de semana.

Respiró hondo y se frotó la frente para despejar la mente. No sabía ni en qué día vivía. Los sucesos de la noche anterior la habían afectado de verdad.

Los sucesos de la noche anterior...

El monstruo de las cadenas...

Los cuentos de Filly...

–Filly, el cuento que leímos anoche, el del monstruo de las cadenas, ¿cómo se te ocurrió?

La niña ni siquiera la miró. Estaba demasiado entretenida con su mono de hojalata.

–No se me ocurre nada. Todos los cuentos que escribo son de verdad. Me los cuentan.

La revelación sorprendió a Alba. ¿Quién le contaría unas historias tan macabras a una niña de tan solo ocho años? Dudaba que algún adulto lo hiciese. Y en cuanto a los niños, Rookie era demasiado pequeño para inventárselas y Bishop demasiado serio para perder el tiempo en esas tonterías. ¿Sería la propia señora Crowned la que le contase esas historias a su hija para asustarla? A Alba le habían contado que muchos cuentos infantiles en realidad eran fábulas siniestras inventadas hacía siglos por padres y madres para evitar que sus hijos se portasen mal. Quizá este era uno de esos casos.

–¿Y quién te los cuenta? –quiso saber.

Filly por fin levantó la mirada de su juguete.

–Gloomy Gardens; es la casa quien lo hace.

Después de la conversación con Filly, Alba bajó a desayunar a la cocina.

–Cariño, tienes cara de no haber pegado ojo en toda la noche –le dijo la señora Pikes al verla–. Te prepararé mi famoso té estilo Pikes. Es una receta secreta que hará que te sientas bien enseguida.

Ella no respondió; se limitó a sentarse en una silla y a dejarse cuidar por la cocinera. Unos minutos después, con una taza humeante en la mano, su mirada se perdió en el jardín, al otro lado de la ventana. Afuera, Fabio se deshacía de las malas hierbas con una desbrozadora. El ruido sedante del motor, junto con el desayuno, hizo que se sintiese mejor.

Con la mente más clara y a la luz del día, Alba trató de convencerse de que todo lo sucedido la noche anterior no había sido más que un delirio suyo.

«Estoy paranoica por todos los cambios de los últimos meses –se decía a sí misma–. Sí, eso es. No pasa nada extraordinario en la casa. Así que, en lugar de preocuparme, tengo que aprovechar el tiempo que voy a estar aquí».

Pero no conseguía deshacerse de la sensación de que en Gloomy Gardens pasaba algo fuera de lo normal, algo que hacía que todos los habitantes de la casa actuasen como bichos raros.

Se levantó de la silla con un nuevo propósito y ánimos renovados. Como era sábado, tenía todo el día libre. Y qué mejor manera de pasarlo que dando un paseo por Grey Hills. Desde su llegada había querido visitar el pueblo con detenimiento y sentía que salir un rato de la mansión la ayudaría a despejarse. Además, estaba Jake. Él le había prometido un café y ella aún le debía las gracias por haberla acercado a la mansión.

Fue hacia su habitación para coger algo de dinero para el autobús. Al llegar a la primera planta, alcanzó a ver a Rookie, que corría escalones arriba entre risas. Probablemente estaba jugando a alguno de sus juegos, de modo que no le prestó mayor atención. Tampoco se dio cuenta de que la puerta de su dormitorio, que había cerrado al salir, ahora estaba entreabierta.

Una vez en la habitación, abrió el cajón de la cómoda en busca de su cartera. Pero no estaba. La había guardado allí mismo. Revolvió el cajón, revisó los demás e hizo memoria por si la había dejado en algún otro lugar. Pero nada... Su cartera no estaba por ningún sitio. En su lugar había un extraño objeto. Lo cogió con cuidado y lo desdobló. Era... ¿una funda de almohada?

En esos momentos, Roselyn apareció al otro lado de la puerta. Cruzaba el pasillo cargada con su eterno cesto de ropa limpia. La *au pair* la alcanzó.

–Roselyn, ¿has estado en mi habitación?

–Claro. Las sábanas se cambian todos los días –respondió.

Alba se mordió el labio inferior. Quería preguntarle si había cogido su cartera, pero debía hacerlo con cuidado. No quería acusar a nadie.

–¿No habrás visto mi cartera por casualidad? Estaba en un cajón de la cómoda y no la encuentro. Y en su lugar ha aparecido esto –le enseñó la funda de la almohada.

La doncella la miró extrañada. De repente, el gesto de la chica cambió.

–Ya sé qué pasa. Es Rookie. Está jugando contigo a la caza del tesoro. Él te quita algo y, para recuperarlo, tienes que seguir las pistas que te ha dejado. Una te llevará a la siguiente. Y esta, a otra. Y luego otra… Así hasta que encuentres el objeto que te ha quitado.

Alba suspiró. Era su día libre y no tenía ganas de lidiar con los niños como hacía durante el resto de la semana. Lo que le apetecía era salir de Gloomy Gardens, aunque solo fuera un rato.

–Entonces, ¿tengo que jugar?

–Si quieres recuperar tu cartera, me temo que no te queda otra –explicó Roselyn–. Espera… Si la primera prueba es una funda de almohada…

La criada rebuscó en su cesto y enseguida dio con un bulto escondido entre las sábanas. Lo sostuvo en el aire para mostrarle el objeto encontrado y lo agitó hasta hacerlo tintinear. Era el llavero que llevaba siempre el señor Schellen. Se lo entregó a Alba y esta se dio media vuelta, de nuevo hacia las escaleras que llevaban a la planta baja. Ya había asimilado que no le quedaba más remedio que jugar con Rookie. Al traste con su plan de visitar Grey Hills.

Enseguida dio con el mayordomo. Estaba en la alacena de debajo de la escalera, ocupado con la lista de desechables (bolsas de basura, productos de limpieza o trapos nuevos) que debían pedir a las tiendas para el reparto a domicilio.

Alba agitó el llavero en el aire. Ante el tintineo, el señor Schellen se llevó su mano raquítica a la altura del cinturón, donde solía llevar colgadas las llaves. Se mostró muy sorprendido al no encontrarlas donde siempre. Ni siquiera se había enterado de que le habían desaparecido.

–¿Cómo…? ¿Cómo has…?

–Es una larga historia –respondió ella mientras se las devolvía. Luego añadió–: Por cierto, señor Schellen, ¿ha notado usted algo fuera de lugar?

–Algo. Fuera. Algo fuera. De. ¿De lugar?

–Sí; algo como un libro en el paragüero o un tenedor en el vaso de los cepillos de dientes. Algo que no esté en el sitio que le corresponde.

El mayordomo negó con la cabeza y ella dudó unos instantes. El juego de Rookie había empezado como algo fastidioso, pero lo cierto era que en esos momentos se lo estaba pasando bien.

–Aunque ahora. Ahora que lo mencionas. Hoy. He encontrado esto. Esto. Esto en mis pantalones –el señor Schellen se hurgó en el bolsillo y le entregó a Alba una bolsita de té.

Ella sonrió. Sabía que era la siguiente pista. La cogió y salió disparada hacia la cocina. Una vez allí, paseó la mirada por las decenas de cajones, aparadores y alacenas, y comprendió que debía acotar la búsqueda. Abrió el armario donde estaban los juegos de té y comenzó a revisar el interior de las tazas. Tras comprobar que todas estaban vacías, metió la mano en una de las teteras. Un instante después, se arrepintió.

El tacto desconocido le hizo apartar la mano bruscamente. Había esperado dar con un objeto, pero, en lugar de ello, lo que encontró fue un líquido viscoso. ¿Qué era aquello?, se preguntó mientras observaba su propia mano a la luz de los focos de la cocina. Era un líquido amarillo y espeso. Parecía aceite, pero olía mucho peor, casi como...

–¡Gasolina! –dijo en voz alta.

La alegría del descubrimiento rápidamente se convirtió en desazón. Gasolina. No tenía ni idea de cuál era el siguiente lugar que debía inspeccionar. El combustible no era algo tan fácil de interpretar como las anteriores pistas. Cogió la tetera y se dirigió al fregadero. No podía dejarla en la cocina llena de un líquido tan peligroso. Alguno de los niños podía llevárselo a la boca.

Fue entonces cuando reparó en un ruido que llegaba desde el exterior. Levantó la cabeza y, al mirar a través de la ventana, se encontró de nuevo con Fabio. El jardinero aún se peleaba con las malas hierbas. En sus manos llevaba la desbrozadora, cuyas aspas emitían un zumbido al girar.

Alba salió por la puerta de la cocina para encontrarse con él.

–¡Fabio! –gritó.

Tuvo que repetir su nombre un par de veces para hacerse oír por encima del ruido. Al escucharla, el jardinero se apresuró a apagar la máquina. Se quitó las gafas que le protegían los ojos de las briznas de hierba que saltaban al aire.

–¿La desbrozadora funciona con gasolina?

Él asintió con la cabeza.

–¿Dónde la guardas?

–¿La gasolina? Junto a las demás herramientas del jardín, en el cobertizo.

El chico le indicó con el pulgar una caseta que quedaba a sus espaldas. Estaba hecha de tablones de madera desgastada y tejado de uralita, medio oculta entre la vegetación. La brisa movía la puerta, que se abría y se cerraba cada pocos segundos. A Alba no le gustó su aspecto. Parecía el típico lugar de las películas de terror en que aparece un cadáver de manera repentina.

–¿Ocurre algo? –Fabio interrumpió sus pensamientos.

—No... Es solo que Rookie y yo estamos jugando a un juego. Se llama...

—La caza del tesoro —completó él—. Sé lo que es. Le encantaba jugar a ese juego con la anterior *au pair*.

El jardinero la acompañó al cobertizo. Apenas era un cubículo, pero su interior cumplía con las expectativas aterradoras que creaba el exterior. Fabio tenía las paredes llenas con sus tijeras de podar, sus rastrillos y otros muchos utensilios metálicos afilados que, aunque ella no sabía muy bien para qué servían, podían pasar a la perfección por instrumentos de tortura. En una de las paredes, entre el soporte de la desbrozadora y las trampas para ratas, había varias latas de gasolina.

—¿Ves algo que sea diferente? ¿Algo que no debiera estar aquí?

—¡Esto! —se agachó él a recoger algo que no era de su propiedad. Se trataba de un cubo metálico carcomido por el óxido.

—¿Eso? Solo es un cubo. Parece algo fácil de encontrar en un cobertizo.

—Sí —respondió él—. Pero no es uno de los míos. Este viene de otra parte. Y sé exactamente de dónde.

Alba avanzó entre la maleza hacia donde le había indicado Fabio. Tras apartar un par de ramas para abrirse camino, se encontró con un claro que parecía sacado a la vez de un sueño y de una pesadilla. Era precioso e inquietante. Allí la vegetación era menos abundante, de manera que unos cuantos rayos de luz de apariencia fantasmal se colaban a través de la hojarasca de los árboles. Justo en el centro del claro, una única figura: un pozo. El arco y la polea estaban oxidados, y la cuerda, tan raída que parecía la muda de una serpiente. La boca del pozo estaba cerrada con un grueso tablón de madera, asegurado con varios candados. La cartera de Alba se encontraba encima.

Lejos de abalanzarse sobre ella, la joven se detuvo en seco y tragó saliva. Había algo en el ambiente que la incomodaba, como si intuyese que estaba cayendo en una trampa. Le parecía increíble que ese pozo le hubiese pasado inadvertido hasta entonces. Las ventanas de su habitación daban justamente a ese lado del jardín y, a pesar de todas las veces que se había asomado, jamás lo había visto. Se preguntó cuántos secretos más habría bajo el denso follaje de Gloomy Gardens.

Consciente de que había llegado demasiado lejos en su caza del tesoro como para echarse atrás en ese momento, avanzó hasta el pozo. Las hojas secas crepitaron bajo el peso de sus pasos y, cuando llegó al centro del claro, se preocupó de colocar el cubo oxidado de nuevo en su lugar. Después, se detuvo un instante para comprobar los alrededores, a la espera de que la trampa en la que creía haber caído se revelase.

«Estás comportándote como una idiota», le dijo una voz interior.

Y, sin más, alargó la mano y recuperó su cartera.

Pero, antes de darse la vuelta, su mirada la traicionó y dio con algo que atrajo su atención. Contempló el tablón que cerraba el pozo. Era normal que en una casa en la que había niños se hubiese optado por cerrarlo. Los pequeños podían caerse haciendo cualquier travesura de las suyas. Incluso los candados que lo sujetaban tenían sentido, ya que afianzaban el cierre. En cambio, lo que no tenía razón de ser eran todas las líneas que había talladas sobre la madera. No eran trazos azarosos y sin orden, sino líneas que formaban un intrincado dibujo de formas geométricas. Podría creerse que eran un adorno, pero ¿quién adornaría con tanta profusión un pozo?

Una fuerza extraña poseyó la mano de Alba. De repente, necesitaba tocar la madera. Solo un instante, el tiempo justo para repasar con sus uñas las líneas grabadas… Y estaba muy cerca… Cada vez más… Cada vez…

—¡Noooooooooooooo! —gritó alguien a su espalda.

Alba se sobresaltó. Se volvió y se encontró con Rookie.

—No puedes terminar el juego sin recoger la recompensa.

Alba volvió en sí. La caza del tesoro. Los dibujos del pozo habían hecho que se olvidase de ella durante unos instantes.

Se apresuró a responder:

–Pero ya tengo mi cartera, Rookie. Ya he conseguido la recompensa.

–Tu cartera no es la recompensa, solo es el cebo; el cebo es lo que se le quita a alguien para obligarlo a jugar contigo. Pero no, la recompensa es esta.

–¿Esta? –Alba no comprendía–. ¿Te refieres al pozo?

–Claro. Querías saber dónde estaba mi papá, ¿no? –convino él–. Pero no te preocupes: la anterior *au pair* también está ahí abajo. Así se hacen compañía.

12

PREPARAR EL CAFÉ

Alba tuvo que esperar toda una semana hasta volver a tener un día libre.

Sentada en el autobús que la llevaba desde Gloomy Gardens hasta el pueblo de Grey Hills, se mordía el labio inferior con remordimiento. Era muy consciente de que debería estar estudiando en lugar de perder el tiempo, porque últimamente parecía que no hacía otra cosa. Cada vez que se sentaba frente a sus libros, acababa dándole vueltas a lo que había sucedido en el jardín. Las palabras de Rookie, el pozo y los extraños dibujos que había tallados en la tapia.

Bostezó y miró el paquete que descansaba sobre sus rodillas. Era una bonita caja rosa cerrada con una tira de celofán dorado. En su interior aguardaban cuatro tartaletas de limón con chocolate blanco y violetas confitadas. A la señora Pikes le salían deliciosas. Por eso le había pedido que le ayudase a hacer unas cuantas. La cocinera solía decir que la mejor forma de hacer hablar a alguien es haciéndolo salivar. Alba esperaba que estuviese en lo cierto.

Bajó del autobús en la plaza del pueblo y se detuvo unos instantes a contemplar sus alrededores. Era la primera vez que visitaba Grey Hills de día. De hecho, era como si fuese la primera vez que estaba en el pueblo, pues la anterior, nada más llegar del aeropuerto, se había sentido tan perdida y sola que ni siquiera había tenido ocasión de fijarse en los detalles. Las calles de adoquines, las tiendas con escaparates de colores... El lugar le parecía ahora mucho menos amenazador de lo que recordaba. Parecía un pintoresco pueblo inglés. Más adelante volvería un día para recorrer las calles e inspeccionar las tiendas. Pero no ahora. Ahora tenía una misión.

Se dirigió hacia The Joker, la cafetería de Jake. Al entrar, se encontró con un pequeño pub inglés de asientos y taburetes envejecidos forrados de cuero color burdeos, y paredes decoradas con antiguos escudos de casas nobles, trofeos de caza y armas de fuego.

El local estaba casi vacío. Solo una de las mesas permanecía ocupada por un par de señores mayores. Levantaron la vista de sus tazas y se quedaron mirándola. Alba no supo si la observaban porque era una forastera o porque era la nueva *au pair* de la familia Crowned. Paseó la mirada por la estancia en busca de Jake. Pero al otro lado del mostrador solo había una cafetera antigua de latón que ocupaba la mayor parte de la pared. De allí, sus ojos pasaron a una escopeta que decoraba la pared contigua. Hasta a ella, que aborrecía la caza, le pareció preciosa, con su empuñadura de hueso tallado con formas de animales de la selva. Era tan vieja que Alba se preguntó si aún funcionaría.

—Hola —saludó una voz a su espalda.

Jake acababa de aparecer de detrás de una puerta con un letrero de «solo empleados». Del delantal verde oscuro llevaba colgado un trapo.

—¡Hola! —se asustó ella.

No pudo evitar imaginar cómo debía de verse desde fuera: una cría con las manos temblorosas sujetando una caja de tartaletas parada frente al camarero de un pub. Se sintió tan ridícula que casi sale corriendo. Tuvo que convencerse de que hacía lo correcto, de que él la había ayudado y de que, por tanto, debía darle las gracias.

El chico se metió en la barra.

–Tú por aquí. ¿Cómo va con los Crowned? A estas alturas pensaba que ya te habrían servido de cena.

Ella sonrió. Los Crowned no estaban tan mal como la gente de Grey Hills pensaba. Al menos, los niños. La madre… era harina de otro costal.

–Genial. Me voy acostumbrando. Aunque el clima…

–Me lo imagino. A los extranjeros os cuesta acostumbraros a tanta lluvia –dijo él. Y luego, cambiando totalmente de tema–: ¿Y bien? ¿Qué te trae a The Joker?

–Oh, sí, claro –Alba se apresuró a dejar la caja rosa sobre la barra–. Quería darte las gracias por acercarme hasta Gloomy Gardens en mi primer día aquí. De no ser por ti, habría pasado la noche en la calle.

–¿Esto es para mí?

Ella tragó saliva. Esperaba que Jake no pensase que su gesto de agradecimiento era una estupidez. Pero nada más lejos: el chico parecía sorprendido y halagado. Deshizo el lazo de celofán y levantó la tapa de la caja. En el interior, los cuatro pastelillos continuaban intactos. El limón de la cobertura brillaba apetitoso y las violetas confitadas emanaban un aroma único.

–Guau. ¿Los has hecho tú?

–Sí. Bueno, no exactamente. La señora Pikes, la cocinera de los Crowned, me ayudó. Ella me daba las instrucciones y yo las seguía. Si no, los pasteles estarían quemados por fuera y medio congelados por dentro.

–Muchas gracias. No tenías por qué molestarte –dijo el camarero mientras hurgaba detrás de la barra. Sacó un par de cucharillas y las dejó junto a la caja. Luego añadió–: Vas a tener que ayudarme con esto.

–¿Ahora? ¡Pero si son para ti!

–Imposible. Hay demasiados. Quédate, nos los comemos y me cuentas cómo es la vida en Gloomy Gardens. Ya ves que a estas horas el pub está vacío. Y yo ya he terminado de limpiar el almacén. Así que ¿qué mejor momento?

Dudó unos segundos. Se suponía que estaba en Inglaterra para trabajar, ahorrar dinero y estudiar, no para entretenerse en bares con chicos universitarios. La Alba de antes nunca habría hecho algo así. Pero la Alba de ahora necesitaba tener algo de vida al margen de la familia Crowned y sus criados. ¿Y con qué mejor compañía que con Jake? Además, tenía que preguntárselo…

–Está bien –dijo mientras se sentaba en uno de los taburetes.

Jake se volvió entonces hacia la cafetera que tenía a su espalda, la que ocupaba casi toda la pared.

–Tú pones la comida y yo pongo la bebida. ¿Cómo tomas el café? –dijo él.

–¿Disculpa?

–¿Cómo te gusta el café?

Alba había escuchado su pregunta a la perfección, pero se había quedado en blanco porque no tenía respuesta. Nunca había tomado café y se sentía un poco ridícula. Temió que Jake pensase que era una cría.

–Un. Solo. Con. Con leche. Doble. De. De máquina –habló de manera entrecortada, como el señor Schellen, a la espera de que lo que decía tuviese sentido.

Pero lo único que consiguió fue que Jake sonriese.

–Lo que has pedido no existe. Nunca has tomado café, ¿verdad?

Ella agachó la cabeza para tratar de ocultarse. Qué torpe se sentía.

–Tranquila. Ven aquí y te explicaré cómo funciona.

Con «aquí», Jake se refería a dentro de la barra.

La invitación la pilló desprevenida. Alba miró a ambos lados, como si temiese que alguien la juzgase.

Supo entonces que se estaba comportando como la cría que tanto temía ser. Estaba en otro país, nadie la conocía y nadie la estaba mirando. ¿Por qué le daba tanto reparo algo tan simple? Tal vez era porque siempre había hecho lo que se esperaba de ella. Era el precio que había que pagar para ser la mejor estudiante: estudiar, no desviarse del camino, no tomar café, quedarse siempre en el lado correcto de la barra...

Dudó unos instantes.

–No hay nadie. A los clientes no les importará y mi supervisor aún tardará en volver. ¿Qué más da? –continuó Jake.

Alba se levantó y dio la vuelta al aparador para pasar al otro lado. Una vez allí, el chico le hizo dar un paso atrás y levantar la cabeza hacia la gran cafetera de latón que tenían ante sí. Estaba llena de palancas y válvulas que entraban y salían y se perdían en una maraña de tubos medio oxidados.

–Muy bien, Alba. Esta es la señora Insomnia. Señora Insomnia, esta es Alba –Jake hizo las presentaciones. Luego se volvió hacia la joven y, en un tono más bajo, añadió–: Deberías saludarla. Es de mala educación no saludar a los recién conocidos.

Ella dudó. ¿Saludar a un trasto? ¿Jake la estaba vacilando? Pero parecía tan serio... Al final, no le quedó más remedio. Carraspeó antes de hablar:

–Hola, señora Insomnia. Encantada de conocerla –titubeó.

El camarero se rio.

–¡Soy idiota! –Alba se rio también.

–No, no lo eres –respondió él. Después señaló uno de los compartimentos de la cafetera–. Este es el molinillo. Aquí es donde se ponen los granos de café para triturarlos. Venga.

–¿Yo?

–¡Claro! Así aprenderás a preparar café.

Durante los siguientes minutos, Jake le explicó todo lo que necesitaba saber sobre la preparación del café. Paso a paso, le contó qué debía hacer y le dejó moler los granos, regular la temperatura y la presión del agua, y emulsionar la leche para hacer crema. Fue divertido; Alba no daba una, y Jake aprovechaba sus tropiezos para meterse con ella.

Ya estaban terminando la lección cuando el camarero decidió intervenir. Fue a la hora de rellenar el portafiltros de café. En ese momento, se colocó detrás de Alba y cerró su mano sobre la de ella, alrededor del mango de la máquina.

–Si no se compacta bien el polvo del café, la bebida parecerá agua sucia –dijo.

Alba apenas consiguió asentir. Lo único en que pudo pensar era en la mano firme de Jake sujetando la suya. El roce de su piel le hizo sentir tan… tan… Nada. Porque antes de que ella hubiese encontrado la manera de describirlo, el aparato comenzó a verter el café en una taza. Jake la soltó para coger la taza llena y dejarla sobre la barra.

Se sentía aturdida. Notaba un ardor desconocido en el dorso de la mano, justo donde Jake la había rozado. Su repentina complicidad con Jake le resultó turbadora. La gente que acababa de conocerse no era tan cercana, ¿no?

Miró a Jake en busca de algún gesto que evidenciara lo que a él le pasaba por la mente, pero el chico parecía ajeno a sus preocupaciones. Solo parecía interesado en explicarle cómo se preparaban el resto de tipos de café: cortado, con leche, manchado, bombón, capuchino… Juntos, prepararon una taza de cada uno de ellos. No tardaron en tener la barra ocupada por diferentes tazas con los distintos cafés.

–¿Cuál quieres probar primero? –le preguntó él mientras ella volvía a sentarse en uno de los taburetes.

La joven señaló el primero que habían preparado, el más negro de todos.

–¿El solo? –arqueó las cejas–. Como veas.

Alba cogió la tacita y se detuvo un segundo a mirar el líquido. Se vio a sí misma reflejada en la superficie oscura del café. Luego dio un sorbo demasiado largo. Error. El ardor y la amargura le recorrieron la garganta. Tosió un par de veces.

—Puaj. Es horrible. ¿Cómo puede gustarle esto a alguien?

—No sé. Supongo que uno se acostumbra —dijo Jake entre risas.

El chico le acercó la caja de las tartaletas. Ella se apresuró a coger una cucharada y llevársela a la boca. Necesitaba quitarse ese sabor tan desagradable. Pero por mucho postre de chocolate blanco con limón y violeta que comió, no consiguió matarlo del todo.

Jake también cogió una cucharada.

—Deberías tener cuidado con el café. Si tomas demasiado, no podrás dormir.

Alba sonrió con ironía. Pensó que hacía tiempo que no descansaba bien. Al atardecer, Gloomy Gardens se convertía en un lugar demasiado inquietante para poder conciliar el sueño. Un poco de café no cambiaría eso.

Y, de repente, una idea regresó a su mente.

«Tienes que preguntárselo…».

Más allá de agradecerle a Jake que la hubiese ayudado, había otro motivo por el que había ido a The Joker.

—Jake —habló en un tono de voz más grave—, ¿qué sabes de los Crowned?

El chico dejó de reír.

—¿A qué te refieres?

Antes de hablar, miró a su alrededor para asegurarse de que nadie la escuchaba.

—El otro día estuve jugando con Rookie, uno de los niños de la casa. Me llevó hasta un pozo que hay en la parte trasera y me dijo que su padre y Noira están allí dentro. Y creo… —buscó las palabras adecuadas—. Creo que la señora Crowned fue quien lo hizo.

Él permaneció quieto y en silencio. La información que Alba acababa de compartir no era para menos. Carraspeó y luego, también para evitar ser oído, se apoyó con los codos sobre la barra, muy cerca de ella.

—Yo trabajo en una cafetería. Aquí la gente viene, se relaja y habla de muchas cosas. Creen que solo los oyen sus amigos o familiares, y rara vez se fijan en nosotros. Por eso los camareros conocemos siempre todos los secretos de un pueblo.

—¿Y tú has oído alguna vez algo sobre los Crowned?

—Sí... Hace tiempo oí que el señor Crowned planeaba abandonar a su mujer.

—¡Lo sabía! —exclamó Alba—. Estaba segura de que el señor Crowned ya no vive en la mansión. Todos hablan de él como si fuese a aparecer en cualquier momento, pero llevo ya un tiempo trabajando en la casa y aún no lo he visto. ¡Seguro que se marchó! Tal vez no se lo hayan dicho a los niños para no preocuparlos.

—Pero eso no es todo —continuó el camarero—. En el pueblo se rumoreaba que el señor Crowned quería marcharse con Noira. Al parecer se habían enamorado y querían empezar una nueva vida juntos en Londres.

Alba abrió mucho los ojos. Eso sí que no se lo esperaba, pero tenía sentido. ¿Quién iba a aguantar al lado de la señora Crowned? Le pareció normal que el señor Crowned se hubiese fugado con la anterior *au pair*.

—Entonces, asunto arreglado. No hay nadie en el pozo. Seguro que Rookie solo quería contarme cuentos de terror para asustarme.

—Excepto por una cosa —puntualizó Jake.

Jake rodeó la barra, pasó junto a Alba y entró en la puerta con el letrero de «solo empleados». Regresó a los pocos segundos con algo en las manos.

—¿Qué es eso?

—El portátil de Noira. A Noira le gustaba escribir poesía. Muchas tardes venía a la cafetería y se pasaba las horas tecleando. Algunas veces se dejaba el ordenador aquí para no tener que cargar con él en cada trayecto, y yo se lo guardaba en el almacén. Recuerdo que, cuando empezaron los rumores de la fuga de Noira y el señor Crowned, pensé que era muy raro que se hubiera marchado sin su portátil. Todo su trabajo está aquí. Por eso guardé su ordenador, por si algún día regresaba y quería recuperarlo. Pero por aquí no ha vuelto a aparecer.

Alba contempló el aparato con curiosidad. Era extraño estar ante una reliquia de su predecesora. Se preguntó qué tipo de información habría almacenada.

–¿Crees que podríamos mirarlo? –comentó.

–Claro. A estas alturas, no creo que Noira quiera recuperarlo, así que no veo por qué no hacerlo. Tal vez nos dé alguna pista sobre lo que sucedió en realidad.

El joven levantó la tapa y colocó la pantalla de modo que Alba alcanzase a verla. Trasteó unos instantes, repasando las carpetas llenas de poemas. No parecía haber nada raro, pero Alba tuvo una idea:

–Prueba con el historial de navegación. Así sabremos cuáles fueron las últimas webs que Noira visitó.

Jake obedeció y, al instante, un listado de las últimas páginas consultadas apareció en pantalla. Las repasaron. Había una dirección que se repetía una y otra vez, una web de una inmobiliaria. El historial mostraba que Noira había buscado una casa de alquiler en Londres. Había consultado varios lugares para vivir, pero de todas las direcciones, la que más se repetía era el número 91 de Brick Lane.

Alba y Jake intercambiaron miradas. Ambos sabían cuál era el siguiente paso: averiguar si el señor Crowned y Noira residían allí; averiguar si aún estaban vivos.

13

PAGAR LAS FACTURAS

Al teléfono, su madre no parecía contenta.

–¿Qué quieres decir con que no vas a pasar las Navidades en casa? –dijo poniendo mucho énfasis en el «no».

–Te lo estoy diciendo –respondió Alba–. El vuelo es demasiado caro. Todo el mundo quiere volver a casa en vacaciones, así que los precios suben muchísimo. Si compro un billete, perderé todo lo que he ahorrado hasta ahora. Se suponía que ese dinero era para la universidad.

–Puedo enviarte el dinero que necesites.

La joven suspiró con fuerza, pero no por el precio del billete, sino porque su madre no entraba en razón. Alba quería quedarse en Inglaterra durante las Navidades y así tener tiempo para investigar la desaparición de Noira Pion y el señor Crowned. No podía revelar sus planes, de modo que había inventado toda una serie de excusas: que el billete era demasiado caro, que los Crowned la necesitaban en casa durante las fiestas, que aún no había visitado la capital y las Navidades eran su oportunidad...

Pero una y otra vez, su madre se las ingeniaba para encontrar una solución a sus evasivas: que ella podía mandarle dinero, que le pidiese unos días libres a la familia, que ya habría más ocasiones de ver Londres… A Alba le dolían las palabras de su madre. Sabía que si se preocupaba tanto por buscar una solución a sus problemas era porque la echaba de menos. Y era normal: esas serían las primeras Navidades que pasarían separadas. Alba también añoraba a su madre, pero su afán por averiguar la verdad era superior a la morriña que sentía.

–Mamá… –dijo cuando se le acabaron las excusas.

Justo en ese momento, una bocina atrajo su atención. Aún al teléfono, se acercó hasta la ventana de su dormitorio y descorrió las cortinas. Vio un coche que aminoraba la velocidad hasta detenerse frente a la puerta de Gloomy Gardens. En el asiento del conductor se intuía la silueta de Jake. Ella no pudo reprimir una sonrisa al verlo.

–… tengo que dejarte ya. Me necesitan.

–Está bien –la voz de su madre sonaba triste.

–Hablaremos pronto, ¿vale?

–Vale. Cuídate.

–Besos.

–Besos y abrazos.

El vacío se apoderó de la línea telefónica. Alba no se entretuvo más. Guardó el móvil, cogió su mochila y salió a toda prisa de la habitación. En la escalinata principal, justo antes de llegar a la salida, se encontró con Filly y Rookie. Estaban entreteniéndose con alguno de sus juegos infantiles.

–¿Adónde crees que vas? –dijo la niña, tan impertinente como de costumbre.

–Voy a Londres con un amigo.

Rookie se la quedó mirando con sus enormes ojos.

–Nosotros nunca vamos a Londres. Nunca nos llevan a ningún sitio.

Sus palabras la conmovieron. Parecían tan inocentes… Rookie casi consiguió que se sintiese mal por estar investigando lo sucedido con Noira Pion y su padre. Porque… ¿qué sucedería si se confirmaban sus sospechas y resultaba que la señora Crowned se había deshecho de ellos? ¿Quién se haría cargo de los niños? Los pobres quedarían abandonados, huérfanos de padre y con una madre en la cárcel.

Para mitigar el sentimiento de culpa, se inclinó y besó a Rookie en la coronilla. Luego, alargó la mano y le acarició la mejilla a Filly.

–Tranquilos. Volveré antes de que anochezca –dijo.

Después corrió hacia la calle en busca de Jake.

–¿Estamos ya en Londres? –preguntó.

Hacía rato que habían pasado un cartel que así lo indicaba, pero ella tenía dudas. El Londres que veía a través de la ventanilla del coche era muy diferente del que había esperado. Para ser una de las mayores ciudades del mundo, le sorprendía que apenas hubiese grandes edificios; la mayoría de las construcciones eran más bien pequeñas, de tres o cuatro plantas a lo sumo. No obstante, lo que no tenía en altura, la ciudad lo compensaba en amplitud. Según Jake, eso se debía al Gran Incendio de Londres de 1666, cuando la mayor parte de la ciudad fue arrasada por las llamas. El chico le explicó que, desde entonces, a los londinenses no les gustaba apilar pisos, sino que hubiese espacio entre unas casas y otras, para evitar que el fuego se propagase.

Torcieron por una esquina y una figura gigante apareció ante ellos, como una rueca enorme recortada contra el cielo gris. Alba la reconoció al instante.

–¡Es el London Eye! –la noria mirador, una de las más grandes del mundo, resultaba imponente–. Jake, ¿crees que nos sobrará tiempo? Sé que hemos venido con un propósito, pero si terminamos pronto, me gustaría ver la ciudad.

En el asiento del conductor, el chico resopló.

–No creo que nos dé tiempo. Primero tenemos que averiguar si Noira y el señor Crowned llegaron a alquilar la casa que habían visto. Y, por la tarde, quiero aprovechar para ir a una librería especializada. Necesito algunos libros para mi tesis doctoral que solo puedo encontrar aquí –dijo. Entonces, al ver de reojo el gesto de decepción de su compañera de viaje, añadió–: No te preocupes. Conozco el barrio al que vamos y estoy seguro de que te gustará.

Veinte minutos después, habían encontrado aparcamiento y se encaminaban hacia la dirección que habían descubierto en el ordenador de Noira. Giraron una esquina, otra más, y el barrio de Brick Lane se abrió ante ellos.

Alba tardó unos segundos en reaccionar. Había demasiados detalles que asimilar. Los edificios eran de ladrillo y tenían letreros de colores vibrantes, algo que contrastaba muchísimo con el aura grisácea que teñía el resto de la ciudad. En los bajos de las casas convivían pubs ingleses, restaurantes de comida india, galerías de arte moderno y tiendas de ropa orgánica. También había infinidad de puestos de venta ambulante, tanto de comida para llevar como de objetos de segunda mano.

Los pocos muros vacíos que quedaban estaban decorados con grafitis, pero no eran insultos o garabatos sin sentido, sino verdaderas obras de arte. La gente, que deambulaba de un lado para otro, le pareció a Alba la más interesante que hubiese visto nunca. En apenas unos segundos, Alba se cruzó con un anciano con ropa de leopardo, una chica con el pelo teñido de color rosa claro y un joven que vestía como un señor del siglo XVIII, con las puntas del bigote curvadas hacia arriba y bombín. Todos y cada uno de ellos resultaban únicos, y el barrio era tan estimulante... Alba supo que ese era el ambiente al que quería pertenecer.

La chica miró a Jake sorprendida.

–Sabía que te encantaría –respondió él–. Y ahora vamos a buscar el apartamento que Noira quería alquilar.

Recorrieron la calle hasta que dieron con la dirección indicada: el número 91 de Brick Lane. En el bajo había una tienda de comida india y, sobre esta, en la primera planta, un apartamento. Se accedía a él a través de una escalera lateral de emergencia. Subieron y llamaron al timbre.

Desde el interior se escucharon unos pasos que se dirigían hacia la puerta. El corazón de Alba se desbocó. No era para menos. En unos pocos segundos, la puerta se abriría y revelaría la verdad. Noira Pion y el señor Crowned, ¿vivos o muertos?

La puerta se entreabrió y al otro lado apareció una joven. Tenía los dedos llenos de manchas de pintura. Los miró confundida. No era la anterior *au pair*.

–¿Sí?

Ellos tardaron unos instantes en reaccionar. La verdad es que no se habían planteado qué harían tras llamar a la puerta.

–Ho... ho... hola –empezó ella–. ¿Vive aquí Noira? ¿Noira Pion?

–¿Quién? Eh... No, aquí solo vivimos mi novia y yo.

–Hola, verás, somos Alba y Jake –intervino Jake, que se apresuró a inventar una historia que resultase creíble–. Estamos buscando a una amiga que se llama Noira. Es francesa. Hace tiempo que no sabemos nada de ella y creemos que pudo estar aquí, puede que a principios de verano.

La chica pareció recordar.

–¡Oh, sí! La chica francesa.

Alba suspiró aliviada. Si la desconocida la había visto era porque Noira no estaba muerta ni su cadáver en el pozo de Gloomy Gardens.

–La verdad es que nunca llegué a verla en persona. En verano puse un anuncio en internet para buscar compañera de piso. Entonces me escribió por correo electrónico una chica extranjera que estaba interesada en vivir aquí. Sí, me acuerdo de ella porque me preguntó si me importaba que viniese con su novio.

¿Su novio? En la mente de Alba se apareció la imagen del señor Crowned. Poco a poco se confirmaba la hipótesis de que habían tenido una relación. Pero no dijo nada. Permaneció callada mientras Jake llevaba el peso del interrogatorio.

–¿Mencionó algo sobre él? ¿Dijo si era mayor o…?

La joven negó con la cabeza.

–¿Estáis aquí para recuperar el dinero?

–¿Dinero? ¿Qué dinero? –continuó Jake.

–Vuestra amiga estaba tan decidida a alquilar el piso que pagó un mes de alquiler por adelantado y las facturas de la luz y del agua, antes de vernos y de firmar el contrato. Pero el día en que iba a mudarse, no apareció. Pensé que había encontrado un piso mejor, así que guardé su dinero para devolvérselo si volvía a verla. Pero nunca supe nada más de ella.

Jake y Alba intercambiaron una mirada.

–¿Ocurre algo con ella? –la desconocida los miró a ambos.

–No. Es solo que hace tiempo que no sabemos nada de Noira y estamos intentando averiguar dónde está.

–En ese caso, siento no seros de más ayuda. No tengo ni idea de qué pasó con ella –respondió, y se despidió–: Y ahora, disculpad. Tengo que volver adentro. He de terminar un cuadro.

La joven cerró la puerta. Sin ningún motivo más para permanecer allí, Jake comenzó a bajar cabizbajo las escaleras. Alba se dispuso a seguirlo, pero antes de dar un paso, la misma chica volvió a abrir la puerta.

–Disculpa. Estaba pensando en esa chica, en Noira, y he recordado algo que puede serle de ayuda a tu novio.

«Tu novio».

Las dos palabras retumbaron en la cabeza de Alba. Sintió que los calores le subían a las mejillas y se apresuró a dejar claro que no tenían ese tipo de relación. La desconocida, por su parte, advirtió que se había equivocado y quiso disculparse. Durante unos segundos, las voces de la una y la otra se pisaron.

–Oh, no, no. Él no es…

–Perdona. Me había parecido que…

–No somos… Solo amigos…

—Por la manera en que te mira…

La conversación era ridícula, por lo que la joven hizo un gesto con las manos para darla por zanjada. Luego añadió el motivo por el que había abierto la puerta de nuevo:

—Solo quería deciros que he recordado que cuando hablé con ella parecía desesperada. Me dijo que necesitaba dejar cuanto antes la casa en la que estaba viviendo. No llegó a decirme nada más, pero por la manera en que se expresaba parecía que quería huir del lugar donde vivía.

A mediodía, Alba y Jake compraron comida india en uno de los puestos del barrio. Se sentaron en una mesa de un parque cercano y, mientras comían, hablaron de sus recientes descubrimientos.

—Si esa chica dice que Noira nunca se mudó, entonces, su rastro se pierde en Gloomy Gardens —dijo él.

—Correcto.

—En ese caso, tal vez nunca se marchó de allí.

—Ajá.

—Puede que Rookie diga la verdad y que los cuerpos de Noira y su padre estén en el pozo.

—Probablemente —se limitó a responderle Alba.

Alba no estaba para cháchara s. En pocas horas tenía que volver a casa, al lugar en que su predecesora había desaparecido en extrañas circunstancias. Quería pedirle ayuda a Jake, pero ahora se sentía extraña. Desde que la desconocida había creído que eran novios… En toda la comida no había apartado la mirada de su plato de pollo tikka masala y todas sus intervenciones se habían limitado a una o dos palabras.

«Por la manera en que te mira…», recordó las palabras que le había dicho la joven del apartamento, mientras removía su plato con un tenedor de plástico.

Cielos, debía haberlo previsto. Seguro que las otras chicas de su clase, las que tenían pareja y no estaban obsesionadas con los estudios, eran capaces de reconocer ese tipo de cosas. En cambio, a ella había tenido que abrirle los ojos una completa desconocida. Pensó en comprobar si aquello era cierto, en levantar la cabeza y ver si Jake de verdad la miraba de alguna manera especial. Pero temía comprobar que sí.

Trató de reunir el valor para levantar la cabeza, pero no pudo hacer acopio del suficiente, de modo que, en lugar de eso, se limitó a pronunciar su nombre:

–Jake… –murmuró.

Tan solo un instante después de haberlo llamado, se arrepintió. Enseguida trató de cambiar de tema.

–… deberíamos irnos ya a la librería –completó mientras se ponía de pie–. No tardarán mucho en cerrar.

Jake respondió afirmativamente. Se metió un par de cucharadas más en la boca y, después, arrojó su plato desechable a la basura. Callejearon en silencio por un par de avenidas. Ella se mordía la lengua y él era completamente ajeno a lo que le sucedía.

Se detuvieron ante una tienda diminuta y oscura. En el cartel se leía:

HERMANAS FOX

LIBRERÍA ESPECIALIZADA EN PARAPSICOLOGÍA

–Aquí es.

–¿Aquí? –preguntó Alba, extrañada–. Pensaba que buscabas un libro para tu tesis de psicología.

–Sí, eso es. ¿No te mencioné que me especializaba en parapsicología cuando nos conocimos?

Alba no estaba segura, pero se inclinaba más hacia el no. Siempre había sido una chica de ciencia; estaba segura de que si Jake le hubiese mencionado en algún momento que su campo de estudio eran los fenómenos paranormales, se lo habría tomado a broma. Pero de eso hacía ya algunos meses y, desde entonces, había experimentado algunas cosas que no sabía cómo explicar.

Entraron juntos en la librería. Jake se dirigió hacia una de las dependientas. Alba, en cambio, se entretuvo contemplando la mercancía de los aparadores. Junto a los libros había objetos de lo más pintorescos, como cristales de colores o lo que parecían ser patas de gallo disecadas. De una balda pasó a otra, y luego a otra. Fue en ese tercer estante donde encontró el objeto más interesante de toda la tienda. No era más que un libro, pero en la cubierta había un símbolo que le resultó familiar...

—¡El pozo! —llegó a decir en voz alta cuando comprendió dónde lo había visto.

En efecto, en la cubierta del libro había un gran símbolo de figuras geométricas, muy similar al que había visto en el tablón del pozo del jardín. No era exactamente el mismo, pero se le parecía muchísimo.

Alba lo cogió de la estantería para observarlo mejor.

DICCIONARIO DE SÍMBOLOS MÁGICOS

Desde las runas celtas a los veves del vudú,
pasando por los símbolos alquímicos y los trigramas chinos

Escrito por Herófila de Marpeso

Ojeó las páginas y desfilaron ante ella centenares de imágenes de símbolos y de largas explicaciones sobre la procedencia y el significado de cada uno de ellos. Buscó el dibujo que había visto en el jardín, pero no recordaba exactamente cómo era y en el diccionario había varios que se asemejaban.

Al levantar la cabeza, vio que Jake estaba pagando su compra, un libro titulado *La brújula sobrenatural. Orientándonos entre líneas energéticas*. Alba no se lo pensó dos veces: cerró el libro y corrió hacia el mostrador.

—Este también —le dijo a la dependienta.

Cuando emprendieron el viaje de regreso a Grey Hills, ya era de noche. La carretera serpenteaba entre colinas verdes y silenciosas de la campiña inglesa.

Alba se sentía angustiada. No paraba de removerse en su asiento. Ahora que el día había terminado, era consciente de que este solo había sido un espejismo, una distracción. El viaje exprés con Jake a la capital, el colorido de Brick Lane, la comida exótica, la visita a la librería... Todo había contribuido a que se olvidase de Gloomy Gardens y sus habitantes durante horas. ¡Si incluso había estado dándole vueltas a lo que Jake pudiese sentir por ella!

Ahora que volvía a casa, se daba cuenta de que nada de aquello importaba, de que todos los temas palidecían al lado del centenar de secretos que escondía la mansión. Al menos ahora tenían alguna pista más sobre lo ocurrido. La revelación de que Noira y el señor Crowned nunca habían salido del hogar familiar, unida a los símbolos místicos del pozo, le hacía pensar lo peor: que Rookie tenía razón y los cuerpos estaban en el pozo.

–No puedo volver a esa casa y fingir que no ha pasado nada. Esa señora, Victoria, me pone los pelos de punta. Si asesinó a su marido y a Noira, y ocultó los cadáveres, ¿qué crees que hará conmigo ahora que sé lo que hizo? –dijo por fin–. No me lleves a Gloomy Gardens. Llévame a la comisaria de Grey Hills y hablaré con la policía. Tienen que saber lo que la señora Crowned hizo. No puedo dejar a los niños con una mujer tan terrible.

Sin apartar la vista de la carretera, Jake negó con la cabeza.

–No. No podemos ir a la policía con tan pocas pruebas. Si quieres ayudar a los niños Crowned, lo mejor que puedes hacer es no decir nada. De momento, lo ideal es que no levantes sospechas y aproveches tu estancia allí para investigar. Cuéntame todos los detalles que averigües, por muy insignificantes que parezcan, y yo te ayudaré a demostrar lo que hizo la señora Crowned.

–¡Pero...! –protestó Alba, que dejó la frase en el aire.

Quería decir que estaba muerta de miedo, que no se sentía segura al volver a la casa. Pero reconocía que Jake tenía razón. No podía marcharse sin más y dejar solos a los pequeños Crowned, ni podía demostrar sin pruebas lo que ahora sabían.

Llegaron a Grey Hills. No muy lejos, la silueta de la mansión se alzaba imponente sobre una loma.

Alba apretó los puños con fuerza. Intranquila, supo que no le quedaba otra opción.

Volvía a Gloomy Gardens.

14

ORGANIZAR LAS FIESTAS

Durante la semana siguiente al viaje a Londres, Alba sacaba tiempo de cualquier lado para poder leer el libro que había comprado.

Entre tarea y tarea, en sus ratos libres y antes de acostarse; cualquier momento era bueno para avanzar en su investigación sobre qué significaban las marcas del pozo.

El libro era largo, pero también muy interesante. Se trataba de un compendio de los símbolos mágicos que habían existido a lo largo de la historia y en los lugares más recónditos del mundo. Las pinturas rupestres de Atapuerca, las cartas Zener, los signos del Zodiaco o los tatuajes rituales de las tribus del Pacífico eran algunos de los temas que abarcaba el volumen. Las explicaciones incluían fotos de los símbolos y, en muchas ocasiones, descripciones sobre los rituales que eran necesarios para que surtiesen efecto.

A Alba toda esa información le resultaba desconcertante. Apenas un año atrás, se habría reído de toda aquella palabrería sobrenatural. Ahora, en cambio, se sentía en el filo entre la lógica y el caos. Caer hacia un lado u otro era cuestión de tiempo.

Una mañana, después de hacer las camas de los niños, se sentó a leer en el borde de la de Filly. Tras hojear un par de páginas, se encontró con un dibujo muy parecido al del pozo. No era exactamente igual, pero se le parecía bastante. Ambos eran dibujos muy intrincados, hechos a partir de formas geométricas insertadas unas dentro de otras y rodeadas por anillos de palabras ininteligibles.

Supo al instante que había dado con los símbolos adecuados, unos que la autora describía como «grabados rituales de las tribus celtas». Según explicaba, se trataba de antiguos talismanes que los druidas dibujaban en la ropa, las armas, las casas y las tumbas con fines mágicos.

No se lo pensó dos veces: agarró el libro y corrió escaleras abajo. Una planta, otra y enseguida se encontró en la parte trasera del jardín. Tras unos minutos deambulando entre las ramas de los árboles, dio con el pozo. Lo observó unos instantes desde una distancia prudencial.

Contempló el pozo y comenzó a pasar las páginas de la sección. Todos los grabados celtas se parecían mucho entre sí. Un par de veces creyó dar con el adecuado, pero los del libro siempre tenían un círculo o un triángulo en diferente posición, o una de las palabras inscritas era distinta. Sus ojos por fin se detuvieron en un dibujo idéntico al del tablón. Lo tenía. Bajó la mirada y leyó la descripción.

El sello de Annwn

El sello de Annwn es uno de los grabados más antiguos, poderosos y oscuros de los que se tiene constancia. Era habitual que los druidas lo dibujasen para invocar a Annwn, el dios celta del inframundo. Las tribus celtas lo tallaban en las puertas de las casas para protegerlas de los muertos. Del mismo modo, se esculpía sobre las lápidas de los difuntos para evitar que los malos espíritus regresasen para atormentar a los vivos.

Dudó unos instantes. ¿Podía ser verdad lo que estaba leyendo? ¿Un sello para mantener a raya a los muertos? La idea sonaba ridícula, pero encajaba con lo que Jake y ella habían averiguado hasta entonces: que Noira y el señor Crowned jamás habían abandonado Gloomy Gardens. Rookie también tenía razón: los cuerpos de ambos estaban allí dentro. El sello mantenía sus espíritus encerrados. O lo que fuese que quedaba de ellos...

Sintió la necesidad de confirmar sus temores. Por miedo a lo que podía encontrar bajo el tablón, no se atrevía a romper los candados y hacerlo a un lado. Pero sí podía examinarlo con detenimiento. Se puso de rodillas junto a la construcción, contuvo la respiración y acercó la oreja hasta la piedra para auscultar el pozo. Nada. No se oía nada.

Se incorporó y contempló de nuevo el sello de Annwn. Como la última vez que estuvo allí, sintió una gran necesidad de tocarlo, de pasar los dedos por la superficie del tablón y de recorrer con su uña los surcos del dibujo tallado. Pensó que aquello era una mala idea y quiso contenerse, pero cuando se dio cuenta, sus yemas ya estaban planeando a tan solo unos milímetros de la superficie.

Apoyó la mano sobre la madera. Al tacto, estaba astillada, fría y húmeda, pero... ¿nada más? Había esperado que se desencadenase algún tipo de reacción.

Sintió que un pálpito le recorría los dedos, la mano y el brazo. No estaba segura de qué había sido, si un latido de su propio corazón o un golpe procedente del interior del pozo. Al instante, como para despejar las dudas, ¡TUNC! Un golpe mucho más fuerte agitó la madera.

Alba dio un bote tan fuerte que cayó de espaldas sobre la hojarasca del jardín.

¡TUNC!

Alguien aporreaba el tablón desde dentro. La madera crujía y los candados, puestos alrededor, aleteaban con cada golpe.

¡TUNC!

La *au pair* no se entretuvo. Se puso de pie, recogió el libro, que se le había caído, y empezó a correr entre la maleza.

¡TUNC! ¡TUNC! ¡TUNC!

Los árboles se extinguieron y por fin fue visible la mansión de Gloomy Gardens. La puerta trasera, la de la cocina, estaba entreabierta. La joven se coló por ella a toda prisa y se aseguró de cerrarla tras de sí.

Una vez a salvo, se agarró al libro con ambos brazos, apretándolo con fuerza contra su pecho, como si fuese una tabla de salvación. Se detuvo entonces frente a la ventana. Desde allí no se divisaba el pozo, oculto como estaba entre la maleza, pero Alba sentía su presencia, como un agujero de oscuridad que albergaba en su interior pesadillas inimaginables.

De repente, tras un parpadeo, se encontró con un viejo amigo...

Una mancha de estrés y miedo ocupaba la mitad izquierda de su campo de visión. Recordó que las pastillas de argopanoptina estaban en un cajón de su mesilla de noche. Pensó en correr hasta la planta superior, pero se dijo que era mejor esperar un poco y calmarse en lugar de abalanzarse escaleras arriba cuando estaba medio ciega.

Respiró profundamente para evitar que la mancha creciese. Al mismo tiempo, buscó con las manos el grifo del fregadero para dejar correr el agua. Agachó la cabeza y se mojó la nuca.

Empezaba a reponerse cuando notó cómo unos dedos se cerraban sobre su hombro. Alba se sobresaltó de nuevo, pero esta vez añadió un grito.

Al volverse, comprobó que solo era la señora Pikes.

–¿Te encuentras bien? –la cocinera la buscó con la mirada–. Pareces alterada. Deja que te prepare una taza de mi famoso té estilo Pikes. Cualquiera diría que acabas de ver un fantasma.

A mediados de diciembre nevó. Los colores dorados, pardos y bronce de los árboles desaparecieron bajo una capa blanca de nieve que lo ocultaba todo. Los jardines de Gloomy Gardens parecían congelados en el tiempo y a través de las ramas de los árboles no se escuchaba ni rastro de vida.

Esa estampa del exterior no tenía nada que ver con el interior de la mansión. Los niños Crowned tenían vacaciones hasta que terminasen las Navidades, de manera que la casa estaba llena de gente, de jaleo y de juegos. La presencia continua de los niños había tenido un efecto positivo en la mayoría de los habitantes de la casa. Los miembros del servicio parecían mucho más alegres. A la señora Pikes le encantaba preparar comidas especiales para los pequeños, Fabio y Roselyn se turnaban para jugar al ajedrez con Bishop, e incluso el señor Schellen había salido al jardín en un par de ocasiones para empujar el trineo de Rookie y Filly por la nieve. Hasta la mismísima Victoria Crowned parecía menos desagradable que de costumbre.

La única que no estaba demasiado entusiasmada con la presencia de los hijos Crowned era la propia Alba. Tenerlos en casa le suponía mucho trabajo adicional. Debía pensar juegos y manualidades para los ratos en que se aburrían, poner paz cuando se peleaban y encargarse de que hiciesen sus deberes.

Una de tantas mañanas, mientras los niños estudiaban en la sala de juegos, ella aprovechó el momento para ordenar la estancia. Con los niños constantemente en casa, estaba más desordenada que nunca. Daba la sensación de que Bishop, Filly y Rookie se ponían de acuerdo para esparcir sus piezas de ajedrez, cuentos y marionetas hasta no dejar limpio ni un solo palmo de suelo. Y eso por no hablar de la cantidad de chicles que la *au pair* había encontrado pegados debajo de una de las mesas. Filly debía llevar meses mascándolos a escondidas.

–Alba, ¿qué quieres que te regalen estas Navidades? –habló la niña.

Alba dejó de arrancar chicles durante un segundo.

—No sé. No creo que tenga regalos este año.

—¡¿No vas a tener regalos?!

Esta vez el que habló fue Rookie. El niño había levantado la cabeza de sus deberes y la miraba con sus ojos enormes. Debía de pensar que no tener regalos en Navidad era la peor tortura que podía sufrir una persona.

Filly le dio un codazo.

—Claro que no, idiota. Su familia se ha olvidado de ella.

—No digas tonterías. No se han olvidado de ella. Lo que ocurre es que viven en otro país —se sumó Bishop a la conversación.

Y con él ya estaban los tres. Ahora ninguno de los Crowned hacía los deberes. Comenzaron a hablar entre ellos, elevando más y más la voz.

—¡Shhh! —Alba intentaba controlarlos—. De uno en uno. ¡De uno en uno!

Pero era imposible hacerse entender por encima de sus voces.

—¡Pues yo te regalaré algunos de mis cuentos!

—Filly, eso debe ser sorpresa. ¡No tienes que decir qué vas a regalar!

—Yo también te regalaré... Umm. No sé. Algo que necesites —añadió Rookie.

Justo entonces, la puerta de la habitación se abrió. Al otro lado apareció la madre de los niños. No podía haber llegado en peor momento, con los niños alborotados, el cuarto hecho un desastre y la mesa llena de chicles patas arriba a la vista de todos.

—Señora Crowned —saludó Alba.

Tragó saliva. En los meses que llevaba trabajando en Gloomy Gardens, ya había advertido que Victoria se relacionaba poco con los criados. Cuando le dirigía a alguien la palabra, sabían que se trataba de algo excepcional y, casi siempre, con el fin de menospreciar su trabajo. Para ella, las sábanas siempre estaban mal dobladas, o las flores de los jarrones no se habían cambiado en tres días, o la chimenea del comedor se había vuelto a averiar, o la comida se había servido demasiado caliente, o demasiado fría… Sí, Victoria Crowned tenía una capacidad sobrehumana para detectar fallos en el trabajo de los demás.

La Señora de la Casa le indicó con un dedo que saliese con ella al pasillo. Mientras cruzaba la estancia hacia la puerta, Alba mantuvo un apresurado diálogo consigo misma.

«¿Por qué está aquí?».

«Piensa: ¿qué has hecho mal?».

«¿Has servido mal el desayuno?».

«No».

«¿Se te ha olvidado hacer las camas?».

«Tampoco».

«¿Entonces?».

«Vuelve a repasarlo todo. ¿Estás segura de que…?».

Cerró la puerta tras de sí con los nervios a flor de piel.

–Alba –dijo Victoria. La llave de plata que siempre llevaba colgada del cuello resplandecía.

–¿Sí, señora?

«Va a regañarme por tener la habitación así de desordenada. O porque no consigo que se concentren. O porque hacen demasiado ruido. O porque…».

–Necesito que te encargues de una tarea especial. Las Navidades están a la vuelta de la esquina y hay que organizar algunas cosas para las fiestas. Sobre todo, hay que preparar los regalos de los niños. Ya he encargado todos los paquetes, pero alguien debe ir a Grey Hills a recogerlos. La mayoría de vendedores no se atreven a traer los regalos hasta aquí y yo estoy muy ocupada.

–Está bien. Yo me encargo –respondió.

–Perfecto –la madre le entregó una lista llena de regalos con el nombre de las tiendas en que debía recogerlos–. Además, el cumpleaños de Bishop es en enero, justo tras las vacaciones. Yo me he quedado ya sin ideas, así que, si ves algo que pueda ser de su agrado, cómpralo también.

La señora Crowned dio por zanjada la conversación y la joven suspiró aliviada. Así que de eso se trataba. Nada de regañinas; solo un encargo especial. Aprovecharía la visita a Grey Hills para ver a Jake y contarle los últimos descubrimientos sobre el pozo. Además, si jugaba bien sus cartas y encontraba un buen regalo para Bishop, podía incluso ganarse la confianza de la madre.

Victoria Crowned, que ya había iniciado la marcha, se volvió de nuevo:

–Por cierto, Alba, cuando venía he oído a mis hijos preguntarte, y ahora tengo curiosidad. Así que dime: ¿qué deseas?

La pregunta la dejó desarmada. Si había algo más perturbador que Victoria Crowned siendo desagradable, era Victoria Crowned tratando de sonar amable. Era tan poco habitual en ella que solo podía interpretarse como una trampa. En el interior de la *au pair*, la pregunta resonó varias veces. *¿Qué deseas? ¿Qué deseas? ¿Qué deseas?*

Pensó decir cualquier cosa, como una bicicleta con la que poder ir a Grey Hills o un abrigo nuevo. Pero sospechaba que la Señora de la Casa no pensaba regalarle nada de eso. Victoria Crowned no era del tipo de personas que hacían regalos a su servicio por Navidad.

Al final, optó por dar una respuesta inconcreta, algo intangible y a la vez fundamental; ni más ni menos que la razón que la había llevado a aceptar su trabajo de *au pair*.

–Quiero salvar vidas –dijo.

La Señora de la Casa sonrió. Parecía muy contenta por el hecho de que Alba aspirase a ser médica.

–En ese caso, no me cabe ninguna duda de que esta casa encontrará la manera de cumplir tus sueños –le respondió.

Acto seguido, se dio media vuelta y se marchó.

15

HACER LA COMPRA

A pesar de la nieve, el ambiente en Grey Hills era cálido. Las calles estaban engalanadas con luces de colores y las tiendas mostraban elaborados escaparates de Navidad. Además, las aceras estaban mucho más concurridas que de costumbre, debido a las compras de última hora.

A Alba le resultaba extraño. Durante el resto del año, la gente del pueblo se mostraba inquieta ante cualquier cosa que tuviese que ver con Gloomy Gardens. Ahora, en cambio, parecían haberse olvidado de la mansión. Era como si la sombra que proyectaba la casa desde lo alto de la colina se hubiese ido empequeñeciendo hasta casi desaparecer.

Muchos de los vecinos de la localidad, que en otras ocasiones la habían mirado con recelo, ahora apenas le prestaban atención. La *au pair* deambulaba de una tienda a otra cargada con bolsas llenas de paquetes. Le dolían los brazos y tenía los pies empapados por la nieve. Pero se sentía satisfecha.

Había dado con todos los regalos que le había pedido Victoria. Entre los presentes para Rookie había un tren eléctrico de juguete, un disfraz de indio y algunas marionetas de mano. Para Filly, varios cuentos infantiles, una caja enorme de pinturas, un caballete de dibujo y un columpio para colgar de alguno de los árboles del jardín. Bishop recibiría para Navidad un reloj cronómetro para sus partidas de ajedrez, algunos juegos de lógica y unos cuantos libros sobre grandes jefes militares de la historia. En las últimas semanas, el mayor de los hijos Crowned había demostrado interés por personajes como Sun Tzu, Julio César, Boudica o Napoleón. Le gustaba estudiar sus estrategias para luego aplicarlas en sus partidas.

Pero, por encima de todo, si había un motivo por el que Alba se sentía feliz era por el regalo que había encontrado para el cumpleaños de Bishop. Su decimoquinto aniversario sería solo un par de semanas tras las Navidades y, como a la madre no se le ocurría ningún regalo más, la responsabilidad de encontrar algo había recaído sobre ella. Por suerte, había dado con algo tan excepcional que estaba convencida de que ni siquiera Victoria Crowned podría ponerle pegas.

Lo había encontrado en el mismo anticuario en que había recogido el reloj cronómetro: un espectacular juego de ajedrez basado en la batalla de Accio, del siglo I antes de Cristo, en la que se enfrentaron las tropas romanas y las egipcias. El tablero, en las casillas blancas y negras, tenía grabado el mapa de Accio, el lugar donde tuvo lugar la contienda. En el ejército blanco, los alfiles eran centuriones romanos, y los peones, gladiadores, dirigidos por César Augusto y su mujer Livia, que servían de rey y reina. En cambio, en el ejército negro, los caballos eran camellos, y las torres, obeliscos egipcios, todos comandados por Marco Antonio y Cleopatra. El conjunto estaba esculpido en materiales nobles y tenía un precio muy elevado. Alba sabía que a Bishop le encantaría y a Victoria no le importaría pagarlo. Cuando se trataba de sus hijos, nada era demasiado.

Una vez hubo terminado las compras, se dirigió a The Joker. Tenía que informar a Jake de sus últimos descubrimientos. Cruzó la plaza principal, donde el ayuntamiento había plantado un gran árbol de Navidad. Junto a él, un coro cantaba villancicos rodeado de espectadores. Entre ellos había varias parejas de novios, abrazados o con tazas de chocolate caliente en sus manos. La presencia de todos aquellos enamorados le trajo a la mente un recuerdo cercano.

«Tu novio», sonó en su cabeza la voz de la desconocida de Londres que los había tomado por pareja.

Alba no pudo evitar acalorarse al rememorar el malentendido. Además, al tratar de disculparse, la chica lo había empeorado, alegando que se había equivocado por la forma en que Jake la miraba. ¿Qué demonios significaba eso? A Alba no le parecía que el camarero la mirase de ninguna manera especial... Aunque ella no era, ni mucho menos, una experta en asuntos del corazón.

En esos momentos, lo único que sabía a ciencia cierta era que disfrutaba de la compañía del chico. Estar con él era lo más parecido a estar en casa. Siempre estaba dispuesto a escucharla y se mostraba solícito a la hora de ayudarla a resolver los misterios de Gloomy Gardens. Dado el estado de su incipiente amistad, ¿por qué iba a arriesgarse a preguntarle si sentía algo por ella? No, eso podía estropearlo todo. Era mejor continuar como hasta ahora.

Alba aceleró el paso, para dejar atrás a las parejas de novios invernales y sus propios pensamientos. No tardó en llegar a The Joker. La cafetería estaba decorada para la ocasión, con guirnaldas de acebo colgando del techo. Le sorprendió ver que casi todas las mesas estaban ocupadas. En una de ellas había un grupo de chicas y chicos de su misma edad. Alba no recordaba haber visto gente tan joven en Grey Hills.

Sus ojos enseguida se encontraron con Jake entre la multitud. Se sentó en el único taburete que quedaba libre a la espera de ser atendida, justo junto a la escopeta con la empuñadura de hueso que decoraba una de las paredes. Dejó las bolsas de las compras a un lado y se centró en el arma. Estaba finamente labrada, con siluetas de tigres, pelícanos, elefantes y simios.

–¡Alba! Qué bien verte. ¿Qué te pongo? –le dijo Jake por fin, mientras ocupaba su puesto al otro lado de la barra. A lo que enseguida añadió–: Oye, ¿estás bien? Tienes la cara roja.

–No sé, debe de ser que vengo acalorada –contestó ella.

«Tu novio. La forma en que te mira», pensaba en realidad.

Por suerte para la *au pair*, Jake enseguida reparó en el montón de bolsas con regalos que traía y cambió de tema.

–Te han enviado a por los regalos de los niños, ¿verdad? Recuerdo que el año pasado también enviaron a Noira a por ellos.

Jake hablaba despreocupado y Alba trató de aparentar lo mismo. Supuso que una buena manera de lograrlo era hablar de cualquier cosa y, sobre todo, evitar los silencios incómodos. Quiso abrir la boca para decir algo, pero antes de articular palabra, él salió de la barra.

–Me llama un cliente. Ahora vuelvo –dijo mientras se dirigía hacia una de las mesas.

En su taburete, soltó un largo suspiro. ¿Qué estaba haciendo? Se sentía tan torpe cuando Jake estaba cerca... Se suponía que tenía una misión que cumplir: averiguar lo que sucedía en Gloomy Gardens. Y, en lugar de eso, ahí estaba ella, perdiendo el tiempo.

Para cuando Jake regresó, ya había tomado la decisión de ir al grano.

–¿Por dónde íbamos? Ah, sí, por Noira. Verás, el año pasado, ella...

El chico quiso retomar la conversación en el punto en el que la habían dejado, pero Alba decidió interrumpirlo. Y no se le ocurrió mejor manera que soltarlo todo a bocajarro:

–He descubierto nuevas pistas sobre el pozo del jardín. El dibujo del tablón es un símbolo que utilizaban los druidas para evitar que los espíritus se levantasen de sus tumbas. Creo que Rookie tenía razón, que los cuerpos del señor Crowned y de Noira están ahí. Además, creo que...

Interrumpió su relato en ese momento para no mencionar los ruidos que había oído procedentes del pozo. Tenía dudas.

Después de todo, ¿cómo iba a hablarle a nadie de los golpes que había escuchado desde el interior del pozo y de los candados que había visto agitarse con violencia? Cualquiera la tomaría por loca; hasta Jake lo haría. ¿O no?

Jake entrevió que las dudas la carcomían. El chico alargó una mano por encima de la barra y la posó sobre la suya, en un gesto de confianza que la animaba a hablar. El gesto surtió efecto. Alba miró a ambos lados para asegurarse de que nadie más la escuchaba.

–Jake, hay algo más... Yo... escuché golpes desde dentro. Si Victoria Crowned se deshizo de su marido y su *au pair* y arrojó al pozo los cuerpos, creo que lo que hay allí dentro ya no son ellos.

Suspiró de alivio al compartir por fin esa información. Luego esperó una respuesta. Lo más probable era que Jake se echase a reír y la tomara por loca.

–Es posible –dijo por fin.

–¿Qué? –se le escapó a Alba. De todas las respuestas esperadas, esa no la había tomado en consideración.

Ahora fue el chico el que miró a ambos lados antes de hablar. Alba supo que era la manera corporal de decir «lo que voy a decir ahora es una chifladura, pero tienes que creerme», y se predispuso para cualquier cosa.

–Vale: ¿recuerdas mi tesis doctoral, la que estoy desarrollando en el campo de la parapsicología? Pues deja que te explique en qué consiste exactamente: hace casi un siglo, un médico llamado Ernst Hartman formuló una teoría que sostiene que bajo el suelo, por todo nuestro planeta, existe una red mundial de energía mística. Según Hartman, las personas que viven sobre alguna de las líneas de la red experimentan cambios extraños en el sueño, el hambre, etcétera. Y esto se da en los casos de menor intensidad. En las zonas con mayor carga energética, se pueden registrar fenómenos sorprendentes que desafían la lógica. El problema fue que Hartman no tuvo manera de demostrar la existencia de dicha red energética, de modo que, cuando presentó su teoría al mundo, el resto de la comunidad científica se rio de él. Al fin y al cabo, sus únicas pruebas eran un puñado de cálculos y unas cuantas entrevistas a personas que decían cosas como que veían levitar sus muebles o escuchaban susurros de desconocidos en sus casas. Pero ¿sabes qué? Hace un año, cuando empecé a trabajar en mi tesis, revisé los cálculos de Hartman y comprendí que estaban mal. Un número mal aquí, otro allá y, cuando me di cuenta, había localizado uno de los puntos de mayor intensidad de la red. Adivina dónde está.

–En Gloomy Gardens –supo Alba. Parecía que todos los caminos conducían a esa maldita casa.

–Exacto. Por eso mismo decidí mudarme aquí. Tengo que estar cerca de la mansión para estudiarla. Pero cuando vine fue incluso mejor, porque conocí a Noira, y ahora a ti, que podéis darme información directa sobre lo que ocurre allí dentro.

Alba se agitó. En otros tiempos, se habría reído de una historia así. Pero no ahora, no después de haber escuchado los golpes en el pozo. Conocer la teoría del doctor Hartman y saber que vivía sobre una bomba de relojería sobrenatural la angustiaba.

–Pero entonces, ¿qué crees que es lo que escuché en el pozo? ¿Algún tipo de monstruosidad formada por las almas corruptas de Noira y el señor Crowned? ¿Las líneas Hartman podrían hacer posible algo así?

–Alba, creo que en esa casa puede suceder cualquier cosa –concluyó él.

Desde fuera de su habitación, alguien aporreó la puerta, pero Alba apenas escuchó los golpes. Estaba durmiendo, soñando con un lugar reluciente y alejado de Gloomy Gardens, donde ninguna de las pesadillas de la mansión podía hacerle daño. Con todo, el ruido fue suficiente como para perturbar su sueño.

Tumbada en la cama, entreabrió los ojos. A juzgar por la poca luz que entraba por la ventana, debía de ser muy temprano, demasiado incluso como para el inicio de su jornada. ¿Por qué la llamaban? Tal vez formaba parte del sueño.

En ese instante, como si quisiesen confirmarle que no soñaba, volvieron a aporrear la puerta. Pero esta vez el ruido sonó diferente, no como la vez anterior, sino como los golpes que había escuchado en el pozo, como los esfuerzos de algo monstruoso luchando por salir al exterior. ¡TUNC! ¡TUNC! ¡TUNC!

Alarmada, se incorporó. Buscó con la mirada el pomo de su puerta y, bajo este, el pestillo. Sí, estaba cerrado a cal y canto. Por suerte, había recordado echarlo la noche anterior. Lo que fuese que hubiese al otro lado tendría que esforzarse mucho si pretendía echar abajo la puerta.

Se apresuró a ponerse de pie. Ni siquiera buscó sus zapatillas de estar por casa. Antes se aseguró de dar con algo que pudiese servirle de arma, aunque en su dormitorio las opciones eran muy limitadas. Al final se decantó por su manual de física. Solo era un libro de texto, pero era el más grueso de los que tenía a su disposición. Se dijo que, si se veía en un aprieto, podría arrojarlo con fuerza a la cabeza del monstruo.

Una vez equipada, se acercó despacio a la puerta. Quiso apoyar la cabeza contra la superficie para escuchar y hacerse una idea de qué era lo que había al otro lado, pero un tercer golpe la sobresaltó. Tuvo que contenerse para no gritar.

«A la de tres –pensó–. Tres…».

Levantó el libro.

«Dos…».

Descorrió el cerrojo con cuidado.

«¡Uno!».

Abrió la puerta de golpe con la intención de pillar a su enemigo por sorpresa. Esperaba encontrarse cara a cara con él.

–¡Alba! –gritaron.

Bajó la vista para encontrarse con el rostro de Rookie. El niño iba en pijama. Miraba el libro de física de Alba sin entender qué hacía con él.

—¡Hay regalos! ¡En el salón principal! ¡Y para ti también! ¡Venga, vamos!

El niño habló de manera entrecortada, nervioso ante el deseo de abrir sus nuevos regalos. Tanto que corrió escaleras abajo sin esperar a la *au pair*.

Cinco minutos después, Alba entró en el salón principal. La estancia tenía un aspecto totalmente diferente y resultaba cálida y acogedora. La chimenea de gas funcionaba a pleno rendimiento y Fabio había dejado precioso el árbol de Navidad.

Aunque la Señora de la Casa no estaba presente, sí lo estaban el resto de los habitantes de Gloomy Gardens. Sobre un suelo oculto por papeles rasgados, los niños Crowned se apresuraban a desenvolver sus regalos, gritaban de emoción y se los enseñaban entre sí. No muy lejos de ellos, Roselyn y Fabio intercambiaban regalos bajo el muérdago, y el señor Schellen controlaba el fuego.

—Toma, coge uno. Es café de calabaza con especias —la señora Pikes le sirvió una bandeja llena de alargados vasos de contenido anaranjado.

Aún no le había dado un sorbo cuando la cocinera le entregó un paquete envuelto. Alba se quedó sorprendida, sin saber cómo reaccionar. No tenía ni idea de que debía haber comprado regalos para todos. Se disculpó por ello, pero los demás miembros del servicio le restaron importancia. Entre otras cosas, la obsequiaron con un taco de notas manuscritas con las recetas de la señora Pikes y un marco de fotos decorado con flores prensadas, de parte de Fabio.

Luego llegó el turno de los niños, que también le habían preparado regalos. Igualmente asombrada, les dio las gracias uno a uno y les besó la frente a medida que le entregaron sus paquetes. Bishop le dio un pequeño ajedrez que se doblaba por la mitad y podía llevarse a cualquier parte, y Filly un puñado de cuentos escritos por ella misma.

El último fue Rookie. Cuando llegó su turno, el niño le tendió un paquete extraño. Estaba envuelto con torpeza y, aunque pesaba, la forma era tan irregular que Alba no pudo imaginarse de qué se trataba. Incluso tras desenvolverlo, tuvo que examinarlo con detenimiento para averiguar para qué servía. Era un objeto redondeado de cobre; de su parte posterior surgía un pico alargado con varias estrías, como si el objeto en cuestión estuviese hecho para encajarlo en alguna parte.

De repente lo entendió. Desconcertada, Alba se llevó la mano libre a la boca. ¿Cómo era posible que Rookie hubiese dado con eso? ¿De dónde demonios lo había sacado?

–¿Te gusta? –preguntó el niño–. Te dije que te regalaría algo que necesitases.

La joven bajó la cabeza de nuevo hacia su regalo. En su mano, gélido como un témpano, estaba el pomo que faltaba en la puerta de la habitación del pequeño John.

16

Celebrar los cumpleaños

Durante los diez días siguientes, el pomo de cobre permaneció escondido en el segundo cajón de su mesita de noche. Alba lo mantenía allí, oculto entre la ropa interior, por miedo a que la señora Crowned lo descubriese.

No tenía ni idea de cómo se las había ingeniado Rookie para sustraérselo a su madre, pero le sorprendía que la Señora de la Casa no lo echara en falta. ¿No entraba todos los días en el cuarto del pequeño John? Debería haber notado su ausencia. Las sospechas de Alba fueron en aumento: ¿por qué se mantenía esa puerta sin pomo?, ¿por qué no había visto aún al bebé?, ¿por qué tenía la sensación de que el pequeño John estaba relacionado con las desapariciones del señor Crowned y de Noira Pion?

Estaba decidida a averiguar la verdad. Sabía que el siguiente paso era entrar en la habitación del bebé, pero nunca encontraba el momento. Por una razón u otra, jamás conseguía llegar hasta esa habitación.

Empezó a pensar que nunca lo conseguiría. Cada noche, antes de acostarse, se decía que lo volvería a intentar al día siguiente. A veces le daba la sensación de que el pomo palpitaba, como si un corazón acusador latiese y le echase en cara no hacer lo suficiente por desenmascarar a Victoria.

Un día, mientras los niños estaban en el colegio y tras hacer sus tareas, Alba se dijo que había llegado el momento. No obstante, cuando ya había abierto el cajón, recordó que aún tenía otro asunto pendiente: el cumpleaños de Bishop. Era al día siguiente y aún tenía que empaquetar su regalo. Suspiró, cerró el cajón y abrió su armario, donde escondía el juego de ajedrez de la batalla de Accio. Tenía el papel de regalo, pero necesitaba unas tijeras para cortarlo a medida, así que bajó a la cocina para envolverlo.

Una vez allí, comenzó a pelearse con el envoltorio. Empezó a fantasear con el momento en que Bishop rasgaría el papel y quedaría maravillado. Estaría tan ilusionado con su nuevo ajedrez que hasta la propia Victoria le daría las gracias.

«Es un regalo tan maravilloso y tan acertado –imaginaba que le decía la Señora de la Casa–. Ni siquiera yo lo habría escogido tan bien. No sé qué haríamos en esta casa sin ti…».

Pero su fantasía se interrumpió cuando la puerta de la cocina se abrió y alguien entró. Alba ni siquiera le prestó atención. Supuso que era la señora Pikes. Hasta que…

–Hola –era Bishop.

Alarmada, trató de ocultar el ajedrez. Por suerte, tenía un trapo cerca. Lo desdobló y lo puso por encima. Pero el regalo era tan grande que sobresalía.

–¿No se suponía que estabas en el colegio?

–Ha faltado un profesor y nos han dejado salir antes. ¿No has escuchado llegar el autobús?

Bishop, que hasta entonces no había advertido el regalo, hizo el gesto de dirigirse hacia la nevera para picar algo. Pero eso quedaba muy cerca de la posición de Alba, de modo que esta se adelantó para interponerse en su camino. Puso los brazos en jarras para no dejarle espacio por el que pasar, pero fue demasiado lenta y los ojos de Bishop dieron con el regalo.

Se detuvo en seco.

–¿Es lo que creo que es? –preguntó.

Alba se mordió el labio. ¿Qué podía decir? Aunque estuviese cubierto por un paño, era evidente que se trataba de un ajedrez. No le quedaba más remedio que aceptar lo evidente.

–Lo siento. Se suponía que no debías verlo hasta mañana. Por favor, no digas nada hasta entonces. Tu madre se ha esforzado mucho en elegirlo.

–Ya, claro –dijo triste–. Déjame adivinar: una tarta espectacular, regalos caros...

La *au pair* se quedó paralizada. Nunca lo había escuchado tan abatido. Bishop era un adolescente. Por edad, estaba más próximo a Alba que al resto de sus hermanos. El mundo que Victoria les había impuesto a sus hijos era lujoso, pero muy reducido. Para los más pequeños, vivir en Gloomy Gardens era divertido porque la casa estaba llena de pasillos y habitaciones en las que esconderse y jugar. Pero para un adolescente como Bishop resultaba difícil permanecer alejado del resto del mundo. Por muchos regalos caros que Victoria comprase a sus hijos, esa sensación no desaparecería.

A Alba le entristeció verlo así. Quiso reconfortarlo, de manera que le pasó un brazo por los hombros y le frotó la espalda. Fue entonces cuando tuvo una idea.

–¿Por qué no invitas tú a alguien a la fiesta?

–¿Qué? ¿Lo dices en serio?

–Claro.

–Pero a mi madre no le gusta que traigamos desconocidos a casa.

–Es tu cumpleaños, así que no creo que le importe hacer una excepción. Además, cuando estén aquí, no se atreverá a echarlos. En cualquier caso, invita solo a unos cuantos –Alba dudó unos segundos–: Oye, ¿por qué no se lo dices a tu amiga del club de ajedrez? ¿Esa a la que nunca consigues ganar?

–¿A Elika Kapoor? –Bishop se puso rojo ante la sola mención de su nombre.

–¡Claro!

Los ojos del chico se iluminaron. Tras años de reclusión en Gloomy Gardens, parecía entusiasmado ante la idea de llevar un invitado a casa. ¡Y ni más ni menos que a la chica que le gustaba!

Se abalanzó y abrazó a Alba.

–Eres la mejor *au pair* del mundo –dijo.

Luego, tras separarse, abandonó la cocina a toda prisa. Parecía que tenía mil cosas que preparar para el día siguiente.

Alba permaneció quieta en su sitio. «La mejor *au pair* del mundo». Era la primera vez que le decían algo así. Sonrío, contenta con su idea. Después de todo, ¿qué podía ir mal?

La señora Pikes vigilaba el exterior desde una de las ventanas. Se escondía tras los visillos para que no pudiesen verla desde el jardín delantero. Cuando vio que el autobús se detenía delante de la casa, alzó la voz:

–¡Ya viene! ¡Ya está aquí!

Sus palabras tuvieron un efecto inmediato sobre todos los habitantes de Gloomy Gardens, que ese día se habían congregado en el salón para celebrar el cumpleaños. Roselyn y Fabio se levantaron de sus asientos; Alba les puso a Filly y Rookie unos sombreros de fiesta; la señora Pikes se colocó junto a la tarta y el señor Schellen cerró la puerta. Victoria Crowned se tomó unos segundos para comprobar que todo estuviese en orden: la tarta de cinco pisos, los globos, el tocadiscos, el ajedrez de la batalla de Accio envuelto en papel de regalo... Se frotó las manos nerviosa, apagó la luz y corrió a ocupar su lugar junto a los dos pequeños.

Durante un par de minutos, se quedaron a oscuras. En medio de las tinieblas, contuvieron la respiración. Alba se preguntó si habría hecho bien al sugerirle al cumpleañero que trajese a una invitada. Temía que Elika Kapoor no fuese bien recibida. Los habitantes de Gloomy Gardens eran muy recelosos de los forasteros y quién sabía cómo reaccionarían.

El picaporte de la puerta se movió. Rookie soltó un gemido de emoción y Alba le puso una mano sobre los hombros para calmarlo. Un instante después, se abrió la puerta y se hizo la luz.

–¡FELIZ CUMPLEAÑOS! –gritaron todos al unísono.

Aún bajo el dintel, el mayor de los Crowned fingió que se sorprendía, como si todos los años no le preparasen exactamente la misma celebración. El mayordomo encendió el tocadiscos y la música festiva comenzó a sonar. Fue entonces cuando el joven se hizo hacia un lado para revelar a su acompañante, Elika Kapoor.

La *au pair* la observó unos instantes. Era alta y llevaba el pelo recogido en una trenza que le llegaba hasta la cintura. Sus ojos, grandes y marrones, miraban asombrados la exuberancia de Gloomy Gardens y denotaban timidez frente a un grupo de gente que no conocía. A pesar de ello, no se la veía achantada por la situación. Hasta donde Alba sabía, Elika era una adolescente resuelta y lista, de modo que seguro que era capaz de salir adelante en aquella casa. Le recordó a sí misma.

No estaban tan admirados el resto de los presentes. La aparición de Elika congeló las sonrisas de todos. La señora Crowned se apretaba las manos con fuerza, mientras los miembros del servicio intercambiaban miradas de circunstancia. A los pequeños, a Filly y a Rookie, la presencia de una desconocida en casa les pareció tan fuera de lo común que se quedaron mirándola embobados.

–Esta es Elika. Es una amiga del colegio –la presentó Bishop.

La chica cruzó el umbral de la puerta y se detuvo frente a la Señora de la Casa. La saludó, pero Victoria tardó en reaccionar.

La música seguía sonando.

Los niños no le quitaban ojo.

Y los segundos se hacían eternos.

–Bienvenida. Es un placer tenerte aquí –le devolvió el saludo Victoria con una sonrisa.

Una hora después, Bishop tenía un año más. Las velas habían sido sopladas; la tarta, comida, y los regalos, desenvueltos. Al mayor de los Crowned le encantó su nuevo de ajedrez de la batalla de Accio. A Alba ni siquiera le importó que el chico le atribuyese todo el mérito del regalo a su madre.

–Deberíamos jugar una partida –le dijo el cumpleañero a Elika.

Pero Filly y Rookie protestaron:

–¡Has cumplido quince años, no quinientos!

–¡Juguemos a algo divertido!

Pero el mayor de los hermanos se negó en rotundo. Alba sabía que a Bishop le gustaba jugar con sus hermanos. Pero Elika estaba delante, de manera que se hacía el maduro para impresionarla. Se había echado tanta colonia que se le podía oler a varios metros.

La invitada medió entre todos:

–Yo creo que es una buena idea. Juguemos a algo divertido.

Bishop tragó saliva y luego asintió.

–Está bien, ¿pero a qué?

Alba tuvo una idea.

–¡Ya lo tengo! ¡Juguemos al escondite! Contaré hasta diez para que todos os escondáis por la casa y luego saldré a buscaros, ¿de acuerdo? –miró entonces a los miembros del servicio–. Vosotros también podéis jugar.

–Jugar. Jugar. ¿Nosotros?

–Venga, señor Schellen, será divertido –le respondió la cocinera.

Sin más, Alba se cubrió la cara con las manos y comenzó a contar. Uno. Dos. Tres. Escuchó cómo los niños y los criados se daban empujones por salir del salón. Cuatro. Cinco. Seis. El eco de los pasos se alejaba. Siete. Ocho. Nueve… ¡Y diez! Se descubrió la cara y observó que se había quedado sola en la estancia. Era exactamente lo que quería.

Salió al pasillo y escuchó los pasos de alguien que huía por su derecha. Pero ella se dirigió en dirección contraria, hacia la escalinata principal. Tenía que darse prisa si quería llevar a cabo su plan. Si tardaba demasiado, los demás se darían cuenta de que, en realidad, no los buscaba.

La primera parada fue su habitación. Rebuscó en su mesilla de noche y cogió el pomo de cobre. Salió de nuevo al pasillo y subió a la segunda planta. Nada más llegar, se encontró con un par de pies que asomaban detrás de unas cortinas. Eran los de Rookie, que se esforzaba por aguantarse la risa. Alba fingió no haberlo visto y giró por el pasillo en el que estaban los dormitorios de los Crowned. No tardó en quedarse frente a la puerta que andaba buscando, la de la habitación del pequeño John.

Se detuvo un instante y contempló la entrada. Había llegado el momento. Ahora que todos estaban preocupados por esconderse, por fin Alba estaba a solas para ver al bebé de la familia.

Deslizó la parte posterior del pomo por el agujero que tenía la puerta. Cuando llegó al final y las piezas encajaron, sonó un clic. Miró a ambos lados para asegurarse de que nadie la había seguido, abrió la puerta y se coló en el cuarto.

Sus ojos tardaron unos instantes en adaptarse a la iluminación. La estancia estaba a oscuras, pero sobre las paredes, el techo y los muebles se proyectaban imágenes de fantasía: nubes, estrellas, un poni alado, un arcoíris... Alba constató que todas aquellas figuras procedían de un pequeño proyector que había en el centro de la habitación. El proyector tenía forma de carrusel y, mientras daba vueltas y emitía las imágenes, hacía sonar una nana relajante, como la de una caja de música.

Tras acostumbrarse a las luces danzantes, se tomó unos segundos para contemplar la habitación. A primera vista, no parecía que hubiese nada fuera de lo normal. Había un cambiador, una mecedora y varias estanterías llenas de peluches y juegos infantiles. En una de las paredes, estaba escrito el nombre de JOHN con letras de madera de color blanco. Y, justo en el fondo del dormitorio, la cuna. No veía al bebé, porque desde el techo pendía un gran dosel de color blanco. Alba atravesó la habitación para llegar hasta él y, en cada uno de sus pasos, mil imágenes bombardearon su cerebro. Especulaba sobre por qué mantenían encerrado al bebé, y lo imaginó como el bebé más hermoso de la tierra y como un monstruo espantoso, como un ser sobrenatural y como un recién nacido cualquiera.

Cuando se encontró junto a la cuna, alargó la mano y agarró el dosel. Era de un tejido muy suave, pero estaba frío. Tomó aire y, con un gesto brusco, descorrió el velo.

Lo que vio después hizo que se dilatasen sus pupilas y le faltase el aliento.

Lo que tenía delante no se correspondía con ninguna de las opciones que había barajado.

17

ACUNAR AL BEBÉ

Nada.

Dentro de la cuna no había nada. Ni rastro del pequeño John.

¿Dónde estaba en realidad el bebé? ¿O es que ni siquiera existía? En tal caso, ¿por qué mentían todos los miembros de la casa? Alba se vio sobrepasada por la avalancha de interrogantes. Notó que la cabeza le daba vueltas. Tuvo que agarrarse con las dos manos a la cuna para no caer mareada. Permaneció unos segundos quieta, con los ojos cerrados y concentrada en las implicaciones que tenía su reciente descubrimiento.

Lo primero en que pensó fue en la hora del desayuno. Todos los días, nada más levantarse, su primera tarea consistía en servir la comida a los cuatro hermanos Crowned. Pero nunca había visto el desayuno del bebé. La bandeja del pequeño John siempre iba tapada por un cubreplatos. La señora Pikes insistía en que era para evitar que la leche se enfriase, pero ahora Alba dudaba que bajo la campana hubiese algo. Si no existía el bebé, entonces, ¿por qué la obligaban a cumplir con esa tarea?

Alguien se tomaba muchas molestias para que Alba creyese que el pequeño John vivía con ellos. La principal sospechosa era Victoria Crowned. Para ella, cualquier momento era bueno para ausentarse con la excusa de que debía atender a John. Pero…

¿adónde iba en realidad?, ¿qué hacía durante esos ratos? En cuanto al papel del resto de habitantes de la casa, Alba no lo tenía claro. Si la señora Pikes participaba en el ritual del desayuno, entonces era muy probable que ella también estuviese al tanto de la inexistencia del pequeño. Pero ¿y el resto? ¿Cuánto sabían ellos? ¿Y los niños? Alba descartó que estuviesen al tanto del engaño de su madre. Aunque tenían prohibido visitar a su hermanito, hablaban de él con frecuencia, por lo que sí creían que existía. Además, eran demasiado pequeños e ingenuos como para mantener una mentira tan elaborada durante tanto tiempo.

Con las ideas en orden y el pulso normalizado, Alba se incorporó. Al volverse, contempló de nuevo la estancia. Los juguetes, el cambiador, la decoración infantil... Lo que segundos antes le había parecido una tierna habitación, ahora le parecía el decorado de una broma macabra. Advirtió que entonces ya no había imágenes de fantasía flotando por las paredes y que la música de nana había cesado. Se acercó hasta el proyector con la intención de examinarlo. Era un objeto artesanal precioso, y pensó en darle cuerda. Pero, antes de rozarlo, un grito la devolvió a la tierra.

La *au pair* levantó la cabeza hacia el hueco de la puerta. El alarido se repitió. No se lo pensó dos veces; si alguien subía a la segunda planta para averiguar qué sucedía, la pillarían en la habitación del pequeño John. Salió al pasillo a toda prisa, cerró la puerta y se aseguró de desmontar el pomo. Se lo guardó en el bolsillo justo en el momento en que, en el otro extremo del corredor, aparecía Fabio. Alterado, el jardinero avanzaba a grandes zancadas.

–¿Qué ocurre?

–No lo sé. He oído un grito y he venido para ver qué sucedía –mintió ella–. Creo que viene del siguiente pasillo.

Corrieron hacia el lugar del que procedían los chillidos. Era la última puerta del pasillo, una que a Alba nunca le había llamado la atención.

Fabio aporreó la puerta.

–¿Quién eres? ¿Estás bien?

–¡Ayuda! ¡Por favor! ¡Sacadme de aquí!

Era la voz de Elika. La adolescente parecía aterrada. No paraba de golpear la puerta. El pomo se agitaba nervioso, como si lo estuviesen retorciendo desde el interior. Pero no había manera de abrir: la puerta estaba cerrada con llave.

Los gritos de terror de la joven atrajeron al resto del servicio.

–Señor Schellen, ¡abre la puerta! –le gritaron.

El mayordomo se llevó la mano al cinturón, al lugar de donde pendía su juego de llaves. Intentó dar con la adecuada, pero tenía demasiadas.

Elika chilló de nuevo:

–¡Abrid! ¡Por favor! ¡VA A VOLVER!

El mayordomo se alteró y el juego de llaves se le escurrió. En el suelo, se perdió entre la multitud de pies agolpados contra la puerta.

Vociferaron de nuevo, pero esta vez desde el otro extremo del pasillo. Todos volvieron la mirada y observaron a Victoria Crowned. La madre, con los ojos fuera de sí, avanzó hacia ellos.

–¿Cómo se ha metido ahí? ¡El ático debe permanecer cerrado!

La señora Pikes se adelantó:

–¡Abra con su llave maestra!

Los miembros del servicio se hicieron a ambos lados del pasillo para dejar paso a la Señora de la Casa. Al llegar a la puerta, se quitó del cuello la cadena que siempre llevaba colgada. Cogió la llave de plata, la insertó en la cerradura y, tras un clic, la puerta se abrió.

Elika cayó de bruces al suelo. La chica estaba aterrada. Tenía el pelo revuelto y los ojos inundados de lágrimas. Y unos surcos de sangre le asomaban a la altura del hombro. Algo le había rasgado la ropa y arañado la piel.

Alba escrutó el otro lado de la puerta. Parecía un cuartucho sin más, con la excepción de que contaba con una escalera de caracol que ascendía hasta perderse en la oscuridad. Se trataba del acceso al ático. Desde fuera de la casa se apreciaba con claridad que Gloomy Gardens contaba con un desván. Alba nunca había pensado demasiado en él. Ahora, en cambio, sentía una curiosidad irrefrenable por verlo.

Roselyn se inclinó sobre Elika.

–Ven conmigo. Déjame que te cure esa herida…

Pero la adolescente rehuyó. Levantó la mirada y los observó a todos como si fuesen monstruos. Después se puso de pie y empezó a correr para alejarse de ellos.

–¡La gente del pueblo tiene razón! –gritaba–. ¡Alguien debería prenderle fuego a esta casa! ¡Prenderle fuego y reducirla a cenizas!

Cuando Elika llegó al final del pasillo, una nueva figura salió a su paso. Era Bishop. El chico intentó calmarla, pero ella se apartó de él como se había apartado de Roselyn y corrió escaleras abajo.

Herido, Bishop agachó la cabeza.

Alba permaneció inmóvil. No podía apartar la mirada de la oscuridad que se abría por encima de la escalera de caracol. No tenía ni idea de qué era, pero estaba convencida de que allí había algo escondido. O alguien.

Victoria Crowned interrumpió sus pensamientos. La Señora de la Casa se apresuró a cerrar la puerta y a volver a colgarse del cuello la llave. El sonido del portazo hizo que la *au pair* volviese en sí. Como si de un disparo de salida se tratase, Alba se dio media vuelta y corrió escaleras abajo.

Perseguía a Elika. La amiga de Bishop se las había arreglado para llegar al ático, a pesar de que, como había comprobado, este estaba cerrado. ¿Cómo lo había conseguido? ¿Y qué la había asustado tanto? ¿Cómo se había hecho los arañazos del hombro? Preguntas. Preguntas. Siempre preguntas. Parecía que en esa casa nunca se terminaban. La curiosidad la espoleó a correr más rápido.

—¡Elika! ¡Elika! —gritó su nombre un par de veces.

Pero la chica no se detuvo.

—¡Por favor, espera!

Elika siguió corriendo. Solo se paró al llegar a la marquesina del autobús, donde buscó con ojos frenéticos a qué hora pasaba el siguiente autobús.

Sin aliento, Alba alargó la mano y sus dedos fueron a dar al hombro ensangrentado de Elika, que soltó un gemido y se tocó la herida de manera instintiva.

—¿Qué? —dijo fuera de sí.

Su aspecto era lamentable. La manga de su jersey estaba hecha jirones y manchada de sangre, y tenía los ojos desorbitados.

—Solo quiero saber qué ha ocurrido.

—¡No lo sé! Como no conozco la casa, no sabía hacia dónde ir. Entonces he llegado a la cocina y me he metido en el armario más grande que he encontrado. Pero, de repente, algo ha empezado a moverse y, cuando se ha detenido, estaba en una habitación diferente.

No tenía sentido. Si se había metido en un armario de la cocina, ¿cómo se las había ingeniado para terminar en el ático? Entre una y otra estancia había dos plantas de diferencia. A no ser que…

—¡El montaplatos! —adivinó Alba—. ¿El armario en el que te metiste era grande y con unas puertas de celosía? —Elika asintió—. Entonces no estabas en un armario, sino en el montaplatos. Es una especie de ascensor pequeño que utilizamos para llevar las comidas desde la cocina a las plantas superiores. Debes haber pulsado uno de los botones sin querer. Por eso has tenido la sensación de que todo se movía y has aparecido en el desván.

El razonamiento las convenció a ambas. Alba ignoraba que el montaplatos fuese lo bastante potente como para cargar con una persona, pero esa era la única explicación posible.

—Y después de eso, ¿qué ha pasado?

—¡No lo sé! Estaba rodeada de trastos y, de pronto… ¡lo he oído respirar! Y entonces se ha abalanzado sobre mí y… —Elika miró de reojo los cortes de su hombro. Tuvo que hacer un gran esfuerzo para contener su angustia.

En esos momentos, apareció al final de la calle el autobús. Alba se sentía mal porque había sido idea suya que Bishop invitase a Elika. Había querido darles la oportunidad de conocerse fuera del colegio y no quería que las cosas terminasen así entre ellos.

El autobús llegó hasta la parada, se detuvo y abrió la puerta. Para tratar de solucionar lo sucedido, la *au pair* cogió a la invitada de la mano.

—Ven conmigo. Volvamos adentro y Roselyn te curará las heridas. Luego llamaremos a tus padres para que vengan a recogerte.

Pero la chica no quiso.

—No pienso volver a Gloomy Gardens. Nunca —respondió. Acto seguido, se montó en el autobús. Antes de que se cerrase la puerta, añadió—: ¡Este lugar es horrible! ¡Él y todas las personas que vivís aquí!

Alba se dirigió a la casa, pero no había dado ni un par de pasos cuando vio a Bishop. Su chaqueta de color amarillo intenso resaltaba sobre el blanco de la nieve. El cumpleañero estaba sentado en el columpio de Filly que habían colgado de un árbol. Las piernas le llegaban hasta el suelo y se limitaba a mecerse de forma melancólica con la cabeza gacha. Alba se acercó a él.

—¿Crees que Elika tiene razón? —sollozó él—. ¿Crees que todos nosotros somos personas horribles?

Las había escuchado. Ahora estaba al borde de las lágrimas. Alba intentó calmarlo.

—No. Claro que no. Solo ha dicho eso porque está asustada. Lo que le ha pasado en el desván…

Pero Bishop no la dejó acabar. El chico no necesitaba excusas en ese momento. Pasó de la tristeza a la rabia.

–Odio este lugar. ¡Lo odio! ¡Nunca nos podremos ir de aquí!

Alba, que había tenido su misma edad no hacía mucho tiempo, recordó que a veces no había palabras suficientes para apaciguar un corazón adolescente herido. Por eso, cambió de estrategia: lo agarró de la mano para que se levantara del columpio. Cuando lo tuvo de pie, lo estrechó entre sus brazos. El gesto tuvo el efecto deseado y Bishop acabó por rendirse a sus emociones. Apoyó su cabeza en el pecho de Alba y rompió a llorar.

–Nunca nos podremos ir de aquí. Nunca nos podremos ir de aquí. Nunca nos...

Ella lo estrujó con más fuerza. Bishop repetía la frase una y otra vez, pero su voz se iba apaciguando. Entonces, Alba levantó la cabeza hacia la inmensidad de Gloomy Gardens.

–Tranquilo. Voy a averiguar qué ocurre aquí. Y luego voy a acabar con este sitio –murmuró.

Sus ojos estaban fijos en el desván.

18

Servir el desayuno

–He hecho algunos cambios en los desayunos –la informó la señora Pikes–. La bandeja de Bishop es la que tiene leche de soja, copos de avena, plátano y un yogur con miel y nueces. Todos son alimentos para combatir la depresión. El pobre lleva deprimido desde...

–Ajá –se limitó a responder ella.

Sin prestarle atención a la cocinera, metió la bandeja en el montaplatos y la envió a la segunda planta. Se quedó embobada mientras la plataforma ascendía hasta desaparecer. Cuando estaba en movimiento, el elevador emitía un zumbido muy característico. Zuuuuuuum de subida. Una vez arriba, los niños recogían su comida y lo reenviaban a la cocina de nuevo. Zuuuuuuum de bajada.

Esa mañana, Alba no estaba demasiado animada. A primera hora, nada más entrar en la cocina para comenzar sus tareas, había visto las bandejas del desayuno de los cuatro niños. La última, la del pequeño John, como siempre, estaba cubierta por una campana de metal. El misterio que la envolvía le revolvió el estómago. Ahora que sabía que no había bebé, no dejaba de preguntarse por qué demonios se empeñaba la señora Pikes en que la sirviera.

—En cuanto a Filly, le he cambiado la mermelada de fresa por otra de ciruelas. También le he cambiado los huevos duros por tomates a la parrilla. He descubierto que se dedicaba a lanzar los huevos duros desde su ventana.

—Ajá —dijo de nuevo mientras repetía la operación con el desayuno de Filly. Una vez más, zuuuuuuum de subida, zuuuuuuum de bajada.

Miró de reojo la bandeja cubierta. Si quería averiguar por qué la obligaban a hacer esa tarea todas las mañanas, antes tenía que descubrir qué se escondía allí debajo. Si pudiese levantar la tapa aunque solo fuese un segundo… Pero la señora Pikes siempre estaba delante. Tenía que encontrar una manera de hacerlo que no levantase sospechas. ¿Y si fingía que se tropezaba? Si dejaba caer la bandeja al suelo, el cubreplatos saldría rodando. Así averiguaría qué había en su interior.

—En cuanto al señorito Rookie, he cambiado su desayuno por un montón de cuchillos afilados y unos cuantos productos tóxicos de limpieza.

—Ajá.

Agarró la bandeja del pequeño y la envió también a la segunda planta. Zuuuuuuum ascendente. Zuuuuuuum descendente.

Llegó el momento de servir el último desayuno, el del pequeño John. Alba cogió la bandeja con ambas manos. Por el peso, estaba claro que bajo la campana de metal había algo. La joven tomó aire mientras miraba a la señora Pikes por el rabillo del ojo.

Su voz interior le decía que actuase: «Tropieza. Tira la bandeja. Tírala al suelo. Mira lo que hay dentro y di que te has tropezado. Tropieza. Tira la bandeja. Hazlo ahora. No está mirando. Ya solo te quedan un par de metros hasta el montacargas. Tropieza. Es ahora o nunca. Tira la bandeja al suelo. ¡Tírala! ¡Ahora! ¡Ya!».

—¡Alba! —le vociferó la cocinera.

El grito hizo que diese un respingo. Lejos de desprenderse de la bandeja, el chillido solo sirvió para que afianzase sus manos en torno a esta.

La cocinera se le acercó.

–¿Me estabas escuchando? He dicho que iba a servirle al señorito Rookie un montón de cuchillos y productos tóxicos.

–Lo siento. No he dormido bien esta noche y estoy un poco dispersa.

–Pues será mejor que estés atenta. Una cocina puede ser un lugar peligroso si se está distraído. Podrías resbalarte, tropezar o qué sé yo –la señora Pikes le agarró la bandeja–. Trae. Deja que yo termine el servicio.

Metió el último desayuno en el montaplatos y lo envió a la segunda planta. Zuuuuuuum de subida. Luego se dirigió de nuevo a la *au pair* y se disculpó por haberla regañado.

–Creo que todos estamos un poco agitados desde que la amiga de Bishop se hirió en el desván. Deja que te prepare una infusión reconstituyente con equinácea, arándanos secos y miel.

Alba asintió con la cabeza y observó cómo la cocinera desaparecía tras la puerta de la despensa. Entonces se dejó caer contra la pared, cerró los ojos y soltó un suspiro de alivio. Había faltado muy poco para averiguar el contenido de la bandeja, pero también muy poco para que Pikes la pillase. La cocinera tenía razón. Debía prestar más atención a lo que hacía. Al menos, si quería averiguar qué sucedía en Gloomy Gardens.

Justo en ese instante, un sonido interrumpió su calma. Zuuuuuuum de subida. ¿Zuuuuuuum de subida? ¿Pero no había llegado ya el montaplatos a la segunda planta? Alba se apresuró a abrir la puerta del elevador, metió la cabeza en su hueco y miró hacia arriba. A pesar de que estaba oscuro, pudo divisar cómo la plataforma elevadora aún ascendía. A juzgar por su posición, debía de estar por encima de la segunda planta. Y eso solo significaba una cosa: iba al desván.

Intentó ordenar las piezas. O sea, que los cuatro desayunos se enviaban al piso de los dormitorios. Los tres primeros eran recogidos por los niños, pero, al parecer, el cuarto era reenviado hasta el ático. Seguro que Victoria Crowned se ocupaba personalmente de ello. Decía que era la leche del pequeño John, pero la *au pair* sospechaba que bajo la campana se escondía otra cosa, algo que nadie debía ver. Además, si todas las mañanas se enviaba comida al desván, eso solo podía significar una cosa...

Allí había alguien.

La idea de que en el ático hubiese alguien le revolvía las tripas. ¿Quién era? ¿Por qué estaba allí? ¿Por qué había atacado a Elika durante la fiesta de cumpleaños? Esta era la maldición de Gloomy Gardens: cuando uno desvelaba un secreto sobre la casa o sus habitantes, inmediatamente surgían cien nuevos misterios.

Alba estaba decidida a llegar al fondo del asunto. Por eso, la mañana siguiente, cuando entró en la cocina, lo hizo con un plan. Para no levantar las sospechas de la señora Pikes, le prestó atención, cumplió con su trabajo de manera diligente y montó en el montaplatos los tres primeros desayunos. Justo cuando iba a enviar el último, el del cubreplatos, se volvió hacia la cocinera.

–Señora Pikes, ¿le queda todavía algo de esa infusión reconstituyente suya? Esta noche tampoco he dormido demasiado bien.

–Por supuesto. Deja que vaya a la despensa –la cocinera se mostró entusiasmada ante la idea de ser de ayuda. Dejó lo que estaba haciendo y desapareció por la puerta que llevaba a la despensa–. Hoy podría prepararlo con unos albaricoques deshidratados. ¡O con limón! O tal vez...

Su voz fue haciéndose más y más débil a medida que se alejaba. Alba se dio prisa. Sabía que no tenía mucho tiempo antes de que la señora Pikes regresase. Corrió hasta la encimera en la que estaba la última bandeja de desayuno y agarró la campana cubreplatos.

Tomó aire mientras los pensamientos se agolpaban en su cabeza.

«Tal vez no haya nada. Como en la cuna del pequeño John».

«No, debe de haber algo. Así es como se alimenta la persona que vive en el ático».

«En ese caso, será un desayuno normal, como cualquier otro».

«¡Espera! ¿Qué ha sido ese ruido? ¿Es Pikes volviendo?».

«Vamos, ¡date prisa!».

Levantó la campana protectora y la hizo a un lado. Un olor infernal se le metió en la nariz. Era repulsivo. De haber tenido algo en el estómago, lo habría vomitado. En la bandeja del desayuno tan solo había un plato, sencillo y sin adornos. Y, sobre él, un animal, cortado por la mitad y vuelto hacia arriba, de manera que toda la parte interior, con las vísceras y la sangre, quedaba a la vista.

Lo reconoció por la cola, que era tan larga que se salía del plato.

«¡Una rata!», comprendió.

Se apoyó en la encimera. ¡Era repugnante! ¡Y pensar que ella misma había estado sirviéndolas todas las mañanas desde que había llegado a la casa! ¡Por eso la cuarta bandeja siempre iba cubierta!

La rata parecía una de las del jardín, una de esas que Fabio cazaba a menudo. El jardinero solía decir que había que tenerlas controladas para evitar que se convirtiesen en una plaga. ¡Pero no eran una plaga! ¡Eran el desayuno!

Alba se esforzó por recomponerse. El sonido de los pasos de la cocinera, que volvía, la obligó a darse prisa. Cubrió de nuevo la bandeja con cuidado de no hacer ruido y la cargó en el montaplatos. Pulsó el botón de la segunda planta y suspiró con alivio al ver que el elevador desaparecía de su vista. Zuuuuuuum de subida.

La señora Pikes reapareció cargada con varios ingredientes. No había dejado de hablar en todo el rato.

—...También podríamos tomarlo con leche vegetal. ¿Cuál prefieres? ¿De almendras, de avena o de soja?

Antes de volverse hacia ella, Alba hizo un esfuerzo por aparentar normalidad. Apretó los puños para evitar que le temblasen las manos.

–Soja está bien.

Pero su voz debió entrecortarse o algún otro gesto la delató, porque la cocinera se detuvo y fijó su mirada en ella. Alba no desvió sus ojos por temor a parecer culpable. Aguantó las pupilas de la cocinera y, durante unos instantes de pánico, temió que la hubiese descubierto.

–Pues que sea con soja –respondió al fin–. Y esta vez le pondré extra de equinácea. Por tu cara, parece que has pasado una noche realmente dura.

Varios días después, Alba se coló en la cocina cuando ya habían comido todos. A esas horas, la señora Pikes solía echarse un rato en su habitación. Y los niños no habían vuelto del colegio. Era el momento ideal para averiguar quién se escondía en el ático.

Se acercó al montaplatos y abrió sus puertas de par en par. El elevador era lo bastante espacioso como para albergar a una persona arrodillada y, según la experiencia de Elika, también lo bastante potente como para cargar con alguien de peso medio.

Dudó unos instantes. Se inclinó hacia delante y lo observó con detenimiento. La plataforma parecía sólida y firme. Estaba anclada a la pared del fondo mediante dos raíles, que ascendían por el hueco del elevador como las vías de un tren vertical. Luego levantó la vista. El trayecto se perdía en la oscuridad de las plantas superiores.

A pesar de lo que sabía, en su cabeza latía la imagen de un accidente. ¿Y si el aparato no aguantaba su peso y se descolgaba? ¿Y si la plataforma se atrancaba entre dos plantas? Si los miembros del servicio la encontraban allí montada, descubrirían sus intenciones.

Negó con la cabeza para deshacerse de todas esas ideas que le constreñían el pecho y le revolvían la tripa. Pensar en su estómago le hizo recordar la siguiente parte de su plan. Se había puesto su jersey más ancho para ocultar el paquete que llevaba: una bolsa de plástico hermética, idéntica a las que la señora Pikes utilizaba para los almuerzos de los niños. Pero en esta no había ninguna de las delicias que preparaba la cocinera, sino otra rata muerta. Alba la había sustraído de una de las trampas que Fabio ponía en el jardín. Ese animal no serviría de desayuno, sino de cebo.

La joven colocó la bolsa al fondo del montaplatos. Luego tomó aire, cerró los ojos y, sin pensárselo dos veces, se subió a la plataforma. Tuvo que sentarse con las rodillas pegadas al pecho para caber. Una vez dentro, pulsó el botón del ático y cerró la puerta de celosía.

Al mecanismo le costó arrancar, pero zuuuuuuum de subida. Las paredes descendían a su paso y, durante un segundo, creyó ser víctima de una ilusión óptica. No sabía si era ella quien subía o las paredes las que bajaban. La aparición y desaparición de unas puertas le indicaron que había pasado la primera planta. Miró hacia arriba y vio cómo se acercaba más y más hacia la oscuridad del último piso. Otras puertas, las de la segunda planta. Ahora estaba totalmente rodeada de oscuridad. Y de repente, CLONC. El montaplatos se detuvo. Había llegado a su destino.

Abrió la puerta y se bajó de un salto. Por fin en el ático. Parecía una especie de recibidor. A un lado del montaplatos se veía la escalera de caracol que bajaba hasta la segunda planta. Al otro lado, una argolla de hierro oxidado anclada a la pared. Aunque el objeto le pareció extraño, pronto se olvidó de él porque, al volver la mirada en la otra dirección, se quedó atónita.

El ático era un lugar enorme, pero no tenía nada que ver con lo que cabría esperar de un desván. No había hileras de muebles cubiertos con sábanas, ni montones de polvo y telarañas acumulados en los rincones. Al contrario, estaba impoluto y por las claraboyas del techo, pintado como el cielo del exterior, se colaba una agradable luz. El espacio central estaba ocupado por una especie de zona de descanso, con una alfombra redonda de color crema, una mecedora, una lámpara de pie y un par de mesillas auxiliares.

Desde la zona de descanso surgían varios caminos que se abrían en todas direcciones. Cada uno de esos caminos se perdía en un mar de juguetes y atracciones de todo tipo. Tras un corto paseo, Alba distinguió un área decorada como si fuese un parque, con columpios colgados de las vigas del techo. Otro de los sectores imitaba la ambientación de una feria y contaba con su propio tiovivo. Una biblioteca descomunal con más cuentos infantiles de los que un niño podría leer en su vida. Un zoológico de animales de peluche. Una cabaña en un árbol con toboganes. Un escenario para representar obras de teatro...

La *au pair* tragó saliva. ¿Qué era ese lugar? Estaba claro que no era un desván corriente. Parecía el sueño de cualquier niño. Los únicos elementos que rompían la ilusión de ese mundo de fantasía eran las argollas que Alba encontró en las paredes de todas y cada una de las zonas.

Abrumada, pensó en regresar al montacargas. Pero antes de darse la vuelta, escuchó un tintineo metálico a su derecha. Solo alcanzó a ver un caballito balancín que se agitaba adelante y atrás de manera espeluznante.

Inquieta, avanzó de espaldas hacia el elevador. Solo cuando chocó contra el muro recordó que estaba allí por una razón. Agitó en el aire la bolsa con la rata muerta, hasta que el cuerpo del animal salió despedido. Rebotó contra el suelo un par de veces antes de detenerse sobre la alfombra de color crema.

El hedor a muerte invadió la estancia y quien allí vivía no tardó en salir al encuentro de su comida. Consternada, Alba era incapaz de apartar sus ojos de aquello. Las facciones de la cara le resultaron reconocibles. Estaban a medio camino entre las que compartían todos los niños Crowned y las del monstruo de las cadenas del cuento de Filly. Supo de quién se trataba.

—Pequeño John —murmuró.

19

Enseñar las normas de la casa

La *au pair* no podía apartar la mirada del pequeño John. ¡Era una aberración! Andaba encorvado, con las rodillas flexionadas y el pecho hundido. No tenía pelo y estaba tan delgado que, bajo su pálida piel, se apreciaban todos y cada uno de los huesos. Su cuello y sus extremidades eran más largas de lo habitual, más parecidas a las de una araña que a las de una persona. Sus uñas, en cambio, eran como las de un pájaro, negras, alargadas y curvas.

Por suerte para ella, el monstruo no reparó en su presencia. Olfateó, se abalanzó sobre la rata muerta y empezó a darle dentelladas. No tardó en aparecer una mancha de sangre sobre la alfombra de color crema.

Alba se sentía mareada. ¡Y pensar que había convivido con esa criatura todo el tiempo! ¡Y pensar que ella misma la había estado alimentando! Tenía que actuar rápido. Con la espalda pegada a la pared, avanzó hacia el montaplatos. Ahora que sabía qué se escondía en el ático, sentía la necesidad de salir de allí cuanto antes. Cuando llegó a la puerta de celosía del elevador, metió un dedo por una de las rendijas y comenzó a abrirla muy despacio, con cuidado de no hacer ruido.

Notó que la puerta se le resistía. Volvió a intentarlo ejerciendo un poco más de fuerza, pero nada. No le quedaba más remedio que darle un buen tirón a la puerta. Respiró hondo y contó mentalmente. Uno... Dos... ¡Tres! Empujó con toda su fuerza la puerta del montaplatos, que se abrió con un largo chirrido. Alba volvió la mirada y alcanzó a ver al bebé de la casa. El pequeño John había reparado en su presencia y había dejado de lado el cebo. La miró y entreabrió la boca, llena de dientes torcidos. Soltó un alarido y corrió en su dirección.

Se apresuró a montar en la plataforma elevadora, pero la aberración fue más rápida que ella y llegó a rozar con sus garras la suela de su zapatilla. Pero antes de que pudiese agarrarla, se escuchó un sonido metálico seguido del de un cuerpo golpeándose contra el suelo.

El pequeño John estaba tendido en el suelo, a tan solo un palmo de ella. Llevaba el cuello rodeado por un grueso collar de hierro. De él salía una cadena que serpenteaba por el suelo del desván hasta llegar a una de las muchas argollas que había en las paredes. ¡Claro! ¡Para eso eran! Para atar al bebé y llevarlo de un ambiente del ático a otro sin que supusiese un peligro.

Recordó la vez que, al poco tiempo de llegar a la casa, y tras leerle un cuento a Filly, escuchó un ruido de cadenas que parecía seguirla a través de la oscuridad. Entonces le había parecido que algo extraño se escondía en la segunda planta. Ahora comprendía que lo que había escuchado eran ruidos procedentes del desván, los que hacía el pequeño John al deambular de un lado para otro.

Sintió un pinchazo de remordimiento al ver al menor de los Crowned gimoteando en el suelo. Por muy monstruoso que fuese, no dejaba de ser un niño... Empezó a incorporarse y a tirar de la cadena que lo mantenía prisionero. ¿Cuánto aguantaban las argollas?

Alba apretó el botón que devolvía el montaplatos a la cocina. La plataforma comenzó a descender con ella encima. Zuuuuuuum de bajada. El hueco del elevador se la tragó. Regresaba a la seguridad de las plantas inferiores.

El resto de la semana, Alba continuó realizando sus tareas como si nada hubiese pasado. Por momentos, estaba tan ocupada que incluso se olvidaba de lo sucedido, pero cuando llegaba el momento de servir los desayunos, se sentía inquieta.

La señora Pikes siempre andaba cerca, de modo que Alba fingía que todo continuaba como siempre. No sabía en quién podía confiar, así que se guardó sus descubrimientos, se esforzó por aparentar normalidad y se centró en sus obligaciones. Cuanto menos pensase en la monstruosidad del ático, mejor.

Hasta que llegó el fin de semana y no lo dudó: se montó en el bus rumbo a Grey Hills y fue a The Joker. Lo hizo a una hora en la que sabía que la cafetería estaría vacía. De esa manera podría hablar con Jake tranquilamente y sin miedo a que nadie los escuchase.

Cuando cruzó la puerta, vio que en el local solo había un par de mesas ocupadas. El camarero estaba sentado tras la barra, enfrascado en la lectura de *La brújula sobrenatural*, el libro que había comprado en Londres. Cuando la vio, Jake lo cerró y lo dejó a un lado.

—¡Hola! —la saludó con entusiasmo.

Alba también se alegraba de verlo. Podían pasar semanas e incluso meses sin verse, pero cuando se reencontraban, Jake siempre la hacía sentir como en casa. Habían pasado tanto tiempo juntos y compartido tantas confidencias que ella ya no se preocupaba de que él pudiese sentir algo más. Tenía la sensación de que la relación había madurado y al final se había decantado por la amistad. Eso la aliviaba enormemente. Aun así, si alguna vez sentía que el camarero la miraba de manera especial o con un gesto de excesiva complicidad, Alba sacaba a relucir el tema de Gloomy Gardens. Con todo el interés que él sentía por los sucesos paranormales, enseguida cambiaba de actitud y pasaba a convertirse en el oyente más paciente del mundo.

Ese día, como tantos otros, le devolvió el saludo y ocupó el taburete en el que se sentaba siempre, el que estaba cerca de la escopeta con el mango de hueso.

—Deja que te invite a un café y me cuentas.

Alba no lo rechazó. Era justo lo que necesitaba. Durante los siguientes minutos, entre sorbo y sorbo, le relató todo lo que había descubierto desde la última vez que se habían visto. Le contó que había conseguido entrar en la supuesta habitación del pequeño John y que había encontrado la cuna desierta; le habló del ataque que sufrió Elika Kapoor y de que así fue como supo que había algo encerrado en el desván. Finalmente, le confesó que se había subido en el montaplatos para averiguar de qué se trataba y le describió la aberración que había encontrado.

Cuando terminó de hablar, se sintió desahogada. Entonces levantó la mirada hacia Jake en busca de una respuesta. Esperaba que él le diese una explicación de lo sucedido. Él era el especialista en parapsicología.

—¿Crees que las líneas Hartman que hay bajo la casa son las responsables del aspecto del pequeño John? Quiero decir, supuestamente solo tiene un año.

Jake asintió con la cabeza.

—Sí, lo creo —señaló el libro que estaba leyendo—. Verás: durante este tiempo he continuado investigando para mi tesis y una de las cosas que he averiguado es que el doctor Hartman, tras descubrir la red, quiso concretar las normas que la regían. Según parece, la energía sobrenatural que emana de las líneas Hartman funciona de acuerdo con una serie de leyes, exactamente igual que cualquier otra fuerza física, como la gravedad o la velocidad. El problema es que el doctor Hartman nunca pudo definir esas leyes. Como te dije, algunos de sus cálculos estaban mal, así que lo más probable es que el doctor Hartman no encontrara nada porque estaba buscando fenómenos paranormales en los lugares equivocados. Me di cuenta de que nosotros sí sabíamos dónde teníamos que buscar, ¡en Gloomy Gardens! Así que me dije: vale, ahora hay que averiguar qué normas rigen los sucesos paranormales de la mansión; así sabremos cómo funciona la energía sobrenatural de la casa. Y quién mejor para descubrir esas normas que alguien que vive allí.

–Pero yo no he encontrado ninguna norma en Gloomy Gardens –protestó Alba–. La mayoría de las cosas que ocurren parece que suceden porque sí. Vivir allí es como meter la mano en una caja oscura y tratar de adivinar qué hay dentro.

Jake le sonrió. Parecía que él ya había pensado en eso.

–Por suerte para nosotros, tú no eres la única persona que ha vivido en la casa.

Sin decir nada más, Jake salió de la barra y se metió en la puerta del almacén. A los pocos segundos reapareció con una caja metálica de galletas. Abrió la tapa, le dio la vuelta y vertió sobre la barra un puñado de papeles.

–¿Qué es esto? –preguntó ella.

–Algunas de las notas que escribió Noira. Te dije que a ella le gustaba venir aquí y sentarse a escribir poesía. A veces se dejaba algunos papeles, como borradores o notas que había tomado. Yo siempre los guardaba por si algún día quería recuperarlos. Si los revisamos, a lo mejor encontramos algo útil.

Organizaron los papeles encima de la barra. Cuando terminaron, los repasaron uno a uno.

NORMA NÚMERO 1.
Solo puede haber
una Señora de la Casa.

El juego

Sobre el negro y el blanco de nuestro tablero
se desplazan los peones con desvelo.
Huyen de la batalla en línea recta
con el horizonte final como meta.
¿Cuál de las piezas lo cruzará primero?
Coronada descubrirá su cabeza.
En la próxima partida será reina
y arrastrará otros peones a la guerra.
Así es como este ajedrez se vuelve eterno,
señora tras señora, juego tras juego.

El señor Crowned insiste en que lo llame Peter. Es tan bueno conmigo...

Sigo sin entender
qué hace Peter
con Victoria.
Creo que si ella
no estuviese embarazada,
él se habría marchado
hace tiempo.

NORMA NÚMERO 2.

La Señora debe proteger
el Corazón de la Casa
y, por tanto, no puede
abandonarla nunca.

Como en un luto perpetuo,
el servicio viste el negro.
Pudriéndose en esta casa,
nunca abandonan su encierro.
Y así avanzan, poco a poco,
hasta que llegue su entierro.

O la boca del pozo

Los conozco.
Todos son lobos o zorros con ojos torvos.
Son como lodos ponzoñosos,
monótonos monstruos monocromos.
No los soporto.
¿Cómo los confronto? No lo logro. Socorro.
Lloro con ojos rojos como fósforos fogosos,
con los hombros, con los codos rotos.
Yo no floto.
No soy corcho, zozobro como plomo.
Nosotros dos solo somos polvo,
trozos rotos como gongs roncos.
Solo sollozo.
Cosmos locos, horóscopos borrosos,
ozonos sordos, rompo con vosotros.
Pronto, solo nosotros.

NORMA NÚMERO 3.

El Corazón cumple los deseos
de quienes viven en la casa.

Peter...

NORMA NÚMERO 7.

...

Ya está decidido. Peter y yo nos marchamos. Hemos encontrado un piso de alquiler en Londres y hemos dado un adelanto. Luego ya pensaremos qué hacer. Lo importante es salir de Gloomy Gardens.

Si las paredes fuesen de color granate,
no se notarían las manchas de sangre.
Como en cada casa, aquí también hay normas;
apréndelas bien para huir de las sombras.
...
[Debo terminar este poema.
Cuando estemos en Londres, tal vez].

Alba se sobresaltó al leer el primer papel. *Norma número 1. Solo puede haber una Señora de la Casa.* Recordaba haber leído lo mismo antes, en otro lugar... ¡Claro! ¡En el garabato que Filly había pintado una vez en la sala de juegos! Entonces había creído que la niña trataba de desafiarla, aunque repitió una y otra vez que ella no era la responsable de la pintada.

Le relató el episodio a Jake.

–¿Crees que decía la verdad, que ella no tuvo nada que ver? Porque si es el caso, ¿entonces qué? ¿El garabato apareció por sí solo? ¿Eso es posible?

–Tal vez. No sería la primera vez que se registran sucesos parecidos en una casa con una actividad paranormal elevada –meditó unos segundos–. En cualquier caso, si las pintadas aparecen de forma espontánea en las paredes, eso significa que es la propia casa quien les dicta las normas a sus habitantes.

Eso tenía sentido. En los papeles de Noira había varias notas descritas como *Normas*. La anterior *au pair* debía haberlas transcrito a medida que las iba descubriendo.

Repasaron todo el material una segunda vez. Para cuando terminaron, Alba ya tenía un esquema mental del contenido de los papeles y era capaz de separarlos en tres grupos. Unas cuantas notas confirmaban lo que ya sabían: que la relación entre Noira y el señor Crowned había florecido hasta el punto de planear juntos la fuga de Gloomy Gardens. El segundo grupo de notas estaba formado por un puñado de poesías. El tercero corroboraba la idea de Jake: que la energía sobrenatural de la casa seguía unas normas.

De los tres grupos, el primero apenas tenía interés, porque no aportaba nada nuevo. El segundo, el de las poesías, era el más inquietante, porque su contenido era más difícil de interpretar... Alba intuía que en los versos había encerrada alguna que otra verdad, pero era incapaz de averiguar cuál. Por último, estaba el tercer grupo, que era el más fácil de entender. Para tratar de aclarar las ideas, cogió la libreta de comandas de Jake y arrancó una hoja. Luego copió las notas que se referían a las normas de la casa, una tras otra.

<u>Las normas de la casa</u>

Norma número 1. Solo puede haber una Señora de la Casa.

Norma número 2. La Señora debe proteger el Corazón de la Casa y, por tanto, no puede abandonarla nunca.

Norma número 3. El Corazón cumple los deseos de quienes viven en la casa.

Norma número 4...

Norma número 5...

Norma número 6...

Norma número 7...

Se lo enseñó a Jake.

–Estas son todas las normas de la casa que están confirmadas. Sabemos que al menos son siete porque Noira encontró la séptima, aunque no llegó a copiarla. Las normas cuatro, cinco y seis debió de perderlas. Tampoco podemos descartar que haya más.

Alba dobló el papel e hizo el amago de llevárselo al bolsillo. Pero antes de que pudiese hacerlo, Jake habló de nuevo, en voz baja, como si lamentase añadir más inconvenientes a la situación.

–En realidad hay algo más… ¿Recuerdas que te he dicho que los cálculos del doctor Hartman estaba mal?

Ella asintió.

–Bien, pues durante los últimos días he estado revisándolos y he descubierto dónde se equivocó. Los he rehecho y he averiguado que indican que toda la red Hartman está organizada alrededor de un punto de mayor intensidad. Como el epicentro de un terremoto, la zona cero de una catástrofe o…

–O el corazón de un cuerpo –completó ella.

–Exacto, solo que en esta ocasión es más bien como… como… –buscó las palabras adecuadas–. Como un corazón gigantesco.

Alba ni siquiera se molestó en preguntar. Solo necesitó una mirada de Jake para saber que sus cálculos situaban dicho corazón en Gloomy Gardens.

20

Encender la chimenea

Tenía frío, tanto que los dientes le castañeteaban. A tientas, buscó las mantas para taparse, pero no las encontró. Fue entonces cuando comprendió que no estaba en su habitación.

Se incorporó alarmada. ¿Dónde estaba? Era una habitación inmensa llena de trastos que se extendían en todas las direcciones. Los objetos apenas eran visibles; la escasa luz matutina que se filtraba por las claraboyas del techo impedía verlos bien. La que sí era visible era la alfombra sobre la que estaba, redonda, de color crema, a los pies de una mecedora.

Se incorporó de un brinco. Sabía dónde estaba.

«¡El desván! ¡EL DESVÁN!», pensó.

Se frotó los ojos. Lo último que recordaba era haberse quedado dormida en su cama, como todos los días. ¿Cómo había llegado hasta allí? Una hipótesis aterradora acudió a su mente. Victoria la había descubierto. La Señora de la Casa sabía que había subido al ático y que había conocido al bebé de la casa. Ahora no iba a dejarla marchar. Y la hora del desayuno del pequeño John estaba cerca…

Corrió hacia la zona del montaplatos, pero al llegar se encontró con una pared de ladrillo. ¿Qué? ¿Cómo había pasado?

Ella había utilizado el montaplatos el día anterior. ¿Dónde estaba ahora? No se veían fisuras, ni cemento fresco que indicase que la pared había sido remodelada. Acarició la superficie a la espera de un resorte, de un mecanismo que, activado, revelase el elevador que siempre había estado allí. Al ver que nada funcionaba, volvió sobre sus pasos en busca de la escalera de caracol que bajaba al segundo piso. Pero se encontró con lo mismo: nada.

Volvió la cabeza hacia el ático y, a pesar de que estaba encerrada en una habitación, sintió agorafobia. Era tan inmenso, con tantos escondrijos en los que podía estar el pequeño John a la espera de que le pasase justo por delante... La idea de internarse en el desván la aterraba. Pero ¿qué otra opción tenía? Encontrar una salida antes de que la aberración la encontrase a ella.

Dio un paso. Uno más. Y otro. Cuando quiso darse cuenta, ya se había internado en una de las zonas de juego, una que imitaba un parque al aire libre. Pasó junto a un montón de juguetes apiñados y sus ojos recayeron en uno de ellos, la cabeza de un caballo de madera anclada a un palo de escoba. Lo cogió con las dos manos, con la poca fuerza que era capaz de reunir en ese momento. Si el pequeño John salía a su encuentro, no dudaría en utilizarlo para defenderse.

Más zonas de juego. El parque al aire libre dio paso a un circo que tenía sus propias máquinas de palomitas y algodón de azúcar. Y el circo, a una selva, y la selva, a un castillo encantado, y el castillo, a una biblioteca de cuentos. Espacio tras espacio, avanzaba temerosa de que la deformidad se lanzase sobre ella.

Sintió algo y el corazón le dio un vuelco.

Se dio la vuelta y lanzó un golpe con el caballo de madera. El juguete describió un arco en el aire, pero no chocó contra nada. Alba observó entonces que el único monstruo que había tras ella era una rata de pelo grisáceo, igual que las que ella había servido al pequeño John de manera inconsciente durante tanto tiempo.

El animal gimió. Como si hablase con ella, una segunda rata rechinó los dientes. Y luego, una tercera. Y una cuarta. Y una quinta. Los ojos de Alba saltaban de un lugar a otro. Encima de una estantería, junto a los peluches, en el suelo, sobre las vigas..., todo el ático estaba infestado de ratas. Había tantas que las colas de algunas se habían anudado entre sí, formando una masa deforme y pestilente que gemía en busca de comida. En ausencia del pequeño John, se habían convertido en las amas del lugar. Sus cuchicheos aumentaron hasta volverse insoportables.

Intuyó de qué hablaban. Estaban planeando la manera de vengarse de ella por haberle servido al monstruo a tantas de su especie. Alba se alejó de ellas, primero a grandes pasos y luego, cuando vio que la seguían, corriendo. Pasó por varios ambientes de juego sin reparar en ellos. Estaba desesperada por encontrar una manera de escapar del desván.

Cuando ya estaba a punto de darse por vencida, se encontró ante otro muro de ladrillos, pero en este se apreciaba una abertura irregular. La grieta era lo bastante grande como para que cupiese una persona, pero también muy oscura. Ante la visión de la grieta, las ratas se callaron. Ya no murmuraban. Sorprendida por el fin de sus gemidos, Alba se volvió y comprobó que los animales se habían parado en seco hasta formar un semicírculo alrededor de la abertura. Los roedores se extendían por toda la superficie como una capa de pelo gris, atentos a lo que sucedería a continuación.

Entonces, uno de ellos se dio media vuelta y comenzó a correr. Los demás lo siguieron y, así, los animales huyeron en masa. Alba, de espaldas a la grieta, sintió que algo se movía detrás de ella. Sabía de qué se trataba. Solo un ser era capaz de asustar a las ratas de esa manera. Se aferró al caballito de madera.

Estaba paralizada por el miedo y, solo cuando escuchó el ruido de unas uñas arañando el ladrillo, se atrevió a mirar. Pero no advirtió nada. Ni rastro de la aberración del ático. Suspiró aliviada. Pero fue en ese momento cuando la garra del pequeño aferró su tobillo derecho y tiró de ella para arrastrarla hacia el interior de la grieta.

Alba se despertó de sopetón en su cama. Dio un respingo tan fuerte que se quedó doblada, con las rodillas apretadas contra el pecho. Apartó las sábanas para examinarse el tobillo derecho. No tenía marcas de uñas en la piel ni ninguna otra señal. Había sido una pesadilla, una muy real, pero una pesadilla al fin y al cabo.

Se llevó la mano a la frente y la notó sudada. Para recomponerse, apoyó la espalda contra el cabecero de la cama y respiró profundamente. Su aliento se elevaba por el aire en volutas de vaho. La visión de sus propias exhalaciones hizo que reparase en lo fría que estaba la habitación. La temperatura era muy baja para Gloomy Gardens. Aunque ya había pasado la parte más cruda del invierno, el señor Schellen y Fabio se encargaban de mantener la casa caldeada.

Miró su despertador y vio que ya era hora de levantarse. En lugar de ducharse y vestirse como de costumbre, se puso un batín sobre el pijama y salió de la habitación. Quería averiguar por qué hacía tanto frío. Abajo, en el salón, se encontró con el mayordomo y el jardinero. El jardinero estaba metido en la chimenea y solo se le veía de cintura para abajo.

—Buenos días —saludó—. ¿Ocurre algo?

—La chimenea no. La chim. La chim. La chimenea no funciona —le explicó el mayordomo.

—Se ha estropeado esta noche. Por eso está la casa tan fría —dijo el jardinero.

Alba preguntó si eso supondría algún inconveniente para su trabajo. Fabio salió de la chimenea. Llevaba un cinturón lleno de herramientas, pues estaba intentando localizar la avería.

—No, en absoluto. Pero desde esta chimenea se calienta el aire que se distribuye al resto de habitaciones de la casa. Si no lo arreglamos pronto, nos helaremos —explicó—. Creo que es por una obstrucción en una de las cañerías. He cerrado el gas para poder arreglarlo y creo que ya está. Señor Schellen, vuelve a la cocina y abre la llave principal. Tú, Alba, quédate conmigo. Necesitaré que me ayudes a ponerla en marcha de nuevo.

El mayordomo se fue y, justo en el momento en que ella se agazapaba para meterse en la chimenea, el señorito Rookie hizo acto de presencia. Se frotaba los ojos.

—¿Por qué hay tanto ruido?

—¡Rookie! —alertó Alba al verlo descalzo—. Vuelve arriba y métete en la cama. Vas a pillar una pulmonía. La chimenea se ha roto. Yo te avisaré cuando el desayuno esté listo, ¿vale?

Aún medio dormido, el niño asintió y desapareció por donde había venido.

Alba retomó sus tareas como asistenta de reparaciones del hogar. Agachó la cabeza para meterse en la chimenea, que era tan grande como una despensa y en la que cabían apretadas unas ocho personas.

Estaba oscuro, pero se advertía una infinidad de tuberías de metal que entraban y salían de los muros. Levantó la mirada y observó la salida de la chimenea, muchos metros por encima de ellos. Durante un segundo, se sintió como si estuviese de nuevo en el montaplatos.

Fabio la sacó de sus ensoñaciones.

—Ven, Alba. Aguanta esta linterna un segundo.

Ella obedeció y se limitó a iluminar uno u otro lugar mientras el jardinero apretaba tuercas, comprobaba tuberías y abría llaves de paso.

—Vale, ahora solo falta encender la chimenea. ¿Ves esa llave? La tienes justo a tu derecha. Ábrela un poco para dejar salir el gas.

Toqueteó la pared hasta dar con la maneta que le indicaba y la giró. De repente, sintió cómo un silbido la rodeaba. Era el gas saliendo.

–¡No tanto! ¡No tanto! –gritó alarmado Fabio. El chico agarró la maneta y la desplazó hasta que el silbido se convirtió en un susurro–. Si abriésemos el conducto principal tanto y saltara una chispa, esta casa volaría por los aires.

Salieron de la chimenea. Fabio cogió una cerilla y se inclinó para prender el gas.

El mayordomo reapareció.

–Ya. Ya. Fun. ¿Funciona?

Ella asintió con la cabeza. Luego hizo el amago de marcharse hacia la cocina; tenía que servir el desayuno. Pero antes de que pudiese salir del salón, el señor Schellen la llamó de nuevo.

–Se me. Se me olvidaba. Ha llegado esto. Esto. A su. Su nombre.

El mayordomo le entregó un sobre. Ella lo observó intrigada; era la primera vez que alguien le enviaba algo a Gloomy Gardens y, además, tenía un sello de URGENTE, en letras mayúsculas y rojas. Buscó el remitente para saber quién enviaba la carta. Venía de España y era de su madre.

¿Qué necesitaba decirle su madre por carta que no le podía contar por teléfono?

Cuando terminó de servir los desayunos, Alba se fue a toda prisa a su habitación. La carta de su madre, aún por abrir, había estado ardiéndole en el bolsillo de su batín toda la mañana.

Apartó los libros de su escritorio y abrió el sobre. Al voltearlo, cayó sobre la mesa un pliego de folios impresos. En la primera página se podía leer:

INSCRIPCIÓN PARA LAS PRUEBAS DE ACCESO
A LA UNIVERSIDAD

Suspiró de alivio. Tan solo era la inscripción para poder presentarse a la Selectividad.

Leyó los papeles con calma. La primera parte eran un montón de folios con campos en blanco que debía rellenar. La segunda, las instrucciones que debía seguir para formalizar su inscripción. Se tomó un tiempo para leerlas y comprobó que apenas faltaba una semana para que se cerrase el plazo de presentación.

Se sintió abrumada. Llevaba más de medio año viviendo en Gloomy Gardens. ¡Qué rápido había pasado todo! Consciente de que no podía perder el tiempo, se afanó en rellenar los campos en blanco de la solicitud. Pensó que, si se daba prisa, podría ir a Grey Hills esa misma mañana y enviar el sobre por correo urgente. Así seguro que llegaba dentro de plazo.

Terminaba de revisar los últimos datos cuando llamaron a la puerta.

—¡Adelante! —gritó.

Era Victoria Crowned. Después del sobre con el sello de URGENTE, aquella era la segunda cosa más inquietante que le pasaba en lo que iba de mañana.

—¿Tienes un segundo? Necesito pedirte un favor.

URGENTE. UN FAVOR. Alba se alarmó.

—Verás: Rookie está enfermo. Debe de haberse enfriado esta noche porque se ha averiado la calefacción. No se encuentra bien y creo que no debería ir a la escuela. ¿Puedes encargarte de él hoy? Yo voy a estar ocupada arriba.

Alba la miró fijamente. Sabía con qué iba a estar ocupada: con la aberración que tenía encadenada en el ático, jugando con ella, acunándola en sus brazos y dándole de comer ratas. Luego bajó la mirada hacia su inscripción.

—No puedo. Tengo que ir hoy mismo a Grey Hills para enviar estos papeles. Es importante.

Por primera vez en años, la Señora de la Casa dejó de lado su propia vida para reparar en la de su servicio. Se inclinó sobre el escritorio para averiguar qué eran esos papeles.

–Está bien. Si te encargas de cuidar a Rookie esta mañana, yo le diré al señor Schellen que vaya a la oficina de correos del pueblo y envíe hoy mismo el sobre. ¿De acuerdo?

Alba dudó. No le gustaba Victoria, ni tampoco la idea de dejarla al cargo de su inscripción de la Selectividad. Pero parecía desesperada; de ninguna otra manera habría ido hasta su habitación para pedirle UN FAVOR. URGENTE. Con letras mayúsculas y rojas.

–Está bien –accedió.

Metió la solicitud en un sobre, escribió el remitente y el destinatario y se lo entregó a Victoria Crowned.

–No te preocupes. Yo me encargaré de tu carta –se despidió la Señora de la Casa.

21

TENDER LA COLADA

Durante las semanas siguientes, Alba procuró sacar más tiempo para estudiar. Entre tarea y tarea, cuando los niños no estaban en casa, antes de acostarse... Cualquier momento libre era bueno para sentarse unos minutos frente a los libros.

Esa mañana tocaba biología. Las proteínas: definición, funciones y clasificación según su composición química. Tras leer varias veces el primer párrafo, se dio cuenta de que no había entendido nada. Justo como la mañana anterior. Y la anterior. Y la anterior.

Se mordió el labio inferior. ¿Qué le pasaba? Ella, que siempre había sido una estudiante excelente, ahora tenía problemas para concentrarse. Era cierto que aún faltaban meses para la Selectividad, pero se notaba intranquila. Tras su llegada a la casa, se había propuesto estudiar un poco todos los días, pero no lo había cumplido. Parecía que en Gloomy Gardens siempre había algo más importante que hacer. Cuando no estaba realizando sus labores de *au pair*, estaba ocupada resolviendo los misterios de la mansión.

Esa mañana, no dejaba de pensar en el pequeño John. Últimamente, el bebé estaba muy presente en su vida. Todas las noches tenía la misma pesadilla. Luego, por la mañana, tenía que servirle el desayuno, a sabiendas de lo que se escondía bajo la campana de metal. Creía sentir pisadas de rata y hasta el ruido más insignificante lo confundía con un tintineo de cadenas a sus espaldas.

No importaba cuánto se esforzase ni cuántas veces releyese el mismo texto. Su cabeza se había disociado de sus intenciones y siempre regresaba a uno u otro misterio. Las aberraciones del pozo. El pequeño John. Los poemas de Noira Pion. Las normas de la casa. La red Hartman y su centro, ese que Jake había descrito como un corazón gigantesco.

Escuchó algunas risas procedentes del patio. Risas. Lo que le faltaba. Eran tan escasas en Gloomy Gardens que, cuando sucedían, uno no podía sino prestarles atención. Dejó de lado lo que estaba haciendo, se levantó de la silla y se aproximó a la ventana para ver qué ocurría.

Abajo, en el jardín, los miembros del servicio pasaban un buen rato. Hacía buen día, soleado y con brisa. Roselyn había aprovechado para tender la colada. Las sábanas y los manteles se agitaban al aire libre. Según parecía, el señor Schellen había tratado de ayudarla, pero el aire había arrastrado una de las sábanas sobre el mayordomo, y parecía un fantasma. Fabio había cogido una cámara de fotos para captar el momento y la señora Pikes, que debía de haberlo visto todo desde la cocina, se les había sumado. Ahora, uno tras otro, se colocaban tras las sábanas tendidas para parecer todos fantasmas.

Más fotos y más risas. Alba no pudo contener una sonrisa. Era agradable ver a todas aquellas personas divertirse, cuando por lo general estaban tristes y taciturnas. Pero la sonrisa no le duró demasiado. Había advertido algo extraño en la escena, algo que sabía que estaba ligado a todos los misterios de la casa. Sentía que estaba haciendo un puzle. No sabía qué imagen componía el juego, pero ya había descubierto dónde se colocaban la mayor parte de las piezas.

El pozo.

El pequeño John.

Los poemas de Noira Pion.

Las normas de la casa.

La red Hartman y su centro, el corazón gigantesco.

De repente comprendió que el camarero no había sido el primero en hablarle del mencionado corazón. Se abalanzó sobre la estantería más cercana y comenzó a revolver los libros, las fotos y los demás objetos personales.

Hasta que dio con ellos: los cuentos que Filly le había regalado por Navidad. Apenas había reparado en ellos. En su momento no le parecieron nada más que unos cuentos sin sentido; un puñado de folios grapados, con unas pocas frases y unos cuantos dibujos hechos por una niña con una imaginación desbordante.

Se acordó de lo que le había dicho una vez: «Todos los cuentos que escribo son de verdad. Me los cuentan. Es Gloomy Gardens; es la casa quien lo hace».

En esa ocasión, Alba no le había dado más importancia a sus palabras. Había creído que solo eran bromas, que pretendía asustarla.

Después de todo, Filly podía ser muy traviesa cuando se lo proponía. Pero... ¿y si decía la verdad? Resultaba extraño, pero todos los niños Crowned parecían tener una relación muy íntima con Gloomy Gardens. El mayor, Bishop, a menudo hablaba de modo que no se sabía si se refería al ajedrez o a la vida en la casa. Rookie, en cambio, con sus juegos, siempre ponía en evidencia los misterios que los rodeaban. Y Filly... ¿Y si su vínculo con la mansión le permitía escuchar las historias que habían sucedido en esas mismas habitaciones?

Desplegó los cuentos en abanico y se fijó en que cada uno de ellos llevaba en la portada un corazón negro. No podía ser una mera coincidencia.

Cogió el primer libro, se recostó en su cama y lo leyó.

EL CUENTO DEL HOMBRE ENFERMO

Hace mucho tiempo, vivía en una casa una pareja recién casada. El marido era el dueño de la mayoría de terrenos que la rodeaban y daba empleo a muchos de los vecinos de la zona. Quería tener un hijo que algún día heredase sus posesiones, y su mujer pronto se quedó embarazada.

El día del parto, los médicos advirtieron que el niño tenía problemas. A causa de una rara enfermedad, el bebé nació con uno de sus brazos retorcido e incapaz de hablar bien. A los padres no les importó lo más mínimo, y criaron a su hijo con amor y cariño.

Los años pasaron y, cuando murieron los padres, la gente del pueblo empezó a ser cruel. No les gustaba que su nuevo señor fuera diferente y le pusieron motes horribles. Harto de que se metiesen con él, el señor se refugió en su casa y comenzó a salir al pueblo cada vez menos. A solas se decía: «Desearía tener los dos brazos iguales. Así todo el mundo me aceptaría».

Una mañana se despertó y descubrió que sus dos brazos se habían vuelto iguales, pero no de la forma que él esperaba. Ahora, en lugar de un brazo sano y otro enfermo, tenía los dos enfermos.

Desolado por lo ocurrido, el señor se recluyó en la casa y decidió no salir nunca más, hasta que murió de pena y soledad. Y así es como se cumplió su deseo y el señor tuvo los dos brazos iguales.

Y el siguiente.

EL CUENTO DE LA ASFIXIADA

Hace mucho tiempo, vivía en una casa una dama de la alta sociedad. La dama era famosa por sus fiestas del té. Todo el mundo decía que eran las más divertidas, las más interesantes y, por encima de todo, en las que mejor se comía. La gente más importante de todo el país hacía cola para asistir.

La clave de las fiestas no era la dama, sino su chef, que cocinaba todo a las mil maravillas. La cocinera quería marcharse a la ciudad para hacerse famosa con sus recetas, pero la dama no pensaba dejarla marchar.

Un día, acudió a una de las fiestas una reina. La cocinera comprendió que era el momento que tanto había esperado. Si impresionaba a la reina, esta se interesaría por ella. Tendría tanto dinero que seguro que a la dama no le importaba cedérsela. Con el dinero que le diesen, la dama podría pagarse otras cinco chefs.

El día de la fiesta, la cocinera preparó sus mejores platos: tartaletas de limón con chocolate blanco y violetas confitadas, y un tipo de té que solo ella sabía preparar. «Deseo causar sensación en la fiesta», se repetía mientras probaba todos los platos. Quería asegurarse de que todos estuviesen perfectos.

Al probar el último, notó que algo iba mal. El bocado se le atragantó y, cuando comprobó que le faltaba el aire, corrió hacia el comedor en busca de ayuda. Pero fue demasiado tarde y, cuando llegó, apenas le quedaron fuerzas para desplomarse frente a la reina. Se habló de lo sucedido durante meses. Y así es como se cumplió su deseo y la cocinera causó sensación en la fiesta.

Y el siguiente.

EL CUENTO DE LOS AMANTES MUERTOS

Hace mucho tiempo, vivía en una casa una hermosa doncella. Sus padres tenían mucho dinero y querían que se casase con un marido igual de rico. Pero a la doncella le desagradaba esa idea. Quería estudiar, ver mundo y, después de todo eso, elegir ella a su propio marido.

Pero sus padres tenían miedo de que se escapase, de manera que la mantenían encerrada. A ella le desagradaba la casa. Nunca tenían visitas, todos los muebles eran antiguallas y apenas entraba luz por las ventanas.

Hasta que llegó a la mansión el nuevo jardinero. Cuando la doncella y el jardinero se conocieron, se enamoraron el uno del otro de inmediato. Aunque eran incapaces de mirarse a los ojos, antes de acostarse, ambos deseaban: «Ojalá estemos juntos para siempre».

Un día, él por fin se atrevió y le entregó un ramo de calas que había plantado en el jardín. Emocionada, ella las metió en su habitación, sin ni siquiera darse cuenta de que había una avispa entre sus hojas.

La mañana siguiente, el bicho la picó y, como resultaba que ella era alérgica, la pobre doncella murió. El jardinero, que se sentía responsable, murió de culpabilidad a los pocos días. Enternecidos por el amor que sentían el uno por el otro, los padres de la muchacha decidieron enterrarlos juntos en un lugar apartado del jardín. Y así es como se cumplió su deseo y estuvieron juntos para siempre.

Cuando terminó de leer los cuentos y de apreciar sus dibujos, Alba se sintió mareada. No se necesitaba ser muy inteligente para adivinar la identidad de los protagonistas de los cuentos. Las avispas, las calas, las tartaletas de limón, la receta de té que nadie más conocía, los brazos retorcidos... Todos los detalles encajaban.

Se incorporó temblorosa y se acercó hasta la ventana. Miró a los miembros del servicio. El hombre enfermo, la asfixiada y los amantes muertos. O, lo que era lo mismo, el señor Schellen, la señora Pikes, Roselyn y Fabio.

Todavía se reían, se entretenían con las sábanas y se hacían fotos. Pero esta vez, Alba no sonrió. La escena tenía mucha menos gracia ahora que sabía que todos ellos estaban muertos.

Se llevó las manos a la boca para reprimir un grito de terror. Muertos. Sintió que se asfixiaba. La atmósfera de Gloomy Gardens le presionaba el pecho hasta dejarla sin respiración. Necesitaba salir de la casa lo antes posible.

Dio un par de pasos atrás para alejarse de la ventana. Las rodillas le fallaron y a punto estuvo de caer al suelo. Temió que le fallasen sus ojos. Por eso fue hasta la mesilla de noche, buscó su bote de argopanoptina y se metió una píldora en la boca.

Con la mente abstraída, abrió la puerta de su habitación y salió al pasillo. Comenzó a correr. Buscaba las escaleras; necesitaba salir al exterior. A un lugar en el que pudiese respirar. Un lugar que no fuese el mismo infierno.

Tras girar una de tantas esquinas, vio por fin las escaleras, al final del pasillo. El papel pintado de las paredes reflejaba la luz que se colaba por las vidrieras, como una señal del cielo que le indicaba la salida. Avanzó hacia los peldaños a grandes zancadas.

Pero en un momento de la carrera, algo salió al encuentro de su pie. Una arruga de la alfombra, un desnivel en los tablones del suelo... Tropezó con ello y se cayó de bruces sobre la moqueta. Alcanzó a anteponer sus brazos para protegerse la cabeza, pero el resto de su cuerpo sintió un latigazo de dolor.

En el suelo, gimió angustiada. No podía detenerse, no ahora que estaba tan cerca. Comenzó a incorporarse. Alargó una mano y la apoyó contra la pared. Fue entonces cuando notó que algo pegajoso se deslizaba bajo sus dedos. Levantó la cabeza y descubrió que las paredes que habían estado limpias tan solo unos segundos antes, ahora estaban llenas de horripilantes letras rojas.

NORMA NÚMERO 1. SOLO PUEDE HABER UNA SEÑORA DE LA CASA.

NORMA NÚMERO 2. LA SEÑORA DEBE PROTEGER EL CORAZÓN DE LA CASA Y, POR TANTO, NO PUEDE ABANDONARLA NUNCA.

NORMA NÚMERO 3. EL CORAZÓN CUMPLE LOS DESEOS DE QUIENES VIVEN EN LA CASA.

NORMA NÚMERO 4. QUIENES MUEREN EN LA CASA Y TIENEN ASUNTOS PENDIENTES TAMPOCO PUEDEN ABANDONARLA.

NORMA NÚMERO 5. QUIENES MUEREN EN LA CASA PUEDEN SALVARSE SI SIRVEN AL CORAZÓN.

NORMA NÚMERO 6. O PUEDEN NEGARSE Y DEJARSE CORROMPER POR LA CASA.

NORMA NÚMERO 7...

Eran las mismas letras que había advertido una vez en la sala de juegos. En esa ocasión había creído que quien las había escrito era Filly, con sus pinturas. Ahora, en cambio, le quedaba claro que la niña no tenía nada que ver.

Y que tampoco se trataba de pintura.

Aterrada, gritó con todas sus fuerzas.

22

ENCARGARSE DEL CORREO

No sabía dónde estaba, pero allí no había nada: no había dolor, miedo o tristeza, pero tampoco emoción o felicidad. Sus ojos estaban empañados por una neblina blanca y el único sonido que llegaba a sus oídos era un pitido largo que parecía proceder de otra dimensión.

Notó que alguien le sacudía el hombro. Luego, el pitido dio paso a algunos murmullos, que poco a poco se fueron esclareciendo.

–Alba. Alba. Alba.

Cuando abrió los ojos, se encontró en su habitación. Alguien la había llevado hasta allí y la había dejado en su cama. Bajo la cabeza tenía varias almohadas.

Seguía en Gloomy Gardens. No había conseguido escapar de la mansión. Parecía que la casa siempre encontraba la manera de salirse con la suya. Pero no se dio por vencida. Apretó los puños con las pocas fuerzas que le quedaban y trató de incorporarse.

Apenas se había movido cuando notó que una mano se cerraba en torno a la suya. La piel, gélida como un témpano de hielo, le hizo sentir un escalofrío. Pronto, la sombra borrosa que más cerca le quedaba se perfiló hasta adquirir el aspecto de Roselyn.

«La difunta Roselyn», corrigió su cerebro.

Alba apartó su mano bruscamente.

–Creo que está desubicada –habló la doncella a las demás sombras.

Estas no tardaron en definirse como el señor Schellen, la señora Pikes y Fabio. El servicio completo, las víctimas de Gloomy Gardens, todos ellos aguardaban a los pies de su cama.

El mayordomo se adelantó:

–Cóm. Cómo te. Te. ¿Encuentras?

No hubo respuesta. Fue el turno de la señora Pikes:

–Te he preparado una taza de té reconstituyente. Toma, niña. Bebe.

Le acercó la taza de té, pero Alba apartó la cara. No se fiaba de ninguno de ellos. ¡Estaban muertos! Quién sabía qué más secretos ocultaban. ¿Qué intenciones tenían? Sentía que su cerebro y su cuerpo divergían: el primero le decía que huyese de la casa lo antes posible, pero el segundo se negaba a reaccionar. Por el momento, tendría que conformarse solo con hablar.

–¿Qué ha pasado? ¿Cómo he llegado aquí? –consiguió decir.

Los miembros del servicio intercambiaron miradas. El jardinero dio un paso adelante.

–Nosotros te hemos traído. Estábamos en el jardín cuando escuchamos un grito. Hemos venido corriendo para averiguar qué sucedía y te hemos encontrado tirada en medio del pasillo. Te has desmayado.

Ella tragó saliva. Como cada vez que se estresaba mucho, había perdido el conocimiento. Al contrario que otras veces, en esta, la visión no se había visto afectada porque había tomado su medicación.

De repente, recordó las pintadas rojas del corredor. Se preguntó si ellos también las habrían visto.

–El pasillo estaba sucio. Había marcas en la pared.

–¿Sucio? –Roselyn no la comprendió. Miró a los demás criados, pero todos estaban igual de extrañados–. ¿A qué te refieres? No vimos nada cuando llegamos.

Alba valoró las opciones. Por un lado, podía ser que todos estuviesen mintiendo, pero, por otro lado, cabía la posibilidad de que en verdad no hubiesen visto nada. Las inscripciones habían aparecido en un abrir y cerrar de ojos. ¿Acaso no habrían desaparecido de igual modo antes de que ellos llegasen? Parecían tan sinceros en su desconcierto que no le quedó más remedio que creerlos. De momento, no sabían que ella había descubierto que estaban muertos. Decidió aprovecharlo a su favor.

—Necesito descansar un rato —dijo.

Roselyn se levantó de inmediato de la cama.

—Está bien. Llámanos si necesitas algo.

Uno tras otro, los miembros del servicio abandonaron la habitación. Cuando la puerta del dormitorio se cerró, Alba esperó unos segundos por precaución. Luego, hizo un gran esfuerzo para incorporarse. Sentada sobre la cama, alargó la mano hasta el primer cajón de su mesilla. Hurgó a tientas hasta que dio con un bolígrafo y un papel doblado que mantenía oculto debajo de los demás trastos.

Lo desplegó y completó algunos de los huecos en blanco. Cuando terminó de hacerlo, releyó el papel.

<u>Las normas de la casa</u>

Norma número 1. Solo puede haber una Señora de la Casa.

Norma número 2. La Señora debe proteger el Corazón de la Casa y, por tanto, no puede abandonarla nunca.

Norma número 3. El Corazón cumple los deseos de quienes viven en la casa.

Norma número 4. Quienes mueren en la casa y tienen asuntos pendientes tampoco pueden abandonarla.

Norma número 5. Quienes mueren en la casa pueden salvarse si sirven al Corazón.

Norma número 6. O pueden negarse y dejarse corromper por la casa.

Norma número 7...

Sus ojos se centraron en la cuarta norma. Había advertido en ella algo en lo que no había pensado hasta entonces. Sintió un pinchazo en el corazón. Acababa de comprender que había sucedido algo terrible justo delante de sus narices.

Quiso levantarse, pero su cuerpo se opuso. Estaba sin fuerzas; necesitaba descansar.

Alba se rindió y dejó que el agotamiento se apoderase de sus músculos. Ya tendría tiempo más adelante. Cerró los ojos y se dejó caer de nuevo sobre las almohadas.

No se encontró bien hasta el día siguiente. Esa mañana, en lugar de ir a la cocina para comenzar su turno, subió a la planta superior. Allí tomó el pasillo de la izquierda, no el que llevaba a las habitaciones de los niños, sino el que se dirigía hacia las dependencias de la Señora de la Casa.

Llamó a la puerta, aunque no esperó a que le diesen permiso para entrar. En la habitación se encontró con Victoria. Llevaba poco tiempo levantada, pero incluso a esas horas de la mañana estaba majestuosa, con su batín de seda oscuro y el pelo recogido en un moño.

La Señora de la Casa se indignó ante el hecho de que Alba hubiese invadido su dormitorio sin su consentimiento.

—¿Es que no tienes educación? —le preguntó.

Alba no respondió. Había un tema que le preocupaba mucho más que los modales. Observó a Victoria Crowned y la odió. Esa mujer altiva y soberbia se creía que tenía derecho a jugar con las vidas de sus empleados, como si fuesen muebles de su casa y no personas, con sus propios deseos y sueños y temores y esperanzas. Al borde del llanto, avanzó hasta ella y le entregó una nota de papel.

Victoria la observó. Era la lista de normas de la casa. Tras comprender de qué se trataba, levantó la cabeza hacia ella, incrédula.

—¿Cómo has descubierto las normas de la casa? ¿Quién te ha hablado de ellas?

Pero Alba no pensaba responder a sus preguntas. Estaba harta de Victoria, de sus órdenes, de la manera que tenía de mirar a todos por encima del hombro y del hecho de que nunca diese las gracias por nada. La joven alargó la mano y dejó caer el índice sobre el papel. El dedo apuntaba a una norma en concreto:

Norma número 4. Quienes mueren en la casa y tienen asuntos pendientes tampoco pueden abandonarla.

—El señor Schellen no envió mi inscripción para los exámenes de acceso a la universidad. Usted me dijo que si yo cuidaba a Rookie, él se encargaría de ello. Pero no pudo hacerlo. No pudo ir a Grey Hills para enviar los papeles, porque es un fantasma, como todos los criados. Están atrapados en esta casa de muerte.

Victoria estaba paralizada. Alba, en cambio, llena de ira. Ella, que se había hecho *au pair* para compaginar el trabajo con los estudios, veía cómo sus esperanzas saltaban por los aires. Y la responsable era Victoria Crowned, la madre de unos niños por los que se había desvivido durante casi un año. Se sentía traicionada.

—¿Dónde está la solicitud? —dijo con los nervios a flor de piel—. ¿DÓNDE ESTÁ LA SOLICITUD?

Victoria no contestaba. Nunca había visto a la *au pair* tan enfadada, y sentía que cualquier cosa que dijese haría que estallase. Como no respondía, la joven se abalanzó sobre el escritorio que había cerca. Revolvió los papeles que había encima y, tras no dar con la solicitud, continuó por la estantería más cercana.

No tardó en encontrar su sobre de manila oculto entre un montón de facturas.

Rompió a llorar. Ya era tarde para enviarlo. El periodo de inscripción había pasado y su sueño de ser médica, de salvar vidas, se alejaba. La idea de esperar doce meses más hasta la siguiente convocatoria le resultaba insoportable.

Entre sollozos, le pidió una explicación. Victoria, que hasta entonces había permanecido sentada en el borde de su cama, se incorporó. De repente pareció recobrar toda su compostura, su carácter regio y el aplomo natural que poseía.

–Es muy difícil dar con un servicio adecuado. Encontrar a la chica apropiada, formarla en las tareas de la casa, conseguir que los niños la acepten... Todo ese proceso dura meses. ¿Y qué hace luego? Decide volverse a su país –dijo–. Alba, a los niños les encantas y por fin conoces todas las rutinas de tu trabajo. ¿Qué se supone que debo hacer ahora? ¿Dejarte marchar y contratar a una nueva *au pair*? Quédate aquí. Es mucho mejor para todos.

Alba no daba crédito. Su futuro arruinado porque la Señora de la Casa no quería buscar una nueva empleada. ¡Todos los años llegaban a Inglaterra multitud de chicas para trabajar de *au pair*!

Suspiró enfadada y, en lugar de tener una discusión, se dio media vuelta y abandonó la habitación. Necesitaba escapar de Gloomy Gardens y de su atmósfera opresiva. Comenzó a andar por el pasillo con paso firme. Esta vez, al contrario que cuando había averiguado que los criados estaban muertos, no corrió. Ahora ya no tenía prisa por huir, sino determinación por hacerlo.

Le daba igual que las paredes empezasen a dibujar mensajes, la cantidad de espíritus corrompidos que hubiese encerrados en el pozo o la naturaleza del monstruo del ático. Los cuadros podían ponerse bocabajo si les daba la gana; los grifos podían vomitar sangre si querían. Los trucos de la casa ya no la impresionaban.

Así fue como, un paso tras otro, Alba escapó de Gloomy Gardens.

Cuando cruzó el umbral de The Joker, varias miradas se volvieron hacia ella. Era la hora del desayuno y todas las mesas del local estaban ocupadas. A los clientes les resultaba imposible ignorar a la joven que acababa de entrar con los ojos enrojecidos por el llanto. Hubo algunos codazos y murmullos.

–Es la nueva chica de los Crowned.

–Sabía que algo le ocurriría tarde o temprano.

–¿Qué habrá pasado esta vez?

–Alguien debería prenderle fuego a esa maldita casa.

Los ignoró y miró a su alrededor en busca de Jake. Él comprendió al instante que había sucedido algo grave. Dejó la bandeja que cargaba sobre la barra y se aproximó a otro camarero para decirle que debía atender un asunto importante. Después, sin mediar palabra, agarró a Alba por la mano y tiró de ella hasta el cuarto reservado para empleados.

El habitáculo era minúsculo. Estaba ocupado en su mayor parte por estanterías llenas de rollos de papel, cajas de vasos y cubiertos y productos de limpieza. A un lado, unas escaleras que llevaban a la planta superior. Alba recordó que Jake le había dicho una vez que allí era donde él vivía.

El chico le dio la vuelta a una caja de plástico vacía y le indicó que se sentase.

–¿Qué ha ocurrido?

–La odio –dijo–. Ella... Ella...

Durante los siguientes minutos, Alba le relató todo lo que había descubierto desde la última vez que se vieron. Le habló de la carta que había llegado a su nombre con la inscripción para la Selectividad, de cómo Rookie se había resfriado por la falta de calefacción y de las normas que habían aparecido escritas en la pared; le contó que la Señora de la Casa había prometido que el señor Schellen se encargaría del correo y que ella había descubierto que los miembros del servicio habían muerto hacía años; le relató que el mayordomo no había podido salir de Gloomy Gardens, que nunca había enviado su solicitud y que todo había sido una mentira de Victoria Crowned.

Jake permanecía atento. No la interrumpió en ningún momento, ni siquiera cuando ella le habló de los mensajes de las paredes o de la verdadera naturaleza de los miembros del servicio. Como estudiaba parapsicología, estaba más acostumbrado a ese tipo de fenómenos.

Finalmente, ella le confesó entre lágrimas que sentía que todo su año no había valido para nada. El trabajo a tiempo parcial, las horas de estudio en sus ratos libres... Todo... ¿para qué? La idea de haberse ido a Inglaterra le parecía ahora estúpida. Lo único que había merecido la pena de toda la experiencia era...

Levantó la mirada y se perdió en los ojos color avellana de Jake.

Él.

Él era lo único que podía salvar de todo su año como *au pair*. Se había convertido en alguien especial desde el mismo día en que pisó Grey Hills y la llevó en coche hasta la mansión familiar. Ahora, una vez más, volvía a él cuando tenía problemas. Se sentía pequeña e indefensa, y lo único que deseaba en esos momentos era que Jake la rodeara con sus brazos hasta que todo se solucionara.

El camarero pareció entender lo que necesitaba. Se inclinó hacia delante. Un poco más. Y un poco más. Alba ya notaba su respiración cuando Jake, ante su mirada atónita, cambió de dirección. Se dio media vuelta y subió a zancadas los escalones que llevaban a su apartamento.

¿Acaso lo había asustado? Jake reapareció con algo en las manos y se lo dio a Alba.

Era una cámara de fotos instantánea.

–Es el momento de la venganza –dijo–. Si Victoria Crowned te ha quitado lo que más deseas, ahora arrebátale tú a ella lo que más ama.

23

Poner en orden el ático

Sentada en el autobús, sus dedos tamborileaban nerviosos sobre la cámara de fotos. Miraba el cielo, encapotado de nubes grisáceas que rompían de vez en cuando destellos de luz blanca.

Después de tantos meses, Alba ya entendía cómo se comportaba allí el clima. Cuando el cielo se mostraba así, solo era necesario un buen rayo para que comenzase a llover. Y sabía que el rayo no tardaría en llegar. Tan solo era cuestión de tiempo.

El tiempo... y su estado de ánimo iban de la mano. Se sentía expectante, impaciente ante lo que estaba a punto de suceder.

Jake había tramado el plan, pero a Alba le correspondía ejecutarlo. Era ella quien tenía acceso a Gloomy Gardens. Solo tenía que subir al desván y hacerle unas cuantas fotos al pequeño John en las que se viera la abominación que era y las condiciones en las que vivía, encadenado a la pared y alimentándose de ratas. Puede que hasta la policía del pueblo tuviese miedo de la mansión, pero unas pruebas tan contundentes serían suficientes para obligarlos a investigar.

Pero... ¿y luego qué? Parecía probable que Victoria Crowned acabase en la cárcel. ¿Y los niños? ¿Qué harían con ellos? Los separarían de la madre, claro, pero ¿y qué más? ¿Tendrían los Crowned otros familiares con los que quedarse? ¿Irían a un orfanato? Prefería no pensar en Bishop, Filly y Rookie. Los pobres solo eran piezas inocentes en una partida de ajedrez que había iniciado la madre.

«Sí, eso es. Todo es culpa de Victoria –intentó convencerse–. Si la separan de sus hijos y va a la cárcel, será culpa suya. No mía».

Estaba absorta en sus pensamientos cuando el autobús se detuvo en seco. Se abrieron las puertas y, al observar que nadie bajaba, el conductor se volvió hacia ella.

–Fin del trayecto: Gloomy Gardens.

Alba cogió la cámara y bajó del vehículo. Anduvo los escasos metros que separaban la parada de la entrada al jardín, pero, antes de cruzar al otro lado, se paró un instante. Bajó la mirada y observó el cambio de terreno entre la carretera, de asfalto, y la grava del jardín. La línea que los separaba no solo marcaba el límite entre la calle pública y la vivienda privada; ahora Alba sabía que también era la frontera entre el mundo de los vivos y el de los muertos.

Observó la casa con detenimiento, como a un igual, sin dejarse intimidar por ella. Las tejas negras, las paredes de ladrillo color sangre, las vidrieras, la chimenea... ¿De verdad estaba dispuesta a hacer saltar por los aires a quienes allí vivían? ¿De verdad pensaba convertirse en el rayo que desencadenaría esa tormenta?

Apretó la cámara para sentirse segura.

Luego dio un paso y cruzó al otro lado.

Fin del trayecto: Gloomy Gardens.

Alba rodeó la casa hasta llegar a la parte trasera del jardín. Si pensaba fotografiar al pequeño John, necesitaba un cebo para atraerlo. Y sabía exactamente dónde podía encontrar el manjar adecuado. Fabio se ocupaba de controlar la población de ratas de Gloomy Gardens. Tan solo tenía que dar con una de sus trampas y recoger el cadáver del animal antes que el jardinero.

Ya lo había hecho antes, la primera vez que subió al ático. En esa ocasión había encontrado el cuerpo sin vida de un roedor en una trampa justo en el borde de la vegetación. Dirigió sus pasos hacia allí y, tras rebuscar en la maleza, halló la misma ratonera. Estaba vacía.

No le importó. Conocía un par de sitios más en los que Fabio acostumbraba a poner trampas. Una solía estar a los pies de un abedul de tronco blanco, y la otra, entre la hojarasca caída de un tilo. Pero en ninguna encontró ratas muertas. Continuó andando y pasó de largo el pozo tapiado. Estaba tan concentrada en su tarea que ni siquiera lo advirtió y fue adentrándose más y más en la espesura.

Por fin dio con otra de las ratoneras. Era una caja diminuta de madera, con un único orificio y unos cuantos alambres. El orificio estaba lleno de comida y, cuando el animal introducía la cabeza en él, los alambres se cerraban alrededor de su cuello. En esta ocasión había tenido suerte. La parte inferior del animal, con su cola larga y gris, asomaba a través del agujero.

Guardó el cuerpo del animal muerto en una bolsa de plástico y, al levantar la mirada, comprendió que no sabía dónde estaba. La vegetación, imponente, la rodeaba casi por completo. Solo frente a ella se observaba un claro, un pequeño círculo lleno de hojas caídas y restos de corteza. La zona estaba presidida por un roble descomunal cuyas ramas se retorcían en el aire y formaban una especie de paraguas. Bajo las ramas, decenas de lápidas.

Con el corazón encogido, avanzó hacia ellas para observarlas mejor. Las losas eran antiguas y las revestían el musgo, los líquenes y los helechos. El sol, el agua y el viento habían desgastado la piedra hasta el punto de que la mayoría de las inscripciones eran ininteligibles.

Se acercó a una. La piedra parecía más reciente y tenía inscripciones para dos difuntos.

Aquí yace Fabio Bastoni
(1888-1912)

Aquí yace Roselyn Redheart
(1890-1912)

Por fin juntos, como desearon en vida

Se sintió sobrecogida por el lugar. Gloomy Gardens contaba con su propio cementerio. Los cuerpos de la criada y el jardinero estaban allí enterrados. Seguro que las lápidas de la cocinera y del mayordomo no andaban muy lejos.

Recordó las normas cuatro, cinco y seis. Quienes morían en la casa no podían abandonarla nunca. Podían servir al Corazón o no. Quienes decidían hacerlo, aún podían salvarse. Aquellos que no, acababan corrompidos por su energía.

Supo que Roselyn, Fabio, la señora Pikes y el señor Schellen habían optado por servir al Corazón, por protegerlo de las amenazas del mundo exterior. En cambio, el señor Crowned y la anterior *au pair* se habían negado a ello. Sus almas ahora eran prisioneras de un pozo.

Pero ¿y el resto de las tumbas? ¿A quiénes pertenecían? Hombres, mujeres y niños que antes que ella habían vivido y muerto en Gloomy Gardens. Algunos de ellos habían pasado a formar parte del servicio hasta que se habían liberado del yugo de la casa. Otros, sin embargo, eran seres corrompidos que encantaban las paredes y aullaban en los pasillos de la mansión. Los nombres de todos ellos se desvanecían en el tiempo, como las letras esculpidas en sus tumbas.

Alba tuvo la sensación de que en realidad no estaba ante un cementerio. Sintió que estaba en una de esas cajas en las que se guardan las piezas del ajedrez. Era allí donde se dejaban las torres, los caballos y los alfiles que, uno tras otro, caían en la lucha por el corazón de la casa.

Por encima de su cabeza, de las tumbas y del roble resonó un trueno. Levantó la mirada y observó a través de las ramas del árbol que el cielo pasaba del gris al negro. No tardaría en llover. Había llegado el momento de volver a Gloomy Gardens. Se despidió del lugar con un último vistazo y deshizo sus pasos por el jardín.

Al llegar a la mansión, entró por la puerta trasera en la cocina. No había nadie, solo un vaso de leche caliente que alguien había dejado en la encimera.

«Perfecto –pensó la *au pair*–. Los niños están en el colegio, y los miembros del servicio, ocupados en sus tareas. Es ahora o nunca».

Abrió las puertas del montaplatos y se subió en él. Una vez dentro, palpó su bolso para asegurarse de que llevaba consigo el cebo y la cámara de fotos. Lo tenía todo. Alargó el brazo y apretó el botón de subida. El mecanismo traqueteó unos segundos y se puso en marcha.

Alba alzó la cabeza y miró el final del túnel vertical por el que ascendía. Ante aquella imagen, no pudo evitar pensar que era su destino hacia donde se dirigía. Y todo cuanto la rodeaba no importaba; tan solo era oscuridad, oscuridad y un zumbido que lo inundaba todo. El zuuuuuuum de subida se le metió en los oídos y no le dejó pensar ya en nada más. Ni siquiera escuchó los ruidos que, instantes después, resonaron en la cocina. Unas pequeñas manos aparecieron en la encimera y cogieron el vaso de leche. Tras un largo trago, volvieron a dejarlo en su sitio. Unos cuantos pasos alrededor de la encimera y el dueño de las manos se quedó parado en medio de la estancia, con la mirada puesta en el montaplatos.

–Alba, ¿por qué te has escondido ahí? –dijo el señorito Rookie.

Cuando se detuvo el montaplatos, la joven bajó de un salto y se paró un instante para observar el ático. Parecía más lúgubre. A través de las claraboyas solo se veían nubes de tormenta y sobre los cristales comenzaban a tamborilear las primeras gotas de lluvia. Las pilas de juguetes proyectaban sombras alargadas e inquietantes sobre todos y cada uno de los rincones del desván.

Tragó saliva y se esforzó por mantenerse alerta. Tenía que dar con el pequeño John antes de que él diese con ella. Afinó el oído para captar cualquier tintineo metálico, pero lo único que escuchó fue el crujir de la madera bajo su propio peso. Avanzó hasta la zona central y se detuvo sobre la alfombra color crema. Desde allí, buscó con la mirada las argollas que había en las paredes cercanas. Comenzó a repasarlas una tras otra para asegurarse de que el monstruo no estuviese cerca.

Un ruido repentino la interrumpió. Zuuuuuuum de bajada. Alguien había llamado al montaplatos desde una de las plantas inferiores y ahora desaparecía de su vista. Alterada, regresó junto al elevador y pulsó varias veces el botón de llamada. Era fundamental que el montaplatos permaneciese en el desván. Si su plan se torcía y el pequeño John resultaba ser tan peligroso como creía, aquella era su única vía de escape.

Oyó algunos engranajes y luego, de nuevo, zuuuuuuum de subida. Comprendió que el elevador regresaba a su planta y suspiró con desahogo. Pero su consuelo duró poco, ya que no tardó en encontrarse cara a cara con el señorito Rookie, montado a bordo del elevador.

Lo observó un instante sin terminar de comprender. Iba en pijama, batín y zapatillas de casa.

—¿Qué haces aquí?

—Te he encontrado. Ahora yo me escondo y tú me buscas.

—No, Rookie. Deberías estar en el colegio.

—Es que no me encontraba bien y mamá me ha dado permiso para quedarme hoy en casa —dijo. Luego, como para confirmar su estado, tosió un par de veces.

Alba supo que decía la verdad. Rookie se había resfriado semanas atrás, la noche en que se rompió la calefacción, y desde entonces no había dejado de toser.

La presencia de Rookie en el desván era un peligro para ambos.

–Tienes que irte. Vuelve a meterte en el montaplatos y yo te enviaré abaj…

–¿Qué es este sitio? –la interrumpió.

La mirada de Rookie recorrió la estancia. Las montañas de juegos, los peluches, las hileras de cuentos… Los ojos de Rookie se abrieron de par en par, incapaces de captar toda la grandeza del lugar. Bajó del montaplatos de un salto e hizo el amago de correr hacia el centro de la estancia.

–Rookie, ¡no! –gritó ella.

Intentó detenerlo, pero él fue más rápido y consiguió escabullirse. Cuando llegó a la alfombra color crema, el niño levantó la cabeza y se detuvo a admirar los infinitos mundos de alegría y diversión que se abrían en todas direcciones. Había tantos que no sabía cuál de ellos investigar primero.

Alba se volvió hacia el pequeño. Estaba dispuesta a agarrarlo y montarlo en el montaplatos a la fuerza. Tenía que hacerlo, porque él ignoraba el mal que se escondía en el ático. De pronto, Alba notó algo extraño en una de las paredes, más allá del señorito Rookie: un desconchón a media altura.

Una idea aterradora le vino a la mente: «Y si…». En el suelo encontró la prueba que confirmaba su miedo: una argolla de metal… Los clavos que en algún momento la habían fijado a la pared aún tenían restos de ladrillo y yeso. Quien la había arrancado de la pared debía de tener una fuerza sobrehumana.

Miró en todas direcciones.

Y entonces lo vio: posado en una de las vigas del ático, justo sobre el señorito Rookie, permanecía agazapado el pequeño John.

Alba tuvo que hacer un gran esfuerzo para contener un grito.

La bestia estaba posada en el travesaño como un ave en uno de los barrotes de su jaula. Las uñas, negras y curvas, se hundían en la madera, y los ojos, rojos como llamas, en Rookie. Por suerte, la presa no se había percatado de nada.

Ella comenzó a moverse cuidadosamente. Cogió la cámara y se la llevó a la cara para encuadrar a su objetivo. Un clic y todo habría terminado.

Pero el clic vino acompañado de un *flash*, y el *flash*, de una reacción en cadena. Sorprendido por el fogonazo de luz, el pequeño John lanzó un fuerte alarido. Sobresaltado, Rookie dio un respingo y levantó la cabeza hacia el techo, justo un segundo antes de que la monstruosidad se abalanzase sobre él.

El niño gritó bajo el peso de la aberración. Alba dejó caer la cámara de fotos al suelo y se lanzó sobre ellos. Agarró el juguete más cercano que tenía, un autobús de hojalata, y propinó varios golpes al pequeño John para hacerlo retroceder. Rookie gritaba y, en medio de la confusión, ella advirtió un reguero de sangre en el suelo.

Decidida a salvar al niño, la *au pair* echó los brazos hacia atrás y se dispuso a propinarle un buen golpe a John. Los bajó con todas sus fuerzas y estampó el autobús de hojalata contra el monstruo, que aulló de dolor.

Fue entonces cuando se impuso una voz:

—¿QUÉ DEMONIOS ESTÁ PASANDO AQUÍ? —bramó Victoria Crowned.

La pelea cesó. El pequeño John dio una zancada y desapareció entre los entretenimientos del desván. El vehículo de juguete se deslizó por los dedos de Alba y se estrelló contra el suelo. La joven bajó la mirada y observó al señorito Rookie. El niño tenía un corte horrible en medio de la cara. Le nacía en la parte izquierda de la frente, surcaba la nariz y acababa en la mejilla opuesta. Tenía el rostro cubierto de sangre y gemía en busca de su madre.

La Señora de la Casa se arrodilló junto al pequeño. Lo abrazó para calmarlo y le sujetó el cuello con ambas manos para comprobar la gravedad de las heridas. Por suerte, el ojo no se había visto afectado.

Fuera de sí, Victoria paseó la mirada por el desván para tratar de esclarecer qué había ocurrido. Reparó en la rata embolsada, en la cámara de fotos, en la argolla desprendida de la pared y en Alba. La llave maestra que llevaba en el cuello se agitaba con violencia sobre su pecho mientras calmaba a su hijo. Despegó los labios:

—¡Señora Pikes! ¡Señor Schellen! ¡Fabio! ¡Roselyn! ¡Subid todos de inmediato!

Los cuatro miembros del servicio accedieron al desván a través de la escalera de caracol. Contemplaron durante unos segundos la escena: Alba, Rookie, la argolla desprendida y el reguero de sangre.

—¡Encontrad al pequeño John! Al parecer se soltó una de las argollas. Debe de estar herido y asustado. Encontradlo, curadlo y encadenadlo antes de que dañe a alguien más.

Los fantasmas obedecieron y se largaron por direcciones diferentes para registrar el ático. Tras su marcha, Victoria Crowned miró a Alba con rabia.

—Vete de aquí —le dijo—. Estás despedida.

24

PREPARAR EL BAÑO

Despedida.

Tuvo que detenerse en cada una de las sílabas para asimilarlo.

DES-PE-DI-DA.

La lengua chocaba contra los dientes una y otra vez, pero la expresión le sonaba hueca. Alba se sentía como cuando uno repite la misma palabra tantas veces que al final pierde su significado.

—Pero... —protestó.

Alargó la mano en busca de la de Rookie. Algo en su interior le decía que si daba con ella y la acariciaba, sería como pulsar un botón de retroceso. El niño no subiría al ático y el pequeño John no lo atacaría. Si lo pulsaba con fuerza y lo sentía de verdad, puede que deshiciese lo que había pasado en los últimos nueve meses. Ella aparecería en la sala de su examen de Selectividad y no habría ocurrido todo lo demás.

Pero su roce alteró aún más a Rookie. El niño lanzó un alarido y giró la cabeza hacia el regazo de su madre en busca de protección. Victoria lo rodeó con un brazo y lo atrajo hacia sí para alejarlo de Alba.

La reacción del niño hizo que la *au pair* se replantease lo que estaba haciendo. Había estado tan cegada por la venganza que incluso había puesto en peligro la vida de Rookie. ¡Con lo que ella quería a los niños Crowned! De entre todos los habitantes de Gloomy Gardens, ellos eran los únicos que no eran culpables de nada. Se sintió invadida por la vergüenza, la tristeza y el remordimiento.

Las lágrimas se le agolparon en los ojos. Se incorporó y miró a su alrededor, sin saber qué hacer. Pero Victoria Crowned la guio:

—¡Largo! ¡Fuera de esta casa! ¡Deja tus llaves en la habitación! ¡Y no te molestes en recoger tus cosas!

Se apresuró a obedecerla. Dio media vuelta y bajó por la escalera de caracol que llevaba a la segunda planta. Desde allí comenzó a recorrer los pasillos y las escaleras. El papel pintado, los cuadros y los espejos, las puertas de las habitaciones y los muebles auxiliares; todos pasaban a su alrededor sin que reparase en ellos, como estrellas fugaces que se perdían en el espacio.

Por fin llegó a la escalinata de la entrada, con su moqueta de color rojo intenso y las baldosas blancas y negras. Su primer recuerdo de Gloomy Gardens sería también el último. Solo que esta vez, a diferencia de la primera, había una gran pintada de sangre sobre el marco de la puerta.

NORMA NÚMERO 7. QUIEN MATA A LA SEÑORA DE LA CASA SE CONVIERTE EN LA NUEVA SEÑORA DE LA CASA.

Allí estaba la séptima norma. La mansión había guardado ese último truco para despedirse de ella entre risas. Entristecida, Alba agachó la cabeza al pasar bajo el marco.

En el exterior continuaba la tormenta, pero ni siquiera eso la detuvo. Cruzó el jardín y, al salir a la calle, siguió andando más allá de la parada del autobús. No quería esperar a que un bus la llevase hasta Grey Hills y estaba dispuesta a andar durante kilómetros bajo la lluvia hasta el pueblo. Lo que fuese con tal de alejarse cuanto antes de la casa.

Había luchado contra Gloomy Gardens y Gloomy Gardens había ganado.

Cuando llegó al pueblo, estaba empapada de pies a cabeza. Las calles estaban vacías. La lluvia era tan intensa que los vecinos de Grey Hills habían preferido quedarse en sus casas.

Al llegar a The Joker, observó que en la puerta había un cartel de cerrado. Pero Jake era lo único que le quedaba, de modo que la empujó y entró. El camarero no estaba.

Se dio la vuelta para marcharse, pero sus pisadas atrajeron la atención de alguien.

—Lo siento, estamos cerrados —saludó una voz desde el almacén—. He aprovechado el día para hacer el inventario y…

La voz frenó. Jake había salido en busca de un cliente cualquiera y, en lugar de eso, se había encontrado con Alba. Estaba en medio de la cafetería, calada hasta los huesos. Una mirada entre ellos fue suficiente para que él comprendiese que había sucedido algo muy serio.

Se acercó hasta ella y le acarició el brazo para consolarla.

—¿Qué ha pasado?

Alba no consiguió responder. Rompió a llorar. Las lágrimas se mezclaron con las gotas de lluvia que aún le corrían por el rostro.

El camarero la atrajo contra sí y la rodeó con sus brazos.

—Me ha despedido. Y ahora no tengo adonde ir… Y… Y… —los sollozos se tragaban sus palabras.

—Vamos arriba, a mi estudio. No tienes de qué preocuparte. Puedes quedarte aquí todo el tiempo que necesites. Dormirás en mi cama. Yo lo haré en el sofá.

La agarró de la mano y la arrastró consigo, primero al almacén y luego por las escaleras. Al llegar a la planta superior, él abrió una puerta y la condujo a su apartamento.

–Tienes que entrar en calor o cogerás una pulmonía. Espera aquí mientras te preparo un baño. Después buscaré algo de ropa que te sirva. Mañana mismo enviaré una carta a Gloomy Gardens para decirles que envíen tus cosas a esta dirección. ¿De acuerdo?

Ella no respondió. Se limitó a permanecer de pie hasta que Jake hubo terminado en el baño. Entonces entró ella. El camarero se había tomado la molestia de llenarle la bañera y añadir sales aromáticas. Además, le había dejado un par de toallas limpias sobre la tapa del retrete.

Alba se metió en el agua. La temperatura estaba perfecta y las sales olían de maravilla, a lavanda y limón. El chico sabía qué era lo que necesitaba. Tenía que descansar para reponerse del *shock*. Ya tendría ocasión de contarle todo lo que había sucedido. Y Jake la ayudaría. Como siempre hacía.

Alba estaba exhausta, tanto física como anímicamente, de modo que no tardó en quedarse dormida.

Se despertó de un sobresalto.

Miró a su alrededor y, al no reconocer la habitación, sintió que el pánico se apoderaba de ella. Durante un segundo había creído que estaba de nuevo en Gloomy Gardens y que los últimos sucesos solo habían sido uno de los trucos de la mansión.

Pero al descubrir las toallas sobre la tapa del retrete, recordó todo lo sucedido. La caminata bajo la lluvia hasta Grey Hills y su reencuentro con Jake. Todo había sido real. Había escapado de Gloomy Gardens. HABÍA ESCAPADO DE GLOOMY GARDENS. Una leve sonrisa se dibujó en su rostro.

Comprobó que el agua se había enfriado y que tenía las yemas de los dedos arrugadas. Salió de la bañera y se secó. Después se dispuso a salir del baño. Por vergüenza a aparecer vestida tan solo con una toalla, antes entreabrió la puerta e intentó escudriñar el otro lado. Pero las luces estaban apagadas. Supuso que no había nadie, salió del baño sin más y, al encender la luz, encontró sobre la cama un par de prendas de ropa de Jake: unos pantalones vaqueros viejos y una camiseta de un grupo de rock. El chico había pensado en todo.

Se vistió. La tormenta se había transformado en una fina llovizna. Unos cuantos ruidos que llegaban del piso inferior le hicieron suponer que estaba abajo, trabajando aún en el almacén de la cafetería.

Al verse sola, cayó en la cuenta de que Jake nunca le había hablado de su apartamento. Parecía mentira; después de tanto tiempo juntos, de tantas conversaciones sobre el lugar en el que ella había vivido, Alba no sabía nada del hogar de él. Se tomó la libertad de deambular por el estudio.

El lugar tenía su encanto. Ocupaba el mismo espacio que la planta inferior, la cafetería. No había paredes que dividiesen las estancias, a excepción del baño. Las zonas se sucedían una tras otra. Primero, la zona de estar, con un sofá convertible; a continuación, una mesa de comedor con un juego de sillas que, a juzgar por el montón de papeles y libros que tenía encima, Jake utilizaba como área de estudio; y, al final, la cama y el armario.

Todo estaba muy limpio y organizado, y no había demasiados objetos. Para hacerse una idea de cómo era Jake en la intimidad, se acercó hasta la mesa del comedor. Con cuidado de no desordenar nada, leyó los títulos de algunos de los libros que había. Era el material que Jake utilizaba para completar su tesis en parapsicología. Había varias fotos de Gloomy Gardens, resúmenes de las vidas de los anteriores propietarios, medidas científicas de todo tipo y hasta mapas de las plantas de la casa. Solo uno de los planos estaba en blanco, el que se correspondía con el sótano. En un papel estaban copiadas las normas de la casa, a falta de la séptima, que ella ya había descubierto.

Alba se dijo que, después de todo lo que Jake había hecho por ayudarla, una buena manera de devolverle el favor sería apoyarlo con su investigación. El chico tenía mucha información, pero ella había vivido en Gloomy Gardens. Había datos que él desconocía.

Su estómago interrumpió sus pensamientos. Las tripas se le revolvieron con un gruñido que le recordó que no había comido en todo el día. Apenas unos segundos después, la puerta del estudio se abrió y apareció Jake, cargado con una bandeja llena de manjares.

–Espero que tengas hambre.

Ella asintió con energía. Se acercó a la mesa e hizo a un lado unos cuantos libros para que Jake pudiese dejar los platos. Había una tortilla, verduras asadas, tostadas con pavo y queso y flanes caseros.

Se sentaron a cenar. Mientras comían, ella le relató todo lo que había sucedido hasta su despido. Le contó cómo había dado con el cementerio que había en la parte trasera del jardín y que había subido de nuevo al ático en busca de fotos del pequeño John. Le explicó que el señorito Rookie la había seguido y que, una vez arriba, había sido atacado por el monstruo. Finalmente, le habló de la herida del niño, de sus gritos y de cómo Victoria Crowned la había despedido tras descubrirla.

Jake, que no la había interrumpido en ningún momento, le hizo entonces la pregunta que más temía:

–Y ahora, ¿qué?

Esas tres palabras le pusieron los pelos de punta. Alba siempre había tenido una vida muy planificada, donde todo giraba alrededor de su deseo de salvar vidas. Pero su sueño se había evaporado en las últimas horas y no tenía ni idea de qué hacer. Se sentía como si bajase por unas escaleras a oscuras y, de repente, la barandilla, su único punto de apoyo, hubiese desaparecido de la noche a la mañana.

El camarero entrevió su malestar y enseguida quiso disculparse. Alba trató de quitarle importancia y, durante unos instantes, las frases de ambos se solaparon:

–Lo siento. No debería haberte preguntado…

–No, no importa. Es solo que…

–Aún es demasiado pronto para…

–Supongo que volveré a casa y…

–Quédate aquí, conmigo –zanjó Jake.

Tres palabras para contrarrestar el efecto de las tres anteriores. De manera automática, Alba levantó la mirada de la mesa y se encontró frente a frente con los ojos castaños del chico. ¿Había dicho lo que ella creía haber oído?

Sí, lo había dicho. Claro que lo había dicho.

–Quédate aquí, conmigo –repitió él para reafirmar que su propuesta era seria y no una majadería dicha sin pensar–. Quédate.

Alba sintió mucho calor. Siempre había creído que, cuando un chico se le declarase, el rubor la embargaría de tal manera que sería incapaz de responder. Pero el momento había llegado y tenía claro qué decir. Después de todo lo que había pasado en los últimos meses, ahora sentía que era capaz de ver la realidad de una forma mucho más madura, casi infinita.

Carraspeó antes de hablar. Si iba a formar parte de la vida de Jake de una manera estable, iba a ser necesario fijar unas normas de convivencia. No quería volver a sentirse como una niña desvalida, recurriendo a él entre sollozos cada vez que algo no salía como esperaba. Quería jugar un papel propio.

–Está bien. Me quedaré contigo –dijo por fin–. Puedo ayudarte con tu tesis. Hay cosas que no sabes de Gloomy Gardens y yo puedo echarte una mano con ellas. Como…

Rebuscó entre la pila de papeles que tenía a su lado para enseñarle a Jake la hoja con todas las normas de la casa. La séptima línea estaba en blanco.

–¿Ves? Esto, por ejemplo. La séptima norma de la casa dice que quien mata a la Señora de la Casa se convierte en la nueva Señora de la Casa.

Él arqueó las cejas, sorprendido.

–¿Qué?

–Sí, lo he descubierto esta misma mañana. Al salir de Gloomy Gardens ha aparecido escrito en una de las paredes, igual que las anteriores normas.

El chico se abalanzó sobre el pedazo de papel y lo completó con la séptima norma. Parecía emocionado, como si esa revelación accidental tuviese una importancia fundamental en su investigación. Después fue él quien levantó la mirada hasta encontrarse con los ojos de Alba.

Jake no dijo nada más. Echó su silla hacia atrás, se volvió hacia ella y la besó en los labios.

25

Barrer las escaleras

Entre el sueño y la vigilia, Alba alargó la mano entre las sábanas, a tientas. Pero no había ni rastro de Jake. Su cuerpo, que unas horas antes dormía junto al suyo, había desaparecido.

Abrió los ojos y observó a través de la ventana que amanecía. La tormenta había cesado por completo y ahora el cielo se veía radiante. Ella misma se sentía así, esperanzada ante un nuevo día, ante una nueva vida. Aún tumbada, se tomó un tiempo para recordar lo que había sucedido la noche anterior.

Jake la había besado de forma repentina. Cuando se apartó de sus labios, miró a su alrededor avergonzado. Temía que Alba no lo correspondiese. Pero entonces fue ella la que se inclinó y lo besó a él para despejar todas sus dudas. Después de aquello, habían continuado besándose hasta terminar en la cama.

Siempre había estado tan centrada en sus estudios que jamás había tenido tiempo para ese tipo de cosas. Algunas chicas de su clase habían tenido pareja y, en cierto modo, las había envidiado. Las relaciones románticas les resultaban tan naturales a sus compañeras y tan extrañas a ella que siempre se había preguntado cuál era el gran misterio que se escondía tras el romance.

Ahora el misterio había sido revelado y, aunque estaba segura de conocerlo, era incapaz de describirlo porque había demasiados adjetivos en juego. Se sentía emocionada, pero también agitada. Y, al mismo tiempo, feliz, nerviosa, ansiosa, esperanzada, distraída, impaciente…

Consciente de que con semejante revoltijo de emociones no sería capaz de dormir ni un minuto más, se levantó de la cama. No había ni rastro de Jake, pero se oían ruidos en la cafetería, en la planta inferior. Supuso que estaba preparando el desayuno.

Jake había puesto su ropa mojada en un radiador y ya estaba seca. Se cambió y se dedicó a deambular por el apartamento de nuevo. Jake había recogido los platos de la noche anterior y los papeles de su tesis habían vuelto a invadir la mesa. Uno de ellos, escrito a mano, atrajo su atención:

Norma número 7. Quien mata a la Señora de la Casa
se convierte en la nueva Señora de la Casa.

Lo reconoció al instante. Era el papel en el que Jake escribía las normas de la casa. La lista quedaba completa con la séptima norma que a Alba se le había aparecido en la pared. Jake había copiado la frase tal cual, pero había subrayado algunas palabras.

«Mata a la Señora de la Casa».

Alba se sorprendió al descubrir que tenían sentido por sí mismas. Bien podría ser otra norma de la casa, una orden de la mansión. O quizá no; quizá solo era coincidencia que Jake las hubiera subrayado. Solo era una línea debajo de unas cuantas palabras. ¿Qué peligro podía tener una línea?

Pero la duda se había cernido sobre ella. Una fisura en el casco de un barco puede terminar con su hundimiento. Un corte en la piel puede convertirse en una herida mortal. La rendija de una puerta mal cerrada es suficiente para que por ella se cuele el monstruo más terrible… Y no son más que líneas.

¿Y si Jake de verdad quería matar a Victoria Crowned? ¿Qué pretendía: convertirse en el Señor de la Casa, apoderarse del Corazón y así cumplir todos sus deseos?

Reparó en los libros, los esquemas, los mapas, los datos... Sintió que se mareaba. A la luz del día, los papeles ya no le parecían la documentación de una tesis, sino los desvaríos de un chiflado. Jake había dedicado muchísimo tiempo a estudiar los misterios de Gloomy Gardens. Si había algún especialista en la mansión, ese era él. Tal vez hubiese empezado su tesis con un verdadero interés científico, pero en algún momento este había evolucionado hasta convertirse en una obsesión.

Se agitó nerviosa al ver que las piezas encajaban. Jake había conocido a la anterior *au pair* y se había acercado a ella para conseguir información, y después... Después la había conocido a ella. Por eso se mostraba siempre tan atento y le pedía que le contase cualquier novedad de la mansión. Además, había sido idea suya hacerle fotografías al pequeño John para llevarlas a la policía y así deshacerse de Victoria.

Y el beso... Alba recordó la manera en que él la había besado tras descubrirle la última norma de la casa. Entonces le había parecido un gesto repentino de amor. Ahora comprendía que en realidad había sido un agradecimiento impulsivo después de que ella le diese la clave para hacerse con el control de Gloomy Gardens. Alba se frotó los labios, como si así pudiese deshacerse del sabor amargo que notaba en esos momentos.

Necesitaba hablar con Jake y aclararlo todo.

Caminó hasta la entrada del estudio, pero, antes de agarrar el pomo de la puerta, esta se abrió desde el otro lado. El camarero apareció con una bandeja y el desayuno. Se miraron. Alba, fuera de sí; Jake, sorprendido y ajeno a las sospechas de ella. La joven dio un par de pasos hacia atrás para alejarse.

–¿Qué ocurre? –dijo.

–¡Tú! –respondió ella–. ¡Quieres hacerte con el control de Gloomy Gardens!

Él no lo negó.

–Alba, será mejor que te calmes.

–¿Calmarme? No pienso calmarme hasta que me digas la verdad. Así que dime: ¿piensas matar a Victoria Crowned?

–No es tan sencillo. Mira, sé que parece una locura, pero he estudiado esa casa y sé de lo que es capaz. Hay testimonios de milagros cumplidos, de fenómenos paranormales… ¡Incluso de vida después de la muerte! ¡Y todo al alcance de quien mande en la casa! ¿No prefieres que el Señor de la Casa sea alguien a quien quieres?

–¡No al precio de matar a una persona!

–¡Pero si tú odias a Victoria más que yo! ¿Recuerdas lo que dijiste sobre ella cuando descubriste que había escondido tu inscripción para la Selectividad? ¡La odio! ¡Eso es lo que dijiste!

–Entonces estaba enfadada. Y aunque la odiase, eso no significa que estuviese dispuesta a matarla. ¡Tiene cuatro hijos! Puede ser una persona horrible en muchos momentos, pero es una gran madre. Incluso a pesar de que el pequeño John es una aberración, ella lo quiere. ¿Y tú? ¿Has pensado en sus hijos?

Alba comprendió que, en el transcurso del año, había llegado a amar a los niños Crowned. Aunque ya no fuese su *au pair*, aún estaba dispuesta a protegerlos.

–Ellos son un problema diferente. Si les has cogido aprecio, incluso puedes quedártelos. Ya hablaremos de ello cuando seamos los Señores de la Casa.

–¿SEÑORES DE LA CASA? –Alba repitió la expresión como si sonase a majadería–. Estás muy equivocado si piensas que voy a ponerme de tu parte en esto.

La joven hizo el amago de marcharse. Pero antes de cruzar la puerta, Jake soltó una mano de la bandeja y la alargó hacia ella. La agarró de la muñeca y la retuvo con fuerza.

Alba no se dejó intimidar. Forcejeó para liberarse de él y, cuando vio que no la soltaba, se volvió y dio un manotazo a la bandeja del desayuno. Los platos y los vasos cayeron sobre Jake.

Aprovechó el momento de confusión para deshacerse del apretón. Bajó la escalera del estudio a toda prisa, salió a la calle y buscó la parada de autobús más cercana.

Tenía que alertar a los habitantes de Gloomy Gardens de lo que estaba a punto de pasar.

Tenía que dar con ellos antes de que lo hiciese Jake.

Cuando llegó a la mansión, corrió hasta la entrada del jardín. Como siempre, la reja estaba abierta de par en par. Al fondo se veía la casa, solemne e inmutable, ajena por completo al caos que no tardaría en desatarse.

Le parecía de chiste volver a Gloomy Gardens cuando había pasado gran parte del año tratando de escapar de su sombra. Y ahora que por fin lo había conseguido, volvía allí por iniciativa propia.

No se entretuvo más. Cruzó el jardín hasta la puerta principal. Miró su reloj. Era temprano. Los niños estarían desayunando arriba y los criados ya llevarían horas despiertos. Aporreó las puertas a la espera de que alguno de ellos abriese. Tras unos segundos de incertidumbre, la puerta se abrió, aunque apenas una rendija. Al otro lado apareció el mayordomo. Este la miró extrañado. En Gloomy Gardens se recibían pocas visitas, y menos tan pronto y de una trabajadora que había sido despedida.

–¡Señor Schellen! –gritó al verlo–. Déjame entrar. Tengo que hablar con la Señora de la Casa. ¡Es importante! Yo…

Quiso empujar la puerta para colarse en la casa, pero el señor Schellen la mantenía agarrada con fuerza. Le negó con la cabeza.

–No. No. La Señora no desea. No desea verla. Ya le enviaremos. Ya le. Enviaremos sus objetos. Objetos personales.

Sin añadir nada más, le cerró la puerta en las narices.

Contrariada, continuó golpeando la puerta unos instantes. Gritó que tenía algo importante que decirles y que todos estaban en peligro, pero no sirvió de nada. En Gloomy Gardens ya no la querían, ni siquiera como invitada.

Pensó rápido y reparó en la entrada trasera. La puerta de la cocina siempre estaba abierta. Apresuró sus pasos hacia allí. Deseó que el señor Schellen no tuviese la misma idea. Si la cerraba, entonces ella no tendría manera de entrar.

Por suerte para Alba, la puerta trasera estaba abierta. Para evitar que la detuviesen, la entreabrió unos milímetros e inspeccionó el lugar. Las bandejas del desayuno de los niños ya habían sido servidas y se oía el canturreo despreocupado de la señora Pikes en la despensa.

Alba se coló en la cocina sin hacer ruido. Una vez dentro de la mansión, corrió en dirección al dormitorio de la Señora de la Casa. Entró sin llamar. Se encontró a Victoria sentada en su escritorio, de espaldas. En otra mesa diferente había una bandeja de plata con los restos del desayuno.

–Roselyn, ya puedes retirar la comida.

Habló sin darse la vuelta, convencida de que era la doncella, que venía a llevarse la bandeja del desayuno. Al no escuchar el ruido de la bandeja sobre la mesa, se volvió para ver qué sucedía.

–¡Tú! ¿Qué haces aquí? Señor Schellen, ¡ven! ¡Señor Sch...!

Comenzó a llamar al servicio. Alba intervino para detenerla. Se acercó hasta ella y la agarró del brazo para hacerla callar. Pero la Señora de la Casa no estaba acostumbrada a que nadie la tratase de ese modo. Se revolvió y gritó aún más fuerte.

–Norma número siete. Quien mata a la Señora de la Casa se convierte en la nueva Señora de la Casa –dijo Alba.

Sus palabras tuvieron el efecto deseado. Victoria Crowned dejó de gritar y posó su mirada en ella, como si la viese por primera vez.

–¿Quién te ha hablado de la séptima norma?

–La casa lo hizo. Justo el día en el que me despediste.

Los ojos de Victoria pasaron de la sorpresa al miedo.

–Entonces es a eso a lo que has venido: a por la casa. Pues buena suerte. Tal vez acabes conmigo, pero esta casa lo hará contigo. Puede que cumpla los deseos, pero nunca lo hace de la manera en que uno espera.

–¿Qué? ¡No! Yo nunca te haría daño. Pero tienes que hacerme caso. Le conté todo lo que sabía a Jake, un chico del pueblo. ¡Y viene hacia aquí para apoderarse de la casa!

Se apresuró a hacerle un breve resumen. Le habló de Jake, de su tesis sobre las propiedades paranormales del lugar y de cómo había intentado acercarse a ella. Le confesó que el plan de fotografiar al pequeño John había sido suyo y de la manera en que la propia Alba le había revelado la séptima norma de la casa.

Cuando terminó de hablar, Victoria parecía mareada. Un invasor iba hacia Gloomy Gardens en esos mismos momentos. ¡Y los niños estaban en casa, en sus habitaciones!

La antigua *au pair* se vio obligada a hacerla reaccionar.

–Victoria, ¡tenemos que darnos prisa!

La cara de Victoria se iluminó. Tenía un plan. Se recompuso, agarró a Alba por la muñeca y comenzó a andar. Alba se dejó arrastrar. Imaginaba que Victoria había caído en algún mecanismo que la casa tendría para defenderse.

Bajaron de un piso a otro hasta llegar a la planta baja, al recibidor principal, con sus baldosas negras y blancas. Una vez allí, giraron a la izquierda, por unos pasillos en los que la joven no había estado nunca. Victoria se detuvo ante la última puerta de todas. Cogió su llave maestra del cuello y la metió en la cerradura. Abrió la puerta de par en par para que Alba pudiese admirar lo que había al otro lado.

Nada.

Bueno, nada no. Había un escalón de madera que bajaba hacia los cimientos de la casa. Pero todo estaba tan oscuro que el siguiente peldaño ya no era visible. Alba no entendía nada. ¿Qué hacían allí? ¿Dónde estaba el sistema de seguridad sobrenatural? ¿Dónde la herramienta que iba a salvarlas? ¿Allí abajo? ¿En el sótano?

Victoria le hizo un gesto con la barbilla para indicarle que debían bajar. Alba obedeció y bajó el primer escalón. Antes de dar el siguiente paso, buscó con las manos una barandilla a la que asirse. No la había encontrado cuando notó que la mano de la Señora de la Casa se detenía en medio de su espalda, con los dedos entreabiertos. Su tacto resultaba tan frío que incluso traspasaba la ropa.

Alba supo que algo iba mal. Muy mal. Alarmada, se volvió a toda prisa para tratar de regresar al pasillo. Sus ojos alcanzaron a cruzarse con los de Victoria y le pidieron compasión.

Pero no le sirvió de nada.

Para entonces, Victoria ya la había empujado por las escaleras.

26

Poner en orden el sótano

La invadió una profunda sensación de ingravidez. Sintió su cuerpo suspendido en el aire, en el hueco de las escaleras, sin contacto con el suelo ni ningún otro cuerpo sólido. En esos momentos se preguntó si todo aquello era un sueño.

Los sucesos que la habían llevado hasta ese punto de su vida se le agolparon: el suspenso en la Selectividad, su llegada a la mansión y los posteriores descubrimientos... Entonces le pareció que la consecuencia evidente de todo lo sucedido era morir sola y abandonada en un sótano oscuro.

Cerró los ojos y apretó la mandíbula. El primer escalón la golpeó. Fue en el codo derecho. Gimió de dolor y, con ella, la madera crujió bajo su peso. Y tras ese escalón, el siguiente. Y luego otro. Y otro. Y otro. Y otro. En las rodillas, en la sien, en los glúteos, en un hombro... Uno tras otro, los peldaños la iban golpeando.

Latigazos de dolor recorrieron su cuerpo. Y justo cuando creía que ya no podía soportar ni uno más... Fin. La escalera se había terminado.

Permaneció unos segundos tirada en el suelo, con la cabeza apoyada sobre uno de los brazos.

«Ya estoy… ¿muerta?».

Pero el dolor que sentía le indicaba que no. Estaba casi a oscuras. Llegaba algo de luz a través de la puerta, en lo alto de la escalera. Alba alzó la barbilla y recorrió con la vista los peldaños por los que había rodado. Eran empinados, antiguos y retorcidos, tanto que era un milagro que no se hubiese matado allí mismo. Y arriba del todo, la silueta de Victoria Crowned, a contraluz. Aunque no podía verle la cara, intuía sus ojos, fijos en ella. Entonces, la Señora de la Casa alargó una mano y la apoyó en el pomo de la puerta.

La joven comprendió sus intenciones. Si la caída no la había matado, entonces la encerraría en el sótano hasta que muriese. Victoria no le mostraría misericordia ni siquiera en su muerte. Antes le haría pasar por un infierno de oscuridad, hambre, frío y soledad. La perspectiva era aterradora.

–No, por favor. ¡No! –imploró.

Pero Victoria fue indiferente a su petición. Antes de que Alba hubiese terminado de gritar, cerró la puerta de un portazo. Después sonaron un par de clics metálicos. La Señora de la Casa había cerrado el sótano con llave. El lugar quedó envuelto en tinieblas. La única iluminación era una escasa raya de luz que se colaba por debajo de la puerta.

No podía levantarse del dolor que sentía. Y si le costaba ponerse de pie, subir las escaleras le pareció un imposible. Pensó en gritar para pedir ayuda, pero desechó esa idea. Nadie acudiría en su búsqueda. Gloomy Gardens era tan grande que sus gritos no llegarían a ninguna parte. Se quedaría afónica antes de lograr que acudiesen a socorrerla.

Sintió que el pánico se apoderaba de ella. Las opciones se le acababan y comenzaba a hacerse a la idea de que no saldría nunca de allí. Su corazón aceleró el ritmo, y su pecho comenzó a subir y bajar de manera brusca con cada respiración. Alba comprendió qué le estaba sucediendo. Un ataque de ceguera nerviosa transitoria. Levantó la mirada de nuevo hacia la puerta y observó cómo el haz de luz que se colaba por debajo de esta iba atenuándose poco a poco.

«Si al menos tuviese una pastilla de argopanoptina…».

Pero la medicación estaba en su cuarto, de modo que no podía hacer nada por evitar la oscuridad. Con la movilidad y la visión reducidas, se preparó para lo peor.

Cerró los ojos una vez más y, cuando los volvió a abrir, solo fue capaz de ver una cosa:

Permanecía tirada en el suelo. Ni siquiera se había molestado en ponerse de pie.

Después de todo, ¿qué sentido tenía?

Alba reconocía que la habían derrotado. Ese sótano, esa interminable, sería su fin. No había escapatoria. Lo único que podía hacer era esperar a que llegase su momento.

Fue entonces cuando

«¿Qué ha sido eso?», pensó aterrorizada. Había notado algo, pero ¿qué? Tendría que guiarse por sus otros sentidos.

se repitió. Esta vez, Alba intentó adivinar de qué se trataba

Parecía algún tipo de pulsación, como una oleada de brisa que recorría su cuerpo.

Una vez.

Y luego otra.

Y otra más.

Las pulsaciones tenían que venir de algún sitio. Un conducto, una rejilla… Fuese lo que fuese, lo único que tenía seguro era que allí abajo, aparte de ella, había algo más.

En medio de la , dudó si investigar la fuente de las pulsaciones. Temía que se tratase de algo peligroso, pero también podía ser su vía de escape. Al final, decidió incorporarse. Tras muchos esfuerzos y una vez de pie, esperó a que volviese a suceder

Y entonces lo notó de nuevo: el pulso la recorrió de arriba abajo.

Se dirigió hacia el lugar del que procedían las pulsaciones. Avanzaba muy poco a poco, con pasos pequeños y los brazos extendidos hacia delante. Tenía miedo de toparse con algo peligroso.

Al fin y al cabo, quién sabía qué había escondido en el sótano de Gloomy Gardens.

Después de varios minutos deambulando a tientas, comenzó a impacientarse. Las pulsaciones llegaban a rachas intermitentes, pero a oscuras no tenía manera de saber a qué distancia estaba su fuente. ¿Y si estaba lejos? ¿Y si el sótano era como todo en la mansión, enorme? A su velocidad, Alba tardaría días en dar con su origen. Además, al adentrarse en las profundidades del sótano, se había ido alejando de las escaleras. Tal vez alguien regresase a buscarla...

Cada vez se sentía más intranquila.

Una nueva pulsación le hizo estremecerse.

Le pareció que esta vez el pulso había sido más fuerte. ¡Debía de estar cerca! Y no solo eso; ahora, además, había comprendido que los pulsos se repetían a un ritmo constante. ¿Qué sería capaz de provocarlos?

Avanzó en esa dirección.

Con cada uno de sus pasos, los pulsos sonaban más fuerte.

Y más fuerte.

Y más fuerte.

Llegó un momento en que le pareció que iba a quedarse sorda. Comprendió que había llegado a la fuente de los pulsos. Alargó las manos hacia delante para palpar la fuente de las pulsaciones. Pero sus dedos, en lugar de dar con algo sólido, le transmitieron una sensación indescriptible. Era como si

Alba se sobresaltó. Acababa de comprender que los pulsos que había sentido no eran tal cosa, sino latidos. Se encontraba ni más ni menos que frente al Corazón de la Casa. Justo delante de ella estaba la fuente de energía sobrenatural de todo el planeta, la misma por la que Jake estaba dispuesto a matar.

Sabía muy bien de lo que era capaz el Corazón. Conocía su poder de cumplir los deseos de los habitantes de Gloomy Gardens, pero también sabía que a menudo los concedía de la manera más retorcida posible.

Tomó una decisión. Levantó la cabeza y miró directamente hacia el lugar donde la oscuridad era más densa. Hizo acopio de valor

Saltó hacia el centro del Corazón de la Casa.

En medio de la , se sentía como si flotase en el océano.

Como bajo el agua, se esforzó por mantener la respiración.

Sus pulmones no tardaron en fallarle. A punto de desmayarse por la falta de oxígeno, dio una bocanada desesperada.

Pero no fue aire lo que inhaló, sino pura y dens[redacted]

[redacted]. La [redacted] bajó por su garganta y, desde allí, recorrió todo su cuerpo. Sus extremidades se estremecieron y el vello de la piel se le erizó. Finalmente, [redacted] alcanzó su corazón. [redacted]

Acababa de darse cuenta de que las pulsaciones de [redacted] del sótano se habían acompasado hasta latir al mismo tiempo que su propio corazón. La joven y la casa ahora eran uno.

[redacted]

Y por fin, al final, un destello de luz.

27

Desempolvar los recuerdos familiares

Cuando la se desvaneció, Alba dio una bocanada de aire y notó cómo este recorría su cuerpo de nuevo.

Se sintió como si se hubiese hundido en el mar y alguien la hubiese rescatado en el último momento, justo antes de asfixiarse.

Tardó unos segundos en serenarse. Cuando se calmó, se dio cuenta de que ya no estaba en el ático, sino en una habitación de la segunda planta. No tenía ni idea de cómo había llegado hasta allí, pero tampoco le preocupaba saberlo. A esas alturas ya sabía que Gloomy Gardens hacía lo que quería con sus habitantes.

Paseó los ojos por la estancia y comprendió que estaba en el dormitorio de la Señora de la Casa. No pudo evitar fijarse en que algunos detalles habían cambiado: la colcha de la cama era distinta, y las paredes, de otro color. En un perchero cercano había un traje de hombre colgado.

Escuchó un carraspeo a su espalda y, al volverse, Alba se encontró con Victoria Crowned. Estaba de espaldas, sentada frente a su escritorio y con la mirada puesta en el jardín. Desde abajo se escuchaban algunas risas de niños.

Se acercó hasta ella.

–Victoria, ¿qué ha pasado? Estaba en el sótano y de repente he aparecido aquí. Creo que es obra del Corazón de...

La señora Crowned se volvió. Al hacerlo, advirtió que también había cambios en ella. Parecía más joven, llevaba un corte de pelo desenfadado y estaba embarazada.

Alba se quedó paralizada. ¿Qué estaba pasando? Victoria no respondía. La Señora de la Casa tenía puestas las pupilas en Alba, pero parecía que no la miraba a ella, sino a través de ella.

–¿Victoria? –preguntó de nuevo.

Pero tampoco hubo respuesta.

De repente, ella comprendió que no estaba en la habitación de la Señora de la Casa, sino en sus recuerdos. El Corazón no la había teletransportado hasta otro punto de la casa. Lo que estaba haciendo era mostrarle el pasado.

Para confirmar sus sospechas, la puerta del dormitorio se abrió de par en par. Al otro lado apareció un hombre al que ella no había conocido: el Señor de la Casa, Peter Crowned. Era alto y guapo, con el pelo castaño, del mismo tono que el señorito Rookie.

Victoria se levantó de su silla y corrió hacia él.

–Peter, por favor, tenemos que hablar.

Pero él la ignoraba. Abrió uno de los armarios y sacó una maleta enorme.

Alba permanecía quieta en un margen de la habitación, observando la escena como si se tratase de una obra de teatro representada en exclusiva para ella. Comenzaba a saber en qué momento del pasado estaba: en la época en la que Peter y la anterior *au pair*, Noira Pion, planeaban irse de la casa, cuando Victoria aún no estaba embarazada del pequeño John.

El Señor de la Casa hacía su equipaje y Victoria intentó retenerlo.

–Peter, no te vayas. Piensa en los niños y en el que viene de camino... Peter... Ya te lo he dicho: es esta casa. Hay algo en ella que... –lo agarró de un brazo.

Pero él se deshizo de ella como si el tacto de su piel le resultase molesto.

–No, eres tú todo el tiempo –respondió Peter–. Tú y tus historias paranormales. Dices que aparecen letras en las paredes, que oyes pulsaciones desde el sótano y susurros en los pasillos. ¡Pero no hay nada! ¡Te lo he dicho un millón de veces! Noira y yo estamos hartos de todo esto. Nos iremos en un par de días. ¡Y en cuanto nos hayamos instalado, pienso llevarme conmigo a los niños! ¡Nunca los dejaría con alguien que no está en sus cabales!

No hubo más discusión. El marido cerró su maleta y abandonó la habitación. Su silueta desapareció por el pasillo y el ruido de sus pasos se alejó por las escaleras.

En el dormitorio, Alba se quedó a solas con Victoria. Tenía la cara desencajada. Cayó sobre la cama, hundió la cara en la almohada y comenzó a llorar desconsoladamente.

Alba se sentía angustiada. Nunca jamás había visto a la señora Crowned de ese modo. Por primera vez, sintió lástima por ella. Ningún corazón podía aguantar ese tipo de golpes sin verse afectado.

Durante un momento, olvidó que se encontraba en un recuerdo y se acercó a Victoria para consolarla. Alargó el brazo para apoyarlo sobre su hombro, pero apenas lo hubo rozado cuando la [illegible] volvió a inundarlo todo.

La [illegible] tan solo duró unas milésimas de segundo. Fue como un parpadeo de gran intensidad, y cuando la luz se hizo de nuevo, Alba descubrió que ya no estaba en la habitación de Victoria.

Esta vez se encontraba en uno de los pasillos de la planta baja, uno de los menos transitados. Estaba frente a una puerta y Alba la reconoció al instante: era la puerta que daba al sótano. Allí abajo estaba el Corazón de la Casa.

Al fondo del pasillo apareció Victoria Crowned. Sus ojos aún estaban llorosos, pero la Señora de la Casa andaba con paso firme, como si hubiese tomado una decisión importante y estuviese determinada a llevarla a cabo.

Al pasar por su lado, ignoró a Alba por completo. Ella tampoco intentó interactuar. Sabía que no serviría para nada, de modo que se limitó a observarla. Victoria abrió la puerta y bajó al sótano. Enseguida se perdió entre la [illegible].

Alba la siguió con la mirada, pero no bajó. La situación era extraña. En el recuerdo, ella estaba arriba de las escaleras, a salvo; en cambio, en el mundo real, ella estaba allí abajo, al filo de la muerte.

De repente, un susurro cortó de raíz sus pensamientos. ¿Qué era eso? Se acercó al hueco de la escalera y afinó el oído. Enseguida escuchó la voz de Victoria:

–Sé que puedes cumplir los deseos de la gente... Sé que los criados llevan años muertos. ¡He visto sus tumbas! Así que cúmple ahora mi deseo... Cúmplelo... Por favor, no dejes que Peter se vaya. No dejes que se marche de casa...

Las palabras se atragantaron entre llantos. Justo entonces, como respuesta, se escuchó un latido. Y otro. Y otro. Eran las pulsaciones del Corazón, que correspondían a sus peticiones. El volumen de los latidos fue creciendo hasta volverse insoportable.

De repente, justo en el fondo de las escaleras, reapareció Victoria. Levantó la cabeza hacia el tramo superior y, durante un instante, Alba creyó que la miraba a los ojos y le pedía ayuda. Estaba asustada. Había pedido su deseo a Gloomy Gardens y, ahora que la casa iba a concedérselo, se daba cuenta de su error.

Alba también se dio cuenta de lo que sucedía. En el bajo vientre de Victoria, justo donde terminaba su tripa de embarazada, había aparecido una mancha de sangre, que no paraba de crecer.

La Señora de la Casa se rodeó la barriga como si intentase protegerla y trató de subir los peldaños a toda prisa. Pero el dolor que sentía era tan grande que sus piernas le fallaron. Tropezó y quedó tendida en el suelo, oculta por la del sótano.

Desde la parte superior de la escalera, la joven no alcanzó a ver nada más de lo que sucedía allí abajo, pero pudo oír gritos de dolor, cada vez más fuertes. Y luego, el llanto de un bebé. Alba fue testigo del nacimiento del pequeño John.

Hubo un nuevo fogonazo de . Los escalones que llevaban al sótano desaparecieron y su lugar lo ocupó la entrada principal de la casa, con sus baldosas de color blanco y negro, y la escalinata que conducía a las plantas superiores.

En el centro de la estancia, de nuevo, Victoria Crowned. Estaba pálida y tenía los ojos abiertos de par en par. Ni un pestañeo. A su lado permanecía de pie la señora Pikes.

La cocinera intentaba que Victoria reaccionase.

—¿Qué le pidió al Corazón de la Casa?

Pero Victoria no respondía.

De repente escucharon un grito procedente de arriba. El chillido sonó agudo e infantil, pero también monstruoso e inquietante. A Alba se le erizó la piel. Acto seguido, Roselyn apareció en escena. Bajó las escaleras a toda prisa, cargada con un cubo de agua sucia y un delantal lleno de sangre. Fuese lo que fuese lo que estaba limpiando, debía de tratarse de un gran estropicio.

La visión de la sangre obligó a Victoria a reaccionar. Se volvió hacia la cocinera.

—Yo… yo… —tragó saliva—. Deseé que Peter no se marchase de la casa. Y ahora no podrá irse… Nunca.

Horrorizada, la señora Pikes se llevó las manos a la boca.

—Uno debe ser muy cuidadoso con lo que desea bajo este techo. La casa siempre encuentra la manera más retorcida de cumplir los sueños de quienes la habitan.

—Yo no quería esto. No esperaba que las cosas sucediesen así.

Victoria temblaba. Se volvió hacia la cocinera como una niña pequeña en busca de la ayuda de sus padres, en busca de alguien que le dijese que había una solución mágica para su problema o un botón para volver al pasado. Pero el semblante de la empleada era rotundo: no había vuelta atrás. Sin más, rompió a llorar de manera incontrolable.

Lejos de consolarla, la señora Pikes habló con firmeza:

—No es momento de llorar. Ya habrá tiempo para eso. Usted es la Señora de la Casa y ahora debe tomar decisiones importantes. El futuro de Gloomy Gardens y de sus habitantes, incluidos sus hijos y usted, depende de ello.

Victoria levantó la cabeza. Bishop, Filly y Rookie. ¿Qué pasaría si alguien descubría lo que había hecho el pequeño John? ¿Le quitarían al resto de sus niños? ¿Se los llevarían a un orfanato? Tales ideas le resultaron aterradoras. Ellos eran su debilidad, pero también su fortaleza. El saber que podían separarlos de ella le hizo comprender que la señora Pikes estaba en lo cierto. Era el momento de las decisiones importantes. Se enjugó las lágrimas.

—Está bien. Nadie debe saber qué ha ocurrido aquí. Recoged los restos del señor Peter y de Noira y ocultadlos. Planeaban fugarse juntos, así que si alguien pregunta, diremos eso mismo: que se fugaron.

—De acuerdo, señora. Tal vez el cementerio que hay detrás de la casa…

—No, allí no. Si alguien los buscase, empezarían por ahí. Mejor tirad sus restos al pozo. No quiero que vuelvan como fantasmas. No podría convivir con él ahora que sé que ya no me amaba. Así que sellad la boca del pozo.

—Se lo diré de inmediato a Fabio —respondió Pikes. Luego miró de reojo a Victoria, como si las palabras que tenía en la punta de la lengua fuesen demasiado atrevidas. Por fin se aventuró a pronunciarlas—: ¿Y qué hay del pequeño John?

—¿A qué te refieres?

—Le pregunto si también quiere que nos deshagamos de él en el pozo.

—¡Señora Pikes! ¡Es un niño! —dijo alarmada.

—¡Es un monstruo! Tenemos suerte de que sus hermanos estén en el colegio. Piense por un momento qué podría hacerles. O, mejor, venga conmigo arriba y le mostraré lo que puede hacer su hijo... ¡Reptó por las escaleras y se abalanzó sobre Peter y Noira! ¡Y apenas queda nada de ellos! ¡Las salpicaduras de sangre llegan hasta el techo!

—Es uno de mis hijos, como los demás. No podría hacerle eso. Y menos cuando sé que si ha nacido así es por mi deseo —pensó un poco más—. Cogedlo. Vosotros ya estáis muertos y no puede haceros nada. Cogedlo y escondedlo en el ático. Y atadlo con cadenas si hace falta. Lo que sea con tal de que no hiera a los demás niños. A ellos les mentiremos y les diremos que John es demasiado pequeño para que lo vean. ¿Qué importa un secreto más en Gloomy Gardens? Más que con cemento, los ladrillos de esta casa parecen haber sido unidos con misterios. Yo misma subiré al desván todos los días para estar con John.

La cocinera quedó conforme. Luego, avanzó escaleras arriba para obedecer.

—Una última cosa, señora Pikes —dijo—. Si voy a subir y bajar todos los días al ático para hacerme cargo de John, alguien tendrá que ayudarme con el resto de los niños. Ponga un anuncio; necesitaremos una nueva *au pair*.

Un nuevo fundido en negro. Alba experimentó la misma sensación que había sentido al saltar de un recuerdo a otro. Pero esta vez, cuando la oscuridad se dispersó, no se encontró frente a otra escena de los sucesos pasados. Tardó unos instantes en darse cuenta de que la obra había terminado. Estaba de vuelta en el sótano, rodeada de .

Oyó un restallido metálico por encima de su cabeza. Una leve sombra de luz iluminó la estancia y la joven comprendió que alguien había abierto la puerta del sótano.

Su corazón se aceleró. ¿La liberaban? Antes de correr escaleras arriba, se volvió una vez más hacia la zona más oscura del habitáculo, donde la oscuridad era tan densa que ni siquiera penetraba la luz que se colaba por la entrada. El Corazón de la Casa aún latía, al mismo ritmo que su propio corazón.

Subió los peldaños a zancadas, por miedo a que la encerrasen de nuevo. Cuando se encontró en los últimos escalones, un pensamiento cruzó su mente.

«¿Quién me ha abierto? Nunca se lo podré agradecer lo suficiente…».

La pregunta fue respondida al instante.

–¡Victoria! –Alba no entendía nada. Intentó hablar, pero solo consiguió pronunciar sílabas entrecortadas–. ¿Qué…? ¿Por qué…? Yo…

Cruzaron sus miradas. Por primera vez desde que había llegado, Alba sintió que veía a Victoria tal y como era, un ser humano con sus sueños, sus temores y sus dudas. Fue consciente de que la había juzgado mal. Victoria Crowned no era la asesina que creía; no había matado a su marido y a su anterior *au pair*. No era un verdugo; solo otra de las víctimas de la casa. Era Gloomy Gardens quien había convertido el deseo de conservar a su marido junto a ella en una pesadilla.

Alba comprendió que tampoco había intentado matarla a ella.

–No querías encerrarme en el sótano. Solo mostrarme de lo que es capaz este lugar –dijo.

–Gloomy Gardens es un lugar con un poder inmenso y siempre debe haber alguien que lo proteja.

La *au pair* pensó en Bishop y sus lecciones de ajedrez, y en cómo los peones que eran lo bastante hábiles para cruzar todo el tablero se podían convertir en una reina. ¿Acaso era ella como uno de esos peones?

–Pero la casa tiene más habitantes –protestó.

–Solo fantasmas y niños. ¿Crees que ellos podrían hacerse cargo?

Alba sabía que la respuesta era negativa.

–Ahora démonos prisa. Tenemos que prepararnos para la llegada del invasor.

Las dos se apresuraron a regresar a la entrada de la mansión. Una vez allí, Victoria le dio órdenes.

–Encuentra a los niños y asegúrate de sacarlos de aquí. Si Jake quiere controlar la casa, tendrá que deshacerse de mí y utilizará a los niños para amenazarme. Mientras tanto, yo subiré al desván y soltaré al pequeño John. Él se hará cargo de Jake. ¿Entendido?

Alba obedeció. Se dio la vuelta y comenzó a subir la escalinata a zancadas. Un estruendo la hizo detenerse en seco.

Se giró para averiguar qué pasaba. Al volver la vista hacia la entrada, descubrió que ya no había puerta. Todo lo que quedaba de ella era un puñado de esquirlas de madera y cristales rotos esparcidos sobre las baldosas blancas y negras.

–Tratándose de una antigüedad, es un milagro que aún funcione –dijo Jake, que acababa de hacer acto de presencia. Se refería al arma que llevaba consigo, la escopeta con el mango de hueso que Alba había visto tantas veces en The Joker.

El joven levantó el arma y apuntó hacia ellas.

28

DESHACERSE DE LA BASURA

–¡Corre! –le gritó Victoria.

Alba tardó unos instantes en asimilar lo que sucedía. Para cuando se dio cuenta, la Señora de la Casa la había cogido del brazo y tiraba de ella escaleras arriba. Al llegar a la cima, se tropezó y cayó de rodillas al suelo.

En ese momento, oyó cómo uno de los cartuchos silbaba cerca de su oreja. La munición explotó contra uno de los pilares que sujetaban la barandilla y lo hizo saltar por los aires. Observó el lugar del impacto. No era la perforación limpia que un arma más moderna provocaría, sino un destrozo considerable. Si una de esas balas las alcanzaba…

–¡Vamos, vamos!

Victoria la animaba a ponerse en pie para poder huir. Alba reaccionó a tiempo y se incorporó. Continuaron corriendo hasta la segunda planta. A lo lejos se escuchó el chasquido de la escopeta abrirse y cerrarse. Jake recargaba el arma, pero, por suerte, parecía que lo habían dejado atrás.

–Tú ve a por el pequeño John; yo, a por los niños –recordó Alba cuando llegaron a un punto en que debían tomar direcciones opuestas.

Pero antes de que se separasen, Victoria se acercó y la cogió de la mano, como si fuesen dos mejores amigas a punto de confesarse un secreto.

–Salva a los niños –le dijo.

Ella quiso decirle que así lo haría, pero no hubo tiempo. Una tercera bala voló por el pasillo hasta estrellarse contra la lámpara que tenían cerca. Las luces se apagaron y una lluvia de cristal cayó sobre ellas. Jake se acercaba.

Victoria se volvió hacia Alba y le lanzó una mirada de despedida. Comenzó a correr hacia el ático. La joven, en cambio, se dirigió hacia el pasillo donde estaban las habitaciones de los niños. Giró una esquina y se encontró frente al jardinero.

–¡Fabio!

–He oído ruidos y he venido a ver qué pasaba.

–Buscad a los niños y ponedlos a salvo.

–¿Por qué? ¿Qué ocurre?

A modo de respuesta, Jake apareció al final del pasillo. El chico levantó el arma y disparó. Alba reaccionó a tiempo y se hizo a un lado. El jardinero, en cambio, no pudo. El cartucho le impactó en el pecho, donde dejó una masa irregular de piel y carne hecha jirones. A pesar de la gravedad de la herida, a él no pareció importarle lo más mínimo.

La mitad de la cara de Alba quedó salpicada por gotitas de sangre. Procuró mantener la calma. A los difuntos miembros del servicio las balas no les hacían nada. Pero ella y la familia Crowned morirían si daban un paso en falso.

–Buscad a los niños y ponedlos a salvo –le repitió.

Sin mediar más palabras, reanudó la huida. Corrió tan rápido como pudo, torció por un par de pasillos y por fin llegó a uno sin salida. El corredor estaba flanqueado por una hilera de puertas a cada lado y, justo en la pared del fondo, el montaplatos.

Era la manera más rápida de alejarse de Jake. Se abalanzó sobre el mando del aparato y lo pulsó. El mecanismo se puso en marcha. Zuuuuuuum de subida. Debía de estar en la cocina y aún tardaría varios segundos en llegar hasta ella. Venga, venga, venga. Los pasos de Jake sonaban cada vez más cerca. Venga, venga, venga. Lo pulsaba una y otra vez, como si acaso eso acelerase los engranajes. Venga, venga, venga. Pero el elevador no aparecía. ¡Y los pasos de Jake estaban cerca! ¡Venga!

Consciente de que el elevador no llegaría a tiempo, se volvió, abrió la puerta que más cerca le quedaba y se escabulló por ella. La puerta se cerró justo en el mismo momento en que Jake aparecía en el otro extremo del pasillo.

Alba observó la habitación en la que se había metido. Parecía uno de tantos salones de la casa, aunque este no debía utilizarse demasiado, porque los pocos muebles que había estaban cubiertos con sábanas. La joven no sabía si el chico la había visto entrar en esa habitación, de modo que corrió a esconderse bajo una mesa. Aguardó en silencio para tratar de averiguar qué sucedía en el corredor.

Los pasos de Jake resonaban por encima del zumbido del montaplatos. Cuando por fin llegó hasta el final del pasillo, se detuvo. ¡Estaba frente a la puerta! Alba se tapó la boca y la nariz. Tenía miedo de que el más leve suspiro evidenciara su posición. Empezaron a correrle lágrimas por las mejillas.

Ya daba por sentado que había llegado su momento cuando los pasos reanudaron la marcha, pero esta vez en la dirección opuesta. Deshicieron el camino recorrido y se perdieron en el eco y la inmensidad de la casa.

Alba dio un suspiro tan profundo que a punto estuvo el alma de salírsele por la boca. Permaneció unos segundos más escondida, por miedo a que se tratase de una trampa, pero al final salió de nuevo al pasillo. Para entonces, el montacargas ya había llegado a la segunda planta.

Debía encontrar a los niños, pero ir en su búsqueda, habitación por habitación, tenía un riesgo. Cabía la posibilidad de cruzarse con Jake antes que con ellos. Además, no solo le preocupaban los pequeños Crowned, sino la casa en sí. Ahora que había visto de lo que era capaz el Corazón, no podía dejar que Gloomy Gardens cayese en manos de alguien como Jake. Debía haber un modo más sencillo de solucionarlo todo…

Tuvo una idea. Era un disparate, pero le pareció la única manera de salvar a los niños.

Cerró los ojos y deseó que el Corazón de la Casa cumpliese su sueño. Después se subió en el montaplatos y pulsó el botón de la planta baja.

Le pareció que el trayecto en el elevador era eterno. Durante los segundos en los que permaneció encerrada en su hueco, una duda la corroía por dentro. ¿Habrían puesto a salvo los criados a los niños? Por el bien de todos, esperaba que sí.

Alba saltó del montaplatos antes de que se detuviese, en el momento en que hubo un hueco lo bastante grande. En la cocina comprobó que todo permanecía en silencio. El ambiente estaba tan calmado que nadie adivinaría que, pocos metros por encima, un maniaco deambulaba por los pasillos con un arma.

La joven no se entretuvo más. Trotó hacia los cajones y rebuscó en ellos hasta dar con una caja de cerillas. Se la guardó en el bolsillo de los pantalones y corrió hacia el salón principal. Una vez allí, se metió en la chimenea. En la semioscuridad, palpó las válvulas y los tubos de metal que había en los muros. Tardó unos segundos en dar con la llave, una maneta de mayor tamaño que quedaba a su derecha. La abrió tanto como el mecanismo le permitió.

El silbido que producía el gas al salir de las tuberías era tan agudo que Alba creyó quedarse sorda. Y su olor… Era tan desagradable que sintió ganas de vomitar. Se apresuró a salir de la chimenea.

Ya tenía el detonador y el explosivo. Ahora solo necesitaba una mecha. Y sabía dónde conseguirla. Salió al jardín y se dirigió al cobertizo en el que Fabio guardaba sus herramientas. En un estante encontró unas cuantas latas de gasolina. Cogió un par de ellas y salió a toda prisa.

Al salir del cobertizo, se dio de bruces con el señor Schellen. El mayordomo llevaba de la mano a la señorita Filly. Tras ellos iban la señora Pikes, Roselyn con Rookie acurrucado sobre el hombro, Bishop y, cerrando la comitiva, Fabio, que, mágicamente, ya no lucía rastro de herida en su pecho. Habían conseguido salir de la casa.

—Vamos. Vamos a... —tartamudeó el mayordomo.

—Vamos a escondernos en el jardín. Allí los niños estarán a salvo —interrumpió el jardinero. El tiempo apremiaba.

Rookie, que tenía media cara vendada por las heridas que le había causado el pequeño John, se revolvió en brazos de la doncella.

—¿Qué está pasando?

—Nada, solo jugamos al escondite. Ahora toca esconderse —lo calmó esta.

Pero la inquietud había prendido en los niños Crowned. Bishop era demasiado mayor para no darse cuenta de que algo sucedía, y Filly, demasiado suspicaz.

—¿Y mamá? ¿Y John? ¿Van a esconderse también en el jardín? —dijo la niña.

Ninguno se atrevía a responderle. Alba se preguntó qué estaría pasando en esos momentos bajo el tejado de pizarra. Jake iba en busca de Victoria para convertirse en el Señor de la Casa y Victoria se negaba a marcharse sin su pequeño John. ¿Quién daría antes con lo que buscaba?

La señora Pikes, que había reparado en las latas de combustible que llevaba Alba, se adelantó para hablarle sin que los niños la escuchasen:

—Alba, haz lo que sea necesario para que el Corazón no caiga en malas manos. ¿De acuerdo?

Ella asintió con determinación.

Los demás reanudaron la marcha y pronto desaparecieron entre la vegetación del jardín. Alba se quedó sola. Entonces levantó la mirada hacia Gloomy Gardens. La mansión, que siempre le había resultado imponente, ahora ya no le causaba la misma sensación. Sentía como si, después de tanto tiempo siendo parte de la casa, la casa también se hubiese convertido en una parte de sí misma.

Consciente de que no podía perder más tiempo, regresó de nuevo al interior. Adentro, el gas de la chimenea había ido invadiendo una habitación tras otra. El olor resultaba insoportable. En las habitaciones más alejadas del salón principal, el gas tan solo le provocaba ataques de tos y picor en los ojos, pero, a medida que se fue acercando, sintió que se mareaba. Cuando llegó al salón, apenas podía respirar y tuvo que taparse la nariz con el cuello de la camiseta, como si fuese una mascarilla.

Se detuvo frente a la chimenea, abrió una de las latas de gasolina y la dejó chorrear. Luego comenzó a andar hacia atrás, dejando tras de sí un reguero de combustible. Cuando la primera lata se terminó, abrió la siguiente y retomó el hilo de líquido inflamable.

El rastro de gasolina se extendía desde la chimenea hasta las baldosas blancas y negras del recibidor. Apenas faltaban unos metros para llegar a la puerta principal cuando Alba escuchó un ruido por encima de su cabeza.

En el extremo opuesto de la habitación, sobre la moqueta rojo sangre que bajaba por las escaleras, estaba Jake. El joven había notado el olor a gas y había bajado de las plantas superiores para ver qué sucedía.

Los ojos de él pasaron de la lata de combustible que Alba llevaba en las manos a los ojos de esta. Comprendió que ella estaba dispuesta a volar Gloomy Gardens, a hacer lo que fuese necesario con tal de que él no se hiciese con el control del lugar. Se llevó la culata de la escopeta al hombro.

Alba tembló. Hasta ahora había tenido la opción de correr o de esconderse. Pero ahora no: Jake la apuntaba en un espacio despejado. No podía hacer nada sin que a él le diese tiempo a reaccionar y apretar el gatillo. La lata de gasolina se le resbaló de las manos y cayó al suelo.

La joven paseó sus ojos desde Jake al cañón de la escopeta. Se llevó las manos arriba como si se tratase de un atraco. Después las bajó poco a poco hasta ponerlas a sus lados. Fue entonces cuando notó que llevaba un paquete en los bolsillos.

¡Las cerillas! Era todo lo que necesitaba para hacer saltar Gloomy Gardens por los aires. Había querido llegar hasta el exterior para ponerse a salvo, pero ahora comprendía que eso no era posible. Como en el ajedrez, a veces es necesario hacer sacrificios en beneficio de un bien mayor.

Procuró mantener el contacto visual con Jake en todo momento. Era necesario que la mirase a los ojos para que no se diera cuenta de que Alba se metía la mano en el bolsillo y, con dedos temblorosos, buscaba una cerilla y la rascaba contra el lateral de la cajetilla.

–Tú y yo podríamos haber dominado el mundo juntos –le dijo Jake mientras colocaba su ojo tras la mirilla.

Ella no prestó atención a sus palabras. Contuvo el aliento mientras sacaba la cerilla de su bolsillo, con cuidado de que no se apagase. Una vez fuera, la sostuvo entre sus dedos durante el tiempo suficiente para que Jake reparase en ella. Cuando el chico vio el fósforo, su cara cambió radicalmente. Ahora era él el que estaba aterrorizado.

–¿Qué has hecho? –murmuró, consciente de lo que estaba a punto de suceder.

Esas fueron sus últimas palabras. Un segundo después, Alba dejó caer la cerilla. El fósforo prendió el charco de combustible que había a sus pies y recorrió el camino que ella había dibujado, como una serpiente en llamas que comenzaba en la entrada y se perdía en las entrañas de la mansión.

En una habitación lejana, el fuego entró en contacto con el gas. Un segundo después, Gloomy Gardens ardía como el infierno.

29

LISTA DE TAREAS FINALIZADA. AHORA, SIÉNTATE, RELÁJATE Y DISFRUTA DE LAS RECOMPENSAS DEL TRABAJO REALIZADO

El fuego se expandió en todas las direcciones. Las baldosas del suelo volaron por los aires como si fuesen hojas de papel. Las columnas de la entrada se desprendieron del techo y cayeron al suelo. La moqueta que recubría las escaleras se evaporó.

Alba pudo ver cómo la explosión alcanzaba a Jake. Y después la alcanzó a ella. Primero notó el aire muy caliente, tanto que resultaba imposible respirar. Después, una onda expansiva la propulsó por los aires varios metros hacia atrás, a través del hueco de la puerta.

Se protegió con los brazos y cayó sobre el césped de la entrada. Con la cara cubierta, notó una oleada de restos que caía a su alrededor; trozos de mármol, cristales rotos y astillas de madera.

Los oídos le pitaban tan fuerte que apenas oía nada. Tendida en el suelo, su pecho subía y bajaba a un ritmo frenético. Levantó la mirada hacia el cielo y trató de respirar con calma. Todo había terminado.

Sintió que alguien la requería.

—Alba. Alba. ¿Estás...? ¿Estás bien?

Sí lo estaba. Se encontraba en un lugar alejado de Gloomy Gardens, un sitio en el que el Corazón de la Casa no tenía influencia. Pero estaban empeñados en hacerla volver. Podía notar cómo intentaban despertarla, cómo agitaban su cuerpo.

Abrió los ojos y se encontró al mayordomo de rodillas junto a ella. La señora Pikes lo hizo a un lado.

—Señor Schellen, ¡para! Puede estar herida.

El mayordomo se apartó y Alba observó las cuatro cabezas de los miembros del servicio, que la contemplaban con curiosidad.

—¿Q-Q-Qué ha pasado? —tartamudeó ella.

¿Seguía viva? ¿O se había convertido en otro de los fantasmas de la casa?

Pero la señora Pikes entrevió sus dudas y negó con la cabeza.

—Ayudémosla —dijo a los demás.

Notó las manos de Fabio, que rodeaba su espalda y, con cuidado, la ayudaba a incorporarse. Pero se sentía muy mareada.

—¿Dónde estoy?

Roselyn la miró sin terminar de entender su pregunta.

—Qué tontería. Estás en casa. ¿Dónde si no?

Cuando por fin estuvo sentada sobre la hierba del jardín, la señora Pikes se acercó para examinarla. Le preguntó si le dolía algo, pero Alba no contestó. Estaba absorta por el escenario que acababa de descubrir. Donde antes estaba Gloomy Gardens ahora solo había una columna de humo negrísimo que se elevaba hasta el cielo y se perdía entre las nubes.

A medida que pasaba el tiempo, la densidad de la humareda se iba disipando. En un primer momento, Alba creyó ver los escalones del porche parcialmente quemados. Un vistazo más atento le reveló que, de hecho, los peldaños estaban intactos. Unos segundos después, entre el velo de humo, aparecieron las barandillas de la entrada. Y tras ellas, la puerta entreabierta.

A través del hueco de la entrada fueron apareciendo las baldosas blancas y negras, y las columnas, los escalones, la moqueta roja de la escalera y los pasillos que llevaban al resto de cuartos.

Sorprendida, se llevó las manos a la boca. La joven no necesitó que nadie le confirmase que, a pesar de la explosión, los corredores laberínticos y las habitaciones repletas de secretos continuaban en su sitio, intactos. Los habitantes podían ir y venir, pero Gloomy Gardens continuaría en pie.

Ayer, hoy y siempre.

Cuando volvió a poner un pie en la mansión, se sintió absorta, como si volviese a verla por primera vez. Paseó la mirada por todos los rincones, pero no vio ni un arañazo, ni una simple marca que evidenciase que, apenas unos minutos atrás, el lugar había saltado por los aires.

Tras ella entraron el resto de miembros del servicio.

—Vayamos a su habitación —le dijo Roselyn—. Le prepararé una buena ducha y así podrá asearse.

Aún no habían llegado al primer piso cuando reparó en un montículo de polvo grisáceo sobre la moqueta, en el mismo lugar en el que había estado…

—¡Jake!

El jardinero se le aproximó.

—¿Qué quiere hacer con él?

Pensó en enterrar sus restos en el cementerio particular de Gloomy Gardens, pero enseguida cambió de opinión. Después de lo que había hecho, no se lo merecía. Además, no podía arriesgarse a que regresase en forma de fantasma. No quería volver a verlo. Nunca.

—Recoged sus cenizas y tiradlas al pozo. Y aseguraos de sellarlo bien después.

De repente cayó en la cuenta de que no sabía qué había sucedido con el resto de habitantes de la casa. ¡Victoria Crowned!

¡Y el pequeño John! No tenía ni idea de si habían logrado escapar antes de la explosión.

–No se. Preocupe. Yo. Yo subiré. Al ático. Ático –se adelantó el mayordomo.

–¿Y los niños?

La señora Pikes negó con la cabeza.

–Están a salvo, escondidos en el jardín. Iré a por ellos para traerlos de vuelta.

Una vez en la ducha, sintió cómo, poco a poco, volvía en sí. El agua caliente tenía ese efecto reparador. A medida que recorría su cuerpo, se llevaba consigo los restos de polvo y suciedad, pero también el miedo, las dudas y la frustración. Todos los sentimientos que había tenido que superar antes de aceptar su destino ahora teñían el agua a sus pies de un color oscuro y se colaban en espiral por el desagüe.

Cuando salió al dormitorio, observó que Roselyn aguardaba de pie. Sobre la cama había dejado un bonito vestido negro y unos zapatos del mismo color, con las suelas rojas. Junto a la ropa había un objeto pequeño y centelleante que reconoció al instante. Era la llave maestra de Victoria.

–El señor Schellen ha encontrado la llave en el ático, entre cenizas –dijo Roselyn.

No necesitó más explicaciones. Victoria Crowned y el pequeño John no habían logrado escapar de la casa. La antigua Alba se habría sentido culpable. En cambio, la nueva sabía que eso era lo que Victoria habría querido: estar con su pequeño hasta el final y que la casa no cayese en malas manos.

Roselyn la ayudó a vestirse. Durante el proceso, ella no dejó de pensar en la norma número siete de la casa. «Quien mata a la Señora de la Casa se convierte en la nueva Señora de la Casa». Por extraño que pareciese, la idea de permanecer el resto de sus días encerrada en Gloomy Gardens, protegiendo el Corazón, no le resultaba desalentadora. Era su destino.

La doncella le colocó la cadena con la llave alrededor del cuello.

–Roselyn, dile a Fabio que, en cuanto pueda, recoja las cenizas de Victoria y el pequeño John y las entierre en el cementerio del jardín –dijo ella.

–Sí, señora –convino la criada.

«Señora». Era la primera vez que la llamaban así. Pero más le valía acostumbrarse. A partir de ahora, ya no era ella misma, Alba: era la Señora de la Casa.

Sus pasos resonaron en lo alto de la escalinata. Abajo, en el recibidor, todas las cabezas se volvieron para mirarla. Ni los criados ni los niños pudieron reprimir un gesto de sorpresa. Alba estaba imponente con su vestido negro y el pelo recogido en un moño bajo que resaltaba sus clavículas.

Al bajar, su mirada estaba fija en las baldosas blancas y negras de la entrada, como un tablero de ajedrez. Pensó que era gracioso. Después de todo lo sucedido, se sentía como una pieza más de la partida que se disputaba en la casa. Era como un peón que había sobrevivido a todos los horrores del campo de batalla y, al llegar al final, se había convertido en la reina de la siguiente partida. Aunque el título de Señora de la Casa le producía vértigo, no le asustaba cargar con él. Había aprendido a amar a Gloomy Gardens y a sus habitantes, y estaba dispuesta a hacer cuanto fuese necesario para mantenerlos a salvo.

Al llegar abajo, los niños Crowned no se pudieron contener y se abalanzaron sobre ella. Alba los recibió con los brazos abiertos. El contacto con sus cuerpecitos a punto estuvo de hacerla llorar. Pero consiguió controlarse. A partir de ahora, debía ser fuerte.

–¿De verdad eres tú? Estás tan diferente… –se le escapó a Rookie.

–¡Claro que lo es, idiota! –dijo Filly.

–¿Y mamá? ¿Y el pequeño John? –habló Bishop, dudoso.

El mayor de los hermanos intuía lo que había sucedido. Alba pensó que Filly y Rookie aún no estaban listos para conocer la verdad, de modo que respondió a Bishop con una mirada triste que solo él supo interpretar. Comenzó a llorar. Trató de ocultar sus lágrimas a los pequeños abrazando a Alba.

–¿Por qué llora Bishop? –quiso saber Rookie.

–Ahora no importa. Ya habrá tiempo para hablar de eso. De momento solo tenéis que saber que aquí estáis a salvo, conmigo.

Los dos más pequeños dieron gritos de alegría. Hasta el mayor consiguió esbozar una media sonrisa entre el llanto.

Cuando se apartó de ellos, los observó; con los hermanos Crowned junto a ella, nada podía ir mal. Podían librarse mil guerras por el control de la casa, y Alba la defendería siempre con la fuerza que los niños le daban.

Entonces, la señora Pikes se aproximó hasta ella.

–¿Sabe ya cuál será su primera orden como Señora de la Casa?

No se lo pensó dos veces. Era consciente de que su nuevo cargo conllevaría nuevos deberes, e iba a necesitar que alguien le echase una mano con los niños.

–Por supuesto –respondió. Luego pensó en la chica que, en otro país del mundo, ignoraba que su vida estaba a punto de cambiar–. Voy a necesitar que pongáis un anuncio…

SE BUSCA AU PAIR

Tutora con tres niños a su cargo busca una joven seria y responsable para trabajar como *au pair*. Alojamiento en la casa familiar incluido. La *au pair* contará con dormitorio y baño propios, además de una paga semanal. A cambio, se encargará del cuidado de los niños y otras tareas domésticas.

Las aspirantes pueden escribir a la siguiente dirección de correo postal:

Mansión de Gloomy Gardens,
sin calle, sin número

Pueblo de Grey Hills (código postal CO17)
Condado de Essex
Reino Unido

Diríjanse a la atención de la Señora de la Casa:

ALBA TREBEJO